いま、三角寛サンカ小説を読む

サンカ研究会編

朝倉喬司
佐伯　修
今井照容

現代書館

いま、三角寛サンカ小説を読む＊目次

装幀　毛利一枝

まえがき

三角寛。不思議な作家である。
彼の小説はどれも、純然たる娯楽作品といっていいだろう。
読者がいっとき興味をもって物語世界を楽しんでくれるなら、あとは忘れてもらっても構わない。
決して投げやりというわけではないが、そんな書きぶりのものばかりである。

つまりは大衆一般の消費に供された小説。そう、三角寛は昭和初頭から十年代初頭にかけて、小説が大量に消費されるようになった時代の、売れっ子作家だった。

とくに名はあげぬが、この時代に名をはせた人気作家は数多い。だが、その大半は、大衆小説の読者の多くが〝消費者〟であるという条件にしからしめられ、いまはすっかり忘れ去られている。

大衆小説というのは元来、それが発表され、読まれている時代の一般の嗜好、ものの考え方、風俗の傾向など、いわゆる時代の感性というやつと二人三脚しているようなところがあるから、ひとつの時代が終われば、その作品もたちまち過去のものになってしまいがちなのである。

もちろん、たとえば江戸川乱歩とか、吉川英治といった、全体からすればごく少数の例外があることはある。彼らの場合は、その作品が「文学」という公準に照らして高い評価を得たか、あるいは読者層が階層や年齢を超えて広がり、「国民作家」的なイメージを獲得したことで後世に名を残したのである。

で、三角寛なのだが、彼の作品（のどれか）が「文学」として高く評価されたことがあったのかといえば全くそんなことはない。それどころか、大衆小説としても、しかるべき批評家が彼を取りあげて、まとまった作家論、作品論を世に問うた、などという例も皆無。専門家集団からは、無視され続けてきたといってさしつかえあるまい。

つまり彼は、通例ならとっくに誰も名など知らない存在になっていてもおかしくない、というより、当然そうなるはずのポジションにいた作家なのである。

ところが不思議なことに、三角寛の名は、彼の業績に対する人びとの地熱のような興味とともに、長く語りつがれ、ときに神秘的ですらあるイメージを喚起し続けてきた。決して世の多数ではないが、三角の作品の印象を記憶の底に強く止め続けてきた人たちが、そこここにたしかに存在した。

そのことをはっきり証明したのが、一昨年から昨年にかけての、現代書館の『三角寛サンカ選集』全七巻の刊行だろう。

久しぶりに復刊として世に出た三角の小説に対し、読者から、編集部でも思いもよらなかったほどの反響があった。

寄せられた読者カードにはどれも小さな文字でびっしり、かつて読んだ三角の小説への熱い思いが綴られていた。若いころ熱中した三角の小説に再び出会えた喜びを率直に吐露した文面もあった。いうまでもなく、三角の小説がブームになった時代に「若かった」人びとは、いまではかなりご高齢である。にもかかわらず、などといっては失礼かも知れないが、三角との出会いを「語らずにおれない」、心情の若々しさあふれる文面の数々には、三角という作家のまさしく不思議な生命力が映し出されていた。

うつろうのが常の一流行作家の「人気」が、半世紀以上、ただ人びとの記憶という形をとって保持されてきた。日本近代の大衆文芸史上、これは稀有の現象といっていいだろう。

そして、三角が〝幻の漂泊民〟サンカを主人公にした、いわゆるサンカ小説で売れっ子になった作家である以上、彼の作品に対する色あせない興味は、すなわちサンカに対するそれでもあったはずである。

だとすれば、三角がなぜ、これほど長い「人気」を保ちえたのかという問いは、サンカという存在がなぜ、これほど長くわれわれ日本人の興味や憧憬の対象であり続けてきたのかという問いにつながる。

この二つの問いを、ほぼひとつのものと考え、あらためて現代に、三角寛とサンカを呼び出してみようというのが本書の試みである。

現代書館編集部、村井三夫、ならびに「サンカ研究会」の一員であるこの稿の筆者、朝倉、同じく佐伯修、今井照容は、『三角寛サンカ選集』について返信のあった読者の方々に、あらためて手紙を送り、いくつかの質問に答えていただいた。

本書では、その内容を紹介しつつ、数多い三角の作品のなかから、彼とサンカとの（作品の上での）係わりの特色がよく出ていると思われる二篇を選んで掲載し、あわせて若干の解説、サンカ研究会なりの解読をつけ加えた。

周知のように、三角には「サンカ研究家」としてのもうひとつの顔があるのだが、それはひとまず置いて、あくまで作家としての三角の魅力の源泉に迫り、サンカという存在がなぜこれほどまでに私たちの心を魅き付けるのかという問いを発し続けようというのが、本書の目的である。

三角の著作のなかに「逃げ水」という言葉が出てくる。

地表はるかに、砂漠のオアシスめいた水たまりが見える。水はキラキラ日の光を反射させている。だが、近づいて行くと、水のあるはずの地表には、むき出しの土があるばかり。ふと遠方に目をやると、また水のゆらめきが見える。

再び近づいていく。するとやはり……。

この、地表の蜃気楼とでもいうべき「逃げ水」を三角はサンカになぞらえているのだが、サンカとはつまりはこのような、どこまで追いかけても幻であることをやめない存在なのかも知れない。

が、だったとしても、それが、日ざかりの道を営々と歩いている人たちのオアシスであることには変わりはない。

朝倉喬司

三角寛サンカ小説はどう読まれてきたか

蘇る三角寛・サンカの世界

今井照容

三角寛は呪われた作家である。歴史から全体像を消されてしまったという意味においてである。確かに歴史の周辺部において破片として埋もれていた三角のサンカ研究のみは、吉本隆明の『共同幻想論』や五木寛之の『戒厳令の夜』『風の王国』によって拾われてはきた。しかしそうして発見された三角寛は部分にしか過ぎないはずである。もっとも私にしても、まずは破片としての三角寛に出会うしかなかったわけである。私は残念ながら三角寛の遅れてきた読者に他ならない。

わが「サンカ研究」はこうして始まった

まずは私の個人的な三角寛体験から書き始めることにしよう。あれは新橋の飲み屋でのこと。今では、そんな新聞が存在したことさえ忘れ去られてしまっているかもしれないが、『東京タイムズ』なる東京首都圏を基盤にした新聞があった。経営的には苦境に立たされており、いつツブれてもおかしくないような新聞であった。しかし、売れないがゆえに一面を例えば谷川雁が飾るということも辞さないチャーミングな企画の仕掛け人であった編集委員長の中川六平氏が東京タイムズを退社することになった。その夜、退社したばかりの中川氏と、彼が根城としていたカウンターだけの新橋の飲み屋で会い、焼酎を飲んでいた。今でも、その時の彼のセリフを鮮明に記憶している。

「三角寛って知ってるぅ？　サンカの三角寛。サンカ研究会ってやろうと思ってるんだけどぉ入るぅ！　まッ研究会と言っても規約なしの、出るも入るも自由でさ、何でもありのやつを考えているのだけど」

こうして私は中川氏の失業に端を発して結成されたサンカ研究会に加わることになった。第一回目の講師は『サンカ研究』で知られる田中勝也氏。田中氏は第二回目の研究会以降は、サンカ研究会のメンバーとなった。私はこの研究会を通じて朝倉喬司氏、佐伯修氏とも知りあうことになる。このサンカ研究会が母胎となって〝漂泊・闇・周辺をめぐる〟雑誌『マージナル』が現代書館より創刊されることになった。編集委員は中川氏、朝倉氏、そして作家の紀和鏡氏、カメラマンの森田一朗氏、実際の編集実務には村井三夫氏があたるという布陣でスタートしたが、〝周辺をめぐる〟と銘打った雑誌であっただけに、その周辺がまた賑やかであった。田中勝也氏はもちろんのこと、当時の『朝日ジャーナル』の千本健一郎氏や上島敏昭氏、創刊数号を経て大月隆寛氏、それに佐伯氏や私というように出るも入るも自由な編集会議には多士済々がどこからともなく集まり、議論百出の様を呈していた。

私が三角寛のサンカ小説にゾッコンとなるのは、この『マージナル』によってである。どういうことかと言えば一九八八年五月に刊行された創刊号の特集は「サンカ〔三角寛〕Ｗｈｏ？」であったが、この創刊号より「三角寛「山窩小説」を歩く」の連載が決まる。朝倉氏を言わば隊長として、佐伯氏と私と三人で、三角のサンカ小説の一篇たる『多摩の英麿』の舞台を実際に歩いてみて、三角寛なり、サンカの痕跡を発見しようという企画だったわけだが、三角寛もサンカ小説も、書店の店頭には一冊もなかった。三角寛とともに文藝春秋の『オール讀物』において巻頭を競いあっていたという野村胡堂の『銭形平次捕物控』はテレビのブラウン管に命脈を保っているのとは対照的に、小説家・三角寛は古書店の書架に忘れ去られてしまっていたのである。ところが古書店に並ぶ三角寛は、どの著作にも異常とも言えるような高値がついていた。三角寛に冠せられる〝サンカ〟の三文字がそうさせていたことは間違いなかろう。三角寛は小説家としてはきれいさっぱりと忘れ去られてしまっていたが、本来は破片のひとつにしか過ぎないサンカ研究において特異な位置を占めてしまったのである。三角自身がそう望んだこともあるのだろうが、戦後という空間において三角寛のサンカには小説の代わりに研究が接続してしまったのである。もちろん、サンカ研究を進めてゆくにあたって三角寛は避けては通れない存在であることは間違いないだろう。しかし、それは小説家としては決して幸福な事態であるとは言えまい。三角寛は呪われた作家なのである。

三角寛のデビューはエロ・グロ時代だった

いったいどのようにしてサンカ小説家・三角寛は生まれたのだろうか。実は三角寛は梗概をともなった自らの作品目録を自筆ではないが残している。これによれば三角寛の雑誌ジャーナリズムへのデビューは昭和五年（一九三〇）のこと。文藝春秋を版元とする『婦人サロン』五月号に発表された大原實名義の「貰い子殺しの真相」による。これはサンカ小説ではない。三角寛は大正十四年（一九二五）に朝日新聞に入社し、サンカ犯人説の流布された説教強盗の取材を通じてサンカに関心を抱き、サンカ小説家に転身したわけではないのである。『婦人サロン』が創刊されたのは昭和四年九月のことである。この頃の婦人誌といえば大正時代に創刊され実用が売りものの講談社の『婦人倶楽部』（大正九年創刊）と主婦の友社の『主婦の友』（大正六年創刊）が明治時代に創刊され婦人誌の基礎を築きあげた実業之日本社の『婦人世界』、都河竜の『婦女界』を退け覇を競いあう二強時代であった。その一方で『婦人公論』（大正五年創刊）や『婦人改造』（大正十一年創刊）などの〝頭でっかち〟な傾向の強い婦人誌もあるという構図のなかで『婦人サロン』は創刊された。文藝春秋が狙ったのは付録合戦を繰り広げることになる実用系の婦人誌でも、女性の啓蒙や地位向上を訴える理念的な婦人誌でもなかった。言ってみれば『文藝春秋』の女性版と言い得るようなジャーナリスティックな婦人誌を目指したのである。ちょうど現在、『With』や『MORE』に対抗して『CREA』があるというように、だ。そして三角寛が担ったのは、朝日新聞の社会部記者としてのキャリアと情報のストックを生かしたジャーナリスティックな読みもの、この頃の言葉で言う実話であったのだ。

この『婦人サロン』という雑誌は創刊してわずか三年強で休刊の憂き目にあってしまう。商業的に失敗してしまったのであろう。文藝春秋の社史『文藝春秋七十年史』では、『婦人サロン』がどういう雑誌であったかについての記述はまるでないと言ってよい。文藝春秋という出版社にとってあまり触れられたくない歴史の一コマということなのだろう。しかし、三角寛の誕生を語るうえでは欠かせない雑誌である。『婦人サロン』の編集長は永井龍男。昭和五年から昭和六年にかけて三角は、そのタイトルだけでそそられるといった極めて雑誌的なゴシップジャーナリズムの要素が濃厚な、言い換えればもっともらしさと猟奇性をベースに読者の覗き趣味を刺激してやまない〝実話〟の大量生産を開始する。「夫を殺して」「詩人春月の自殺に就いて」「妊娠から自殺した女子美術生の話」「救世主？盗賊？　田端惨殺事件の主人公」「復讐に燃えた女」「ほてい屋事件」「母娘詐欺師鹿追いお文略伝」「教授婦人の情死と夫殺しその他の婦人犯罪」「殺された彼女の短い一生　交換手、女給、不良少女、女将、そして死へ」「万引の女王　時子と松子」「現代心中物語」「肉親を殺害した妖女」「サディズムのソプラノ歌手」といったように飛ばしに飛ばしまくっていて、私にとっては間違いなく好みのタイトルが並ぶ。真理をめぐって〝論〟を組み立てるのではなく足でかせいだ〝話〟を騙ることによって世相と切り結んでゆこうとする姿勢が見てとれるタイトルであり、そんな三角の姿勢は朝日新聞という枠組みには納まりがつかなくなるのは当然のことである。

世の中はモボやらモガが闊歩するエロ・グロ・ナンセンスの出版物が流行した時代、その只中で三角寛はデビューを果たす。三角寛の実話ものも、こうした時代の空気を充分に吸い込んだ読みものであったことだろう。しかし、一方で国家権力による出版物の取り締まりが厳しくなっていった。既に『文藝春秋』は昭和四年十月号が「看護婦生活覚書」「投身婦人の謎」という掲載した懸賞実話二篇のため発禁処分になっていた。そうしたなか文藝春秋は結局、『婦人サロン』の休刊を決定し、活路を〝時代もの〟のなかに求めていった。

三角寛は『婦人サロン』の実話ものを通じて、いわゆる文春〝ゴシップ〟ジャーナリズムの方法を吸収してゆく。三角のサンカ小説は、「国八老人の思い出話である」「明治二年頃の話だが……」「この物語は、松本市外の百瀬湊君が、つぶさに調べてくれた話である。冒頭に明記しておく」という書き出しであったり、〜談として書かれたりする場合が多いが、これは当時の文春ジャーナリズムの切り口の影響をモロに受けているといってよいかもしれない。『文藝春秋七十年史』によれば――

……面白いのは、このころの『文藝春秋』と『中央公論』『改造』の題名の比較であろうか。物語、〜譚、雑感、雑記、雑筆、雑話、夜話、漫談、漫録、偶話、偶語、遺聞、聞書、妄語、〜の手記、〜の弁、〜ばなし。以上おっとりした、ある意味では俗にくだけたタイトルが多い。『文藝春秋』に対し、ほかの二誌のそれは、〜論、展望、研究、解剖、大要、傾向、批判、検討などなどと、象牙の塔の影響をひきずっている。

三角寛というペンネームじたいに文藝春秋の痕跡を見ることもできるだろう。文藝春秋を創業したのは菊池寛に他ならないが、三角寛の寛は菊池寛の寛の字である。そして菊池という姓の子音も共通している。菊池も三角も子音はi―u―iと続く。これは単なる偶然ではなかろう。更に言えば三角を〝さんかく〟と読めば、そこに予めサンカの三文字が埋め込まれていることが分かるはずである。

三角寛は『オール讀物』（当時は『文藝春秋オール讀物號』と言っていた）の昭和七年四月号と五月号に「山窩お良の巻」を発表する。三角寛の作成した作品目録によれば最初のサンカ小説である。

大衆文学黄金時代を築いたサンカ小説

『オール讀物』にも活躍の場をひろげていった三角寛だが、当初はここでも実話ものを書いていた。

「らん子の正体　浅草十二階下街取払いと老刑事に絡る怪奇談」「釜山美女マリヤ殺しの真相」といった具合に。しかし、エロ・グロ・ナンセンス出版物の統制が更に厳しくなってゆく。そこで三角寛は〝時代もの〟ならぬサンカ小説に自由な表現を見い出したのだろう。先に文藝春秋は『婦人サロン』を休刊し活路を〝時代もの〟のなかに求めていったと書いたが、『文藝春秋七十年史』には、こんな記述がある。

『オール讀物號』がよく売れた背景には、大衆文学が非常な勢いでジャーナリズムを席捲しはじめた年、という要素がある。現代小説では、その筋のものを斬ったり人妻と密通した場面を描くと削除、発禁となったが、時代ものでは岡っ引きを叩っ斬ろうが、旗本の妻女とどうなろうがほとんど自由。不景気な時代の心の憂さの捨てどころが、大衆文学にあったのである。

〝時代もの〟ではないかもしれないが、サンカの社会を舞台にしたサンカ小説であれば、ウメガイで人を叩っ斬ろうが、サンカの妻女とどうなろうが〝ほとんど自由〟であったのであろう。そうした自由な表現を大衆が心の底から支持したことは間違いあるまい。

かつて大衆雑誌を舞台にした大衆文学の時代があった。満州事変、二・二六事件、日華事変を経て太平洋戦争へと突き進んでゆく一九三〇年代がそうだ。その中心に三角寛のサンカ小説はあった。『文藝春秋オール讀物號』は『文藝春秋』が総合雑誌であるとすれば、大衆雑誌として創刊されたのである。昭和七年新年号の『文藝春秋』は十周年記念号であったが、これよりも『オール讀物號』のほうが発行部数が勝っていたのである。『文藝春秋』が二十五万八千部であるのに対し、『オール讀物號』は三十万部である。一九八九年に刊行された講談社の社史『講談社の80年』は大衆雑誌について次のように書いている。

「不況に明け不況に暮れた昭和5年」と書いた『出版年鑑』は、昭和7年についても「打続いた財界の不況は依然として昭和7年に持ちこされた」から概観原稿をはじめる。金融恐慌・世界恐慌の流れのなかで、日本の資本主義は軍事インフレの道を進むが、出版界の影響はまだ少なかった。

そして小市民の拡大、農村での読者の増大などで、大衆雑誌がよまれだす。明治いらいの「講談倶楽部」、大正14年の「キング」、昭和3年の「富士」につづいて、昭和4年の「朝日」(博文館)、同5年「モダン日本」、同6年「文藝春秋オール讀物號」(文藝春秋)、「実話雑誌」(非凡閣)、同7年「日の出」と大衆雑誌のオンパレードである。

暗い、重苦しい時代を、時代小説や大衆小説を読んでうさばらしの気持もあったし、円本ブームで脚光をあびた大衆文学全集や作家の個人全集の出版も影響した。

大部数となった新聞も、競って大衆小説を掲載して人気をあおっていた。

封印された三角寛・サンカ小説

大衆文学の黄金時代は三角寛の時代でもあったはずなのだが、講談社の社史でも、文藝春秋の社史でも、その時代の記述に三角寛の名前は全く刻まれていない。確かに『講談社の80年』のなかに三角寛の名前が一度だけ出てくる。それは講談社が別会社をおこして原田康子の『挽歌』という記録的なベストセラーを出したという一九五六年の記述のなかで、その東都書房という別会社が、三角寛の『山窩綺談』全三巻を刊行したことを書き留めるにとどまっている。『文藝春秋七十年史』においては、野村胡堂の『銭形平次捕物控』の記述には相当の分量を費やしているが、三角寛のサンカ小説についての記述は一行たりともないのである。ガッコウで習う文学〝イデオロギー〟史はもちろんのこと、大衆文学史からも、売上げに貢献したはずの出版社の社史に至るまで、三角寛もサンカ小説も削除されてしまっているのである。三角寛もサンカ小説も、大衆文学を支持した多くの人々の記憶のなかに残っているだけである。

三角寛は「山窩お良の巻」を発表した後しばらく時間を置き、『オール讀物』の昭和七年十一月号、十二月号で「瀬降の虎吉」を発表するが、それ以降は『オール讀物』を通じてサンカ小説を矢継ぎ早に発表することになる。初期のサンカ小説において三角寛は〝日本怪種族実記〟と銘打ったり、文藝春秋の『話』昭和九年十月号には「山窩は果して現存するか」といった文章も発表し、サンカ小説が実話であることを強調するなどして、自らサンカ小説ブームを煽る。戦時色が強まる昭和十三年（一九三八）以降、サンカ小説の掲載は大衆雑誌の総本山であった講談社に重心を移行し、私などは夢枕漠や菊池秀行の伝奇ロマン小説の〝源流〟をなす大作と信じて疑わないサンカ小説では唯一の書き下ろし長篇『裾野の山窩』を講談社から刊行する。『裾野の山窩』の持つスピード感、スプラッタ感覚は今なお新鮮だし、劇画化も可能なのではないかと私などはにらんでいる。いずれにせよこの頃、三角寛のサンカ小説は人気の頂点に達したのではなかろうか。最後のサンカ小説は『オール讀物』の昭和十五年十一月号に掲載された「箕つくり兵士」である。三角寛自身の作成したと思われる作品目録によれば、サンカ小説の誕生と終焉をともに『オール讀物』が見届けることになったようである。昭和十五年十二月九日に出版報国をうたう日本出版文化協会が発足し、いわゆる総力戦体制での出版言論統制が強化されることになるが、この発足と軌を一にするように一九三〇年代を全力で駆け抜けた三角寛のサンカ小説は大衆文学の最前線から姿を消していったのである。

こうして『三角寛サンカ選集』の刊行が始まった

三角寛がサンカ小説を書かなくなったのか、書けなくなったのかは別にして、いやそのどちらにしても戦前の日本が総力戦体制に雪崩れ込んでゆくなか権力はお堅い思想や小難しい文学を嫌悪すると同時に大衆に熱狂される三角寛のサンカ小説を嫉妬してやまなかったのではないだろうか。三角寛のサンカ小説の読者は、戦争の足音がはっきりと近づいてゆくなか、山野を疾走し、この社会とは別の掟をもって生きる三角寛のサンカワールドに、今、この場所ではない〝もう一つの日本〟における自由の輝きを見ていたのではなかろうか。三角寛のサンカ小説は三角寛という作者の手からも離れ、読者のものとなったのである。多くの読者からすればサンカは現実の体制に拘束されることのない制外を生きる自由の民であり、次第に生活に不自由を感じていた読者にとって、たとえサンカが犯罪者として描かれていたとしても憧憬の対象ですらあったはずである。そんな三角寛のサンカ小説を歴史から消してしまうなんて！

確かに三角寛自身、戦後になってからは自らサンカ小説家としての過去を封印してしまい、サンカ研究家としての自己を演出してきた。その結果、古書店の書架に三角寛は閉じこもってしまうことになるのだが、そんな三角寛をそんな〝ややこしい〟場所から解放して、サンカ小説の復権を図れないものだろうか。三角寛のサンカ小説を読んでゆくうちに、遅れてきた三角寛の熱狂的な読者として、三角寛のサンカ小説を歩いてしまった一人としてそう強く思うようになっていた。『マージナル』の創刊号に「わが父・三角寛を語る」として巻頭にご登場願った三浦大四郎、寛子ご夫妻に、村井氏と中川氏はその後も接触を続けていた。『マージナル』は一九九四年の第10号をもって休刊することになったが、休刊号の巻頭も三浦ご夫妻が飾ることになった。「父・三角寛の人生サンカ地誌」と題された記事は中川氏のすすめで私がご夫妻にインタビューすることになった。こうした縁もあって、中川氏、村井氏とともに私も三浦ご夫妻をたずねることになった。それまでは三角寛の復刊にはかたくなな姿勢を崩さなかった三浦ご夫妻であったが、村井氏が『彷書月刊』二〇〇一年三月号で書いているようにご夫妻から「私たちも亡くなった父の歳に近づきましたので……」と了解を得られ、かくして『マージナル』休刊後、村井氏とともに私は『三角寛サンカ選集』の編集にとりかかったのである。

『三角寛サンカ選集』は母念寺出版の『三角寛全集』を定本として編まれている。タイトルに〝サンカ選集〟とあるように実話ものは除外した。サンカ小説にしても全作品を収録しているわけではないが、サンカ小説家としての三角寛の全体像はフィールドワーク、小説、研究を網羅したことで確実に浮かびあがってくるはずである。もちろん、更に全体像を鮮明にしてゆくためには第二期選集の刊行が必要となるだろう。いずれにせよ、この選集は小説と研究を分断せずに編集されている点に特徴があると考えている。そもそも三角寛のサンカ研究はサンカ小説を原型にすることなしには決して成立しなかったのではないだろうか。三角寛のサンカ小説の延長線上に『サンカ社会の研究』や『サンカの社会資料編』はあると思うのだ。少なくとも三角寛のサンカ研究は彼のサンカ小説の同時代的な熱狂を土台にせずにはリアリティを獲得できなかったのではあるまいか。人々のサンカ小説への熱狂がサンカを人々の記憶にとどめ置くことになったと思うのだ。三角寛という小説家と彼の描くサンカ小説を歴史は忘却の淵に追い込んでしまったことにより、三角寛の創造したサンカは、それこそ共同幻想として歴史の周辺でひとり歩きを始めてしまったということである。もしかすると、三角寛においては、戦後のサンカ研究よりも、一九三〇年代に書きまくられた大量のサンカ小説のほうが、この日本列島の無意識に横たわる重層的な民俗や歴史のリアルが破片のようにちりばめられていて、多くの読者はそこに共感したからこそ、サンカ小説を支持した、そう考えることもできるのではなかろうか。

未だ庶民と寄り添う三角寛サンカ小説

『三角寛サンカ選集』の刊行は三角寛の没後三十年にちょうど間にあうかのように刊行が始まった。この刊行によって、サンカに対する関心が高まりつつあるとともに〝呪われた作家〟三角寛にも脚光が集まりつつある。私が何よりも驚いたのは、実にたくさんの読者カードが寄せられたことである。読者カードと言っても郵便代の五十円は読者持ちである。私がサンカ研究会と『マージナル』を通じて三角寛を発見したように、この選集によって三角寛を発見することになった読者も当然いるだろうが、読者カードを見ていると『選集』によって三角寛に再会を果たした読者も想像以上に多くいることが分かった。そうした六十～八十代の読者は、それぞれの表現で自らの三角寛体験なり、サンカ小説体験なりを熱く語ってくれている。そうした読者にとって三角寛は呪われた作家でもなければ、忘れられた作家でもなかったのである。そうした読者にとっての三角寛とは？　サンカ小説とは？

こうした熱烈な読者を対象にアンケート調査を実施することは、『マージナル』創刊号で掲げた「サンカ〔三角寛〕Ｗｈｏ？」という問いかけに答える一里塚にもなるのではあるまいか。三角寛と再会を果たした読者にそれぞれの記憶の扉を開けてもらって、三角寛との出会い、サンカ小説への熱狂、そして今回の再会にいたるまでの個人史を生の言葉で語ってもらうことによって、大衆文学の黄金時代が、三角寛の時代がどのようなものであったのか、その輪郭の一端を再現することも可能なはずである。

一九三〇年代に小林多喜二や小林秀雄に保田與重郎、中野重治といった文学者の名前を追っていくだけではついに大衆の原イメージになんぞ辿り着けないだろうと思うのである。庶民の生活のすぐそばに三角寛のサンカ小説はあったのである。歴史に消されたにもかかわらず人々の記憶に残り続けたとは、そういうことである。もうひとつ言えば、そういう記憶を掘り起こしてゆくことに戦後という空間はあまりにも無頓着に過ぎたのである。アメリカナイズされた近代をひたすら志向した結果、私たちは井戸の外側ばかりに気をとられてしまったのかもしれない。三角寛のサンカ小説が忘れられ、三角寛が呪われた作家となってしまったのは、その結果に他なるまい。

三角寛サンカ小説を読者はこう読む

——読者アンケートより——

「三角寛サンカ選集」をお読みになってのアンケート

拝啓　時下ますますご健勝のことと存じ上げます。

このたびは『三角寛サンカ選集』をお買い上げいただきまして、誠にありがとうございます。また、丁寧なる「読者カード」をお送りいただきましたことにも感謝を申し上げます。

さて、読者カードは、小社ではお約束のとおり、所期の目的以外には一切使用しないこととなっておりますので、改めてお尋ねいたします。

三角寛は昭和の戦前から戦後初期にかけて爆発的に読まれましたが、文学史的には、純文学方面はもとより、大衆文学方面からも正当な位置付けをえているとはいえません。このたび、小社の『三角寛サンカ選集』によせられた皆様の熱い反響に接し、皆様のご意見の中に、「三角寛のサンカ小説はどのように読まれてきたか」という、永年の謎を解明する鍵が含まれているように感じ、ここに質問表をお送りさせていただくことになりました。

つきましては、ご多忙中とは存じますが、別紙の質問にお答え願えないでしょうか。もちろん、お答えいただける限りで結構です。

アンケートの結果は、小社刊の『いま、三角寛サンカ小説を読む』に収録させていただきますが、実名を望まれない方は、その旨徹底いたします。

以上、よろしくお願い申し上げます。

敬具

1　三角寛のサンカ小説を初めてお読みになったのは、いつ頃、どこでのことでしょうか。あなたの当時のご住所、ご職業、ご年齢も併せてお書きください。
2　そのお読みになった作品は雑誌に掲載されたものですか。もし、雑誌に掲載されたものであれば、その雑誌名をお書きください。また、単行本（書籍）であれば、その題名をお書きください。
3　三角寛のサンカ小説のどんなところにひかれましたか。（例えば、印象に残っている書名、作品名、登場人物、あらすじなど、具体的にお書きください）
4　三角寛やサンカ小説について、家族、友人たちの間で話題になったことがありますか。また、三角寛、サンカ小説が周囲でどのような評判になっていましたか。（いつ頃、どこでなど）
5　サンカ小説で三角寛以外の作家の作品をお読みになったことがありますか。もし、お読みになっていれば、その作家、書名、ご感想をお書きください。
6　その当時、三角寛以外では、どのような作家や作品がお好きでしたか。
7　あなたにとって、三角寛の小説の世界は単なるフィクション（作り話）でしたか。それとも多少なりとも実話（現実の話）と思いましたか。ご感想をお書きください。
8　あなたは三角寛のサンカ小説に登場するような人々に実際に出会ったり、また他人がそのことを話しているのを聞いたことがありますか。（いつ頃、どこでなど）
9　その当時、サンカ小説が爆発的に流行した理由について、あなたなりのお考えがあれば、お書きください。
10　三角寛の小説を最後に読んだのはいつ頃ですか。そして読まなくなった理由をお書きくださ い。
11　今回、三角寛のサンカ小説に再会して、どのようなご感想をお持ちでしょうか。
12　最近、お読みになった小説で、三角寛の小説を思い出させるような作品がありましたら、お書きください。
13　その他、三角寛あるいはサンカ（小説）について何かご感想がありましたら、ご自由にお書きください。
14　これまでのあなたの人生で楽しかったこと、辛かったことなど、一番印象に残っていることを一つだけお書きください。
最後にお手数ですが、アンケートを収録のとき、実名を希望か、匿名を希望か、どちらかに◯

をお付けください。
実名　匿名
以上、ご協力ありがとうございました。

「三角寛サンカ選集」読者アンケート

1

1　大分県竹田市挾田《はさだ》。女学生、十五歳位。祖父の寺で。
2　多分雑誌『オール讀物』と思ふ。
3　『山窩娘おかよ』『親分ごっこ』『犬神お光』、竹田地方の方言、地理のよく出ている点。
4　終戦前母と、そして現在兄と。
叔父の寺で三角さんの仏事をしていたので三浦さんと呼んでいた。今風に髪をオキシフルでもえる様な茶髪にして、漬物好き。サンカをごく身近の人の様によく調べていると言っていた。
5　八切止夫『せぶり物語』『サンカの歴史』。サンカの事がよく判る。
6　女学生なので吉屋信子等少女小説。

7　実話が沢山入っている。「サンクヮ」（祖父母）、「山の人」（母）、「新平民」（父）。この様に呼んでいた人の話をよく調べている。

8　昭和十二年頃現竹田市飛田川原に二十位の天幕あり（母が珍しい山の人なのでそっと見て来）と言ったので山の上から見下ろした。女の人の姿が実にしゃんとしていた（髪の黒いのをきっちり巻いていたらしい）のを覚えている。

戦時中母が父（軍人）に町内の人のことをあの人ウメガイを持っていた人と言っていた。母はみつくりとも言って、箕や竹製品を注文して、わりと親しくしていた。

9　珍しかったから？

10　本代が高くなったので。前に兄は古本買ったので高かったと言っていた。

11　私は主人の姓（音淵）に長い間サンカでは？　と思っておりました。ガイドウブジ（桶屋）と判りました。大分県人の中にはその様に思っている人も居ります。三角寛は記者だった人らしく現実の地名、人物実によく書いている。あの本には人間愛が出ていると思います。

12　坂東眞砂子『蟲』とか『狗神』。

13　戦争中にこの人達は消えました。貴重な記録と思います。人間愛もある。

14　七十歳過ぎた現在楽しかったことは六十歳のクラス会（修学旅行に行った）。辛かったことは動員中の餓え、空襲。

音淵和代（七十一歳・愛媛県）

②

1 昭和十二年から昭和十五年。年は十七歳から二十歳までの間です。広島県呉市で働きながら、勉強していました。勤め先は海軍工廠です。

2 雑誌は『オール讀物』『キング』だったと思います。下宿の近くの本屋と懇意になり、支払いは月末、新刊のものを一晩で読破し、翌日、古本屋に七～八掛で売る、効率のよい読書法でした。山窩小説の宮本三郎画伯の挿画にハマリ、サンカ画集も買ったことがありました。本は今はありません。

3 確実な作品名をあげることができませんが、雑誌に載ったものは全部読んだ筈です。微かな記憶ですが、丹波のヤゾウの登場する小説は憶えております。

三角氏のサンカ小説の魅力は一般社会人とは懸け離れた世界の自由、沃美と組織の規律、夫婦性の美、子女の教育（生活に即した）などの当時の日本の社会性とは逆のものがうけたのでは……と。

4 記憶ありません。

5 五木寛之氏の『風の王国』。サンカ小説と言えるかどうかは別として、サンカに近い自由民族（?）の世界を描いて、三角氏とは別の魅力もありました。

6 乱読でしたが、当時『新青年』なる［雑誌が］推理小説の外国ものや新しい形の推理小説の登場と、モダンな編集で人気でした。愛読しました。江戸川乱歩、木々高太郎、夢野久作、甲賀三郎、小栗虫太郎などなど、吉川英治の『宮本武蔵』のヒットした頃です。

知識欲と好奇心の旺盛な年齢の乱読でしたが、暗い将来を考えるとデカダンス気分も多分にありましたネ。

7　想像外の世界でしたが、すべてがフィクションとは考えられません。サンカ小説は雑誌では殆んど目を通したと考えていますが、書きなぐりの感のものもありがっかりした記憶もあります。今回の出版では、多数の写真が載っています。これをデッチアゲとか、ヤラセとは言えないでしょう。沖浦氏の解説は随分穿った反対論ですが、考えさせる点も多々あります。然し、架空だとは沖浦氏も手不足で言えず、氏の今後の出版物が楽しみです。尚、両刃のウメガイは、どこで誰が鍛えたのでしょう？　文中にこの事がなく不審です。

8　私の本籍地は備後で〈中国山地〉でした（現、比婆郡東城町）。小学校時代（昭和十年頃）の今も心に残る風景があります。

①毎年のように正月の七日から十日頃に付木《ツケギ》（木を薄く削り、木片の先に硫黄をつけたもの）を持って来る男がいました。餅と交換していました。

②人形遣い、四〇センチ位のエビス様だったか、祝い歌か聞いたこともない歌と調子でした。この人も男の人でした。子供の眼にも、普通人の服装と違っていました（脚絆など）。我が家の竹林の近くで箒の柄をつくっていました。このような人達をサンカ、ベートーと呼んでいました。ベートーは乞食のことです。この人達の足は早かったなー。

9　日中戦争が泥沼状態になり、じわりじわりと圧迫された時代です。教育も英語の時間が減り教練の時間が多くなり、物価も少しずつ昇り暗い抑圧された時ですから、サンカ小説の自由で奔放な世界にこの時代の国民は、小説の中での心の安らぎを求めたのではないでしょうか。私は眼の前に控えた兵役の絶望感と逆の世界に、癒しを感じていました。古いものにもサンカ小説を見ることはなかった。

10 昭和十五年十二月一日兵役。戦後は読物の出版も少なく、古いものにもサンカ小説を見ることは

11 今回のサンカ小説に再会するまで、六十年余の空白があり、記憶も多くはなく、再び読む機会があるとは想ってもいませんでした。サンカ小説の世界に耽り乱読の少年時代の懐かしさと共に、嬉しさ一杯で読みました。

三角氏の研究論文のことも博士号のことも知らず、資料の数々に驚きました。

12 ありません。

13 三浦寛子氏の『父・三角寛』によると、サンカ小説の書き終わりとサンカの社会消滅が期を同じくしていることに不思議な思いです。果たしてサンカ社会は存在したのかの点も、尚不明のところがあります。新しい研究者の出現は難しいが、ひそかな研究者の出版を望みます。沖浦氏の解説のままでは、後味が悪く、心の整理が出来ません。

14 ずーっと辛い思いをひきずって生きています。戦中、整備学校で少年飛行兵特別幹部候補生の教育をし、敗戦の年は教材の飛行機は特攻機として、その整備に明け暮れました。整備したものは特攻基地に飛びたち、誰かが乗って南の空に征ったのです。

今の私の（年齢の）孫の年齢の若者が国の無策と暴力で死んだと考えると、心の痛みは死ぬるまで続くでしょう。私には今も終戦はありません。

豊原勝之（八十一歳・広島県）

③

1　大分市大字金谷迫三組。国鉄職員。三十八歳頃。

2　雑誌掲載と思う。雑誌名思い出せない。

3　民族的に普通の社会とは別の生活での様式で民族的に勉強になる。

4　現代の若者はしらない。

5　あまり作家の作品は読まない。日頃より歴史資料集関係、地方歴史資料。外山三郎『日本海軍史』、三浦綾子『母』、木村久邇典『帝国軍人の反戦』。

6　六十年前か戦前、高垣眸『快傑黒頭巾』、山中峯太郎『敵中横断三百里』。

7　三角寛は大分県人であり、人物として好きである。江戸時代籍のない民族が多くあったと思う。その一部としての生活様式は民族学にも貴重と思う。

8　地方により、ミノ造りの場所があった。

9　探偵的ようそあり、その時代に合った読物として流行した。その時代でなかったか、江戸川乱歩の探偵小説も。

10　読まなくなった理由は、他の地方史に忙しくなったこと。

11　実になつかしく、よき書を発行したのに感謝しています。

12　他に三角寛の小説は読んだ事がありませんので、お教え下さい。

13　時の年代の場所、風俗、物価、動き、民族的に貴重である（現代）。

14　古書物を集めているが、希望の書のあった事。

甲斐敏章（七十八歳・大分県）

④

1　昭和十二、三年頃、当時の八幡市鉄町五丁目（現・北九州市八幡東区）に居住。この通りは、明治二十四年門司を起点とした九州鉄道跡です。私は十二、三歳、小学生でした。

2　掲載雑誌名は、はっきり覚えておりません。当時目にしていたのは、『富士』『キング』『日の出』『講談倶楽部』『譚海』『新青年』等でした。青表紙の全集物も……？

3　異質の世界に魅かれたと思います。その縄張りの地域に何事かあると、ヤゾウの命の下、セブリをたたみ、キャハンを連れ、ニク（美人）を抱き、ウメガイを腰に差し、オオガケで目的地まで険しい山や谷を疾走して移動する躍動感に胸をおどらせました。

4　父が当時、書籍店を経営しており、手当たり次第に本を読み漁りました。兄にはよく質問したような気がします。

5　また親しい友人とは山窩に会ってみたいと話し合いました。高等小学校の頃です。

6　国枝史郎『神州纐纈城』、夢野久作『ドグラ・マグラ』、久生十蘭『顎十郎捕物帳』、菊池寛『第二の接吻』、久米正雄『破船』。

夢幻の世界へさそうような雰囲気に魅かれ、また、江戸幕府の同心顎十郎は長い顎が鬼門の凄腕の異色剣士でもありました。
7　海の民があるごとく、山の民もあると信じております。
8　遠いおぼろな記憶のなかに、里の空地で春の日射しを背中に浴びて、箕作りや、修理をしている人を見掛けたような、そうでないような……。
9　特異な題材に加え、三角氏の暖かいまなざし、そして宮本三郎氏描くところの山窩の精悍な表情、活動的な膝丈までの着物、簡潔なセブリのたたずまい等、野性味あふれる挿画と相まって、都会的・近代的とはなれた世界へ人々を魅了したのでは……。
10　戦争の激化につれ、企業の統制で家業の本屋も停止、私も高等小学校を出ると軍需工場に入り寮生活、娯楽は一切なしの厳しい毎日になりました。昭和十七、八年ごろでしょうか……？
11　貴社の復刻に感謝しております。はからずも往時を想い起こし、懐かしくも、ホロ苦くもある感慨にひたることができました。ありがとうございました。
12
13　錦上花を添えるというか、宮本三郎氏の挿画が印象に残っております。
14　父母とはらから十人揃って元気でいた頃が一番幸せでした。
終戦の日の敵機の飛ばない青空と、その夜あかあかと電灯をつけられたこと。
安永富男（七十歳・福岡県）

5

1 貴社刊行の『三角寛サンカ選集』によって。無職、六十四歳。

2 貴社刊行の選集によって、初めて読む機会を与えられた。

3 幻の作品群であったが、今回やっと巡り会えた。現在、味読中。

4 かつて学生時代（昭和三十年代初め）、池袋の文芸坐の廊下で三角寛とすれ違ったことがあった。例の和服スタイルで強い印象をもった。サンカへの関心は、以来自分一人の秘密となった。

5 椋鳩十『朽木』ほか、五木寛之『風の王国』『戒厳令の夜』。やはり三角寛と比べて、文学的評価はとも角、リアリティーという面で感情移入がどうも。

6 太宰治『人間失格』『津軽』、椎名麟三『永遠なる序章』『美しい女』。

7 多くのサンカ研究者のなかで、唯一、サンカと対面した人物ゆえ、フィクションのなかにリアリティーが感じられる。

その部分を摘出する作業によって、実態的サンカ像がいくぶんなりとも描かれるのではなかろうか。

8 妻（昭和二十二年生まれ）の話によれば、実家（埼玉県秩父郡大滝村栃本）で、昭和三十七年頃まで、毎年秋になると箕作りが竹細工を山ほど背負って立ち寄り、一泊していったという。紺いろの半纏に脚半のいでたち。何処から来たか尋ねても、あいまいにはぐらかし、答えなかったそうだ。

9 社会環境が悪化し、自由の領域が狭まる——そういった閉塞感が、自由と放浪の民・サンカへの憧憬となったのでは。現在の情況も戦前と似てきたゆえ、サンカブームの再来が予感できる。

10 今回、貴社刊行の選集によって初めて読む機会に恵まれたので、これから本格的に分析していきたい。したがって私にとっては始まったばかりである。

11 現在の社会情勢が戦前と似た様相を呈してきたゆえ、三角のサンカ小説群は再生したかの感がある。けっして古くはないです。

12 ちょっと思いつかないです。

13 私は柳田国男の山人論が、サンカ研究の上で断ち切られていることに疑問を抱いている。三角寛の実体験部分を再構成し、柳田説にリンケージできないか——と思っているのだが。

14 やはり戦火のなかで、山陰や九州へ落ち延び、得難い経験ができたこと。苦のなかに楽しかったこともあった。かつては、この世に人情というものがあったからです。

福島仁雄（六十四歳・静岡県）

6

1 昭和十二年頃。佐賀県東松浦郡厳木村岩屋新屋敷。電気工見習。十七歳。

2 雑誌『キング』

3 はっきりしないが鉄路沿いを家族で多分追手をのがれてゆく場面だったと思う。

4

5 サンカ小説を読もうとしても私は見付けることができなかった（外の本は沢山読んでいるが）。

6 山中峯太郎『亜細亜の曙』、佐藤紅緑『ああ玉杯に花うけて』。

7　実話と思った。
8　私の郷土。福岡県三潴郡（現大川市）田口村郷原。みの作りの人達が物を売りに来ていた。昭和七～十年頃私の家にもよく来ていた。好い人達だったと思う。
9
10　読みたくても読めなかった。昭和十六年六月入営し、シベリアから二十四年十一月に復員。
11　全くなつかしい。亡き戦友に会ったようである。旧版の発行を望んでいる。全巻を古書店で見た事がある。
12
13　今読んでみると、私のシベリア生活と重ねて、感無量（シベリア生活に比べるとサンカの人達の生活は極楽世界のようである）。
14　うれしかったことは合格通知（電検第二種）が来た時（昭和三十二年）。辛かったことはシベリア生活（特に食物、冬など）

石井芳雄（八十歳・岡山県）

7

1　昭和五、六年頃、『オール讀物』誌。
2　神戸市葺合区上筒井通。『オール讀物』

3　めづらしさ、怪奇さ、おそろしさ。
すじなど覚えておらず、失念。
4　ありません。
5　ありますが、失念。何でも鳥に十がついた名です。
6　吉川英治、大仏次郎等。
7　なんとも感じません。なにしろ昔のことでしたから。
8　ありません。
9　めづらしさ。
10　昭和五、六年頃。
11　なつかしい。
12　ありません。
13　ありません。
14　三角寛をよんだこと。

孤田正二（八十三歳・兵庫県）

8

1　初めて読んだのは昭和四十一～四十二年頃です。農業団体に就職した時、先輩からサンカの話を聞き今の時代にそんな人々が居るのかとびっくりしました。古書店に行き本を買い、読みました。

掛川市倉真、掛川市農業共済組合、二十三歳。

2 「三角寛全集」①～⑰㉟『情炎の山窩』『親分と女房』『サンカの社会資料編』『峠の女親分』『野山に生きるもの』『愛欲の瀬降』『丹沢山の山窩』『山刃の掟』『瀬降の天女』『瀬降の嵐』『山窩物語』『山窩血笑記』、すべて単行本です。

3 山窩の人々は金銭の欲がなく、現代社会に束縛されずに生きて行くところが良いと思いました。ほとんどの小説が仲間どうしの団結がつよく仲がよい。最後は悲しいこと。読んだもの全てよかった。

4 職場で先輩が話してくれました（昭和四十一～四十二年頃）。家族には今でもときどき話をします。

5 五木寛之『風の王国』、椋鳩十『山窩調』、田中勝也『倭と山窩』、沖浦和光『竹の民俗誌』、加藤蕙『埒外の人びと』、礫川全次『サンカと説教強盗』、八切止夫『サンカの歴史』。

6 山岡荘八の『徳川家康』、吉川英治の『天兵童子』など。

7 実話だと思いました。今もそう思っています。

8 子供の頃、コウモリ直しやイカケ屋を見ました。昭和二十五～三十年頃です。その頃はサンカとは知りませんでした。

9 私がサンカ小説を知った頃は流行が下火になった頃だと思います。サンカの話をする人がほんの一部の人でした。

10 昭和五十年頃のような気がします。古書店に少しは本がありました。読まなくなったのは書店にサンカの本が無くなったからです。昭和五十五～六十年頃には本がなかったような気がします。

11　サンカの本はもう出ないと思い込んでいましたが、このたび貴社より出版されて本当にうれしく読ませていただきました。何度よんでもすばらしい。もっと出版して下さい。

12　三浦寛子『父・三角寛』、五木寛之『風の王国』。

13　三角寛について。三浦寛子『父・三角寛』を読んだときは少しガッカリしました。サンカ小説について。何度読んでもあきない良い小説だと思います。

14　楽しかったことは子供の成長。辛かったことは職場で給与の差別をされたこと。

戸塚　操（五十七歳・静岡県）

9

本日お手紙頂きました。

本人俵信次、二月十五日永眠致しました。生前は本が大好きでいろいろお世話になりまして有難う御ざいました。

此の場をおかりしてこの様な事を書きまして失礼致します。

よろしくお願い致します。

妻代理

俵　信次（享年75歳・長野県）

10

1　昭和三十八年、荻窪（下宿）、学生、二十歳。
2　単行本、題目忘却。貸本用のような薄表紙で、紙質も今から考えると粗悪なもののように記憶しています。
3　さりげない描写（少女、道、集落など）。
4　あり。不思議な、しかしかなりいかがわしい小説であると云う周囲の評価であった。当時喫茶店でごくまれに話題になることもあった、と云う程度です。
5　ほんの少しですが、あったと思う。特に印象として残っていない。
6　島崎藤村の『夜明け前』を熟読していました。
7　小説はあまり読んでいませんでした。むしろルポや研究のほうに興味をひかれて、感心しながら読んだことを思い出します。
8　昭和四十年代前半、東武東上線の川越のすこし先で。
9　時代が大きく変わることが目にみえる形で進行していたので、失われていくものへの検証として、あらゆる面でそれぞれの（その人なりの）チェックをしていたのだと思います。
10　昭和四十二年頃、社会人になってから。ただ毎日がなんとなく流されていくようで……。
11　時代を感じます。失ったものがいかに大きかったことか。
12　『長流』。だいぶ古いものですが……。
13　読みだしたらやめられなくなる話でした。

14　ひとことではむり。

伊藤貞夫（五十五歳・埼玉県）

11

1　昭和十三年か十四年頃だったかも知れません。東京府立第四商業学校の二年生か三年生の時（十四歳頃）だったと思います。両親と荒川区尾久町に住んでいました。

2　最初は雑誌の中で読みましたが、何の雑誌かは覚えて居りません。戦後、古本屋さんで偶然目にして懐かしく、一冊読んでは次のと交換し読んでいた事があります。

3　手元にはありませんので、タイトルは分かりません。セブリ、ヤゾウ、ウメガイ、山窩の言葉は本で知り、強盗事件のものが多かったように思います。

4　親や友達などは、山窩小説には余り興味が無かったようで、家族の話題には上りませんでした。

5　ありません。というよりは、三角寛以外の人が山窩小説を書いたのは知りません。

6　四商に入った頃から本が好きで、さまざまな本を読みました。日本文学全集、世界文学全集の中から読みたいものを選び戦後の古本屋に通っていた頃を懐かしく想ひ出します。

7　山窩と呼ばれる人には会った事は無かったので小説の中の出来事として捕えてはいましたが、三角寛の書により、山窩が実際にいる事は分かりました。

8　人世坐を経営し、漬けものを紹介したり、三角寛独自の世界を歩いていたのを知っています。

9　一般の人が知らない独自の世界を書き続けていたのが読者の心を捕えたのでしょう。

10　戦後、さまざまな種類の興味をそそる本が出版されてそちらに目が移行して行きました。
11　懐かしいのひと言です。
12
13　日本に、実際に生活していた山窩と呼ばれる人々を取り上げ、小説として私達に教えてくれた三角寛は素晴らしい人だと思います。自分の国、自分達の住んでいる国で今や忘れられようとしている少数の先住民族を想ひ出して、これらを積極的に取り上げるようになって来た今、三角寛はこれらの先駆者とも云うべきかも知れません。
14　辛かったことも楽しかったことも一杯あります。然しそれらを乗り越えて来たからこそ今があるのです。苦しい時に力になってくれるのは家族です。

石田健次（七十三歳・東京都）

追記　私は親の代から「つまみかんざし」を作り続けている職人で、息子達もこれを引き継いでいます。
「つまみかんざし」とは、江戸時代中頃に、女性の髪飾りとして生まれ、今に至っています。息子や孫はパソコンですが、私や妻は活字です。

12

1　昭和四十六～五十六年頃。高校の図書館か古書店か？（おそらく図書館）

東京都北区堀船、学生、十五～二十四歳。

2　『山窩物語』、ただあらすじをザッとよんだのみですが……。『サンカの社会』、こちらは大学生の頃？

3　子供の頃、父や祖母にサンカの話をきいていたので、おそらく書名が目についたのだと思います。「ああ……やっぱり本当だったんだ」という感想です。

4　昭和六十年頃、高校教員になり、勤務校に島根県出身で父親が刑事という同僚がおり、情報を交換しあった。奇書・珍書という評価であったように思う。

5　なし。

6　司馬遼太郎、永井路子などの歴史小説、ミステリー、恐怖小説など。

7　三角寛の本が欲しいと思ったのは（当時は手に入らなかった）『サンカ研究』（田中勝也、翠揚社）の本を購入し、そこに紹介されていたためです。公立図書館で『サンカの社会』（朝日新聞社）を借り、すべてコピーし、夢中で読みました。もちろんフィクションとは、思いませんでした（その前にも、『柳田国男集4巻』筑摩書店でも読んでおりましたので）。

8　昭和三十～四十年代、父、祖母。ただ、今にして思えば、船上生活者や、河原乞食などを見間違えたか、誤解していたのかもしれない。しかし、幼少時に、祖母に秩父の山中でそれらしき人がいるとの話をきいたときは信憑性を感じた。

9　やはり「説教強盗」の記憶があったのではないかと思う……。

10　なんとなく。

11 「長年探し求めていたものが見つかった」という気持ち。

12 松本清張『ミステリーの系譜』（中公文庫）中に、それらしき短篇がある。

13 私が初めて三角寛に触れたのは、『サンカの社会』『サンカの社会資料編』だったので、あまり小説とかフィクションという気持ちはありません。また、同和教育等の研修にかかわるようになったため、非農業民とか、身分差別等の研究を進めるうちに三角寛の研究にめぐりあったので、冷静にみることができました（網野善彦などの延長線上で……）。

14

田中眞佐志（四十四歳・埼玉県）

⑬

1 昭和二十三年頃、疎開先の母の実家。
熊本県鹿本郡中富村川崎。中学二年生、十四歳頃。

2 記憶が定かでないが、『文藝春秋』か『キング』かいずれかである。

3 昔日の日本の山岳や野生動物など。

4 ない。

5 ない。

6 鷲尾雨工、歴史小説。

7

8　昭和二十年頃、菊池川畔に小屋を立て転々と移動している人々があり、一人は作男として傭い入れていた。ザルを作るのに巧みであった。
9　終戦後、タブーが解除され、身分制など消滅し農地解放で平等になった事が理由と思われる。
10　昭和三十年頃が最後で、本が無くなったので読まなくなった。
11　懐かしい感じがするが、もっとフィクションを取り入れた新しいサンカ小説の出現を希望する。
12　ない。
13　サンカは小説の基盤として、豊富な材料があり、もっとエロチックな小説もホラーを取り入れ可能である。
14　終戦。

大渕千尋（六十八歳・福岡県）

14

1　記憶が薄れていますが昭和二十四、五年頃に三角寛のサンカ小説を読んだことがあります。当時の住所は福岡県糟屋郡新宮町に住んでいまして学生（大学）でした。二十二〜二十三歳ごろであったと思います。
2　単行本で『裾野の山窩』ではなかったかと存じます。昭和二十年代の後半は三角氏のサンカ小説が刊行されていましたので他に読んだ本があるかも知れません。
3　サンカという人達の生活について書かれていて、当時の私の気持ちとしては、その筆致の巧みさもありましたが、こうふんして読んだことを覚えています。

4　家族、友人間で話題になったことはありません。自分一人の読みものとして他人に知らせないという気持ちがありました。

5　サンカ小説ではありませんが、1、『定本柳田国男集』第4巻「イタカ及びサンカ」（筑摩書房）2、『又鬼と山窩』（後藤興善、書物展望社）3、『山窩の生活』（鷹野弥三郎、二松堂書店）ほか数冊。

6　サンカの生活実態を知るのにはこれらの本は役に立ちました。

7　特にありません。サンカの小説では三角寛にまさる本を書いた人は他にありません。

8　三角寛のサンカ小説は一〇〇％のフィクションではなく、多少のフィクションが加えられていたとしても実話が底流にあったと思います。

9　昭和三十二年ごろと記憶していますが、当地新宮の山林を歩いていた時、テント張りの夫婦者、子供二人がおりました。顔付き、服装、テント周辺の器物から「この人達はサンカだな」ということを直感しました。二日間位で立ち去りました。跡は見事に片づけられていました。

10　「サンカ」という「日本人の生活層の人がいる」ということ、また生活に独特の戒律（ハタムラ）があることなど、内容的に好奇の目で読もうとしたことで、サンカ小説が（三角氏の）有名になったと思われます。

11　三角寛のサンカ小説は昭和三十年頃までで、その後はサンカの生活に関する調査報告、学術研究的な本を求めるようになり、小説からは手がきれました。

『三角寛サンカ選集』第一巻〜第五巻までの小説はまだ所持していません。第六巻、第七巻の

『サンカ社会の研究』『サンカの社会資料編』は（母念寺から刊行されました『サンカ社会の研究』『サンカの社会資料編』、朝日新聞社『サンカの社会』はなかなか入手できなかったので）本当にうれしゅうございました。

12　特にありません。

13　三角寛は日のあまりあたらなかった「サンカの人達」を世に紹介した稀にみる人です。ここ五十年の間にサンカの人達も一般人に（トケコミ）変わりつつあるので、日本人のルーツを探る貴重な文献として後世にのこることでしょう。

14　昭和二十年六月、沖縄島への夜間攻撃（九七式重爆機）に行き、生命からがら生きて基地に帰りついた時が、一番苦しかった（辛かった）と思っています。この体験からみると戦後五十六年間の生活は楽でございました。しかし楽であったということは生命をかけるほどのことをしなかったという点で反省している有様です。

追記　御期待にこたえるようなアンケート回答でなく申し訳ありません。野外活動（登山、キャンプ）を五十年これまでしてきましてユキツイタ所は、日本の自然の中（山、川、平原）で生活したサンカの人達こそ野外活動（生業を兼ねていますが）者の日本人として最初の人達であると信じることが、これまでの山窩研究資料から学びとることができましたことをうれしく思っています。

匿名（男性・七十三歳・福岡県）

⑮

1　昭和二十三年、中学一年当時と思います。山口県美祢郡美東町真名在住の頃。

2　母が自分の若い頃好んだ三角寛を書店で見つけて購入したものです。単行本でしたが、引越しの際、母が処分したと思えます。九十三歳の老母に現在記憶がございません。

3　日常語として使用されてました言葉「デカ」「イヌ」「ネタ」ｅｔｃいろいろと新しい知識でした。ミステリー小説みたいでその上夢がありました。中学生のときは。

4　私の知人、友人に三角寛モノを読んだ、という人間は居りませんので、淋しく思います。

5　サンカイコール三角寛のイメージです。他には知りません。

6　吉屋信子の少女小説が大半で、親類の書架から大佛次郎、吉川英治、中里介山の作品をしっかり読みました。

7　全くノンフィクションのつもりでしたが。

8　全然ございません。

9　考えたことがないのですが。

10　中学生のとき母が購入したもの以外他で目にしたことが無かったものですから。書店へ行く都度探しましたが。

11　とても嬉しい思いです。旧知の友に出会えたような。

12　ございません。

13　活字を読み易いものにした文庫本ならば読者が増えはしないでしょうか。若い人達など。

14 太平洋戦争終戦後住み馴れた（九年間）家を接収され日本人居住許可地区へ移動した日から一〇カ月目、見知らぬ日本へ帰国する引揚船に乗った日のこと。

中尾啓子（六十五歳・山口県）

16

1 長野県南佐久郡臼田町。

2 雑誌（名前忘れた）。

3

4 ある。子供の頃、親が話をしてくれた。非常にふしぎな人達だと思ったことあり。

5

6

7 現実の話と思う。

8 出会った事はない。信州の山中で生活していたので、子供の頃話は聞いた。秩父の方にのみ居る様な話だった。

9 珍しいし戦争のためにサンカがいなくなったと思っていたので。

10 戦後。

11 感激した。嬉しかった。

12

13
14

山下和雄（七十五歳・埼玉県）

17

1 小学生の頃。東京市下谷区数寄屋町八番地。
2 確かではありませんが、多分小学生の頃当時出版されていた雑誌だと思ひます。子供心に興味を持ってその後単行本で読んだような気がします。
3 昔のことなのでよく記憶していませんが、自分の環境とは全く別の世界があることを知って子供心に興味を持ったことは事実です。
4 昨年の秋、法事の席で親類の若い者から『三角寛サンカ選集』が面白くて一晩で一気に読んだと聞き選集が出たことを知りました。その人は昔山窩と云う存在があったことを知らなかったそうです。
5 雑読です。本は好きで良く読みます。
6 吉屋信子。大体女性作家が好きなような気がします。近年は、澤地久枝さん（大体ノンフィクション）、宮尾登美子さん。
7 昔から現実の話と思っていました。現存するか否かは疑問ですが。
8 ありません。

9　非常に興味を持ちました。普通の生活をしている者にとっては全く別の世界、しかも現実に存在していることは驚きでした。
10　女学校の頃だったと思います。勉強が忙しくなったため。
11　第一巻のみしか拝読していませんが、非常になつかしい思いで拝見しました。
12
13
14　戦災。

匿名（女性・七十四歳・東京都）

18

1　私は昭和十七年生まれであり、サンカ小説を読んだのはごく最近です。
2　1の回答と同じ。
3　回答になっていないと思いますが、三角寛のサンカ小説にはひかれる点はありません。三角寛がどんな思いで書いていたのかのほうが興味があります。
4　私の方から話題にしたことはないが、一年位前、私の部下（一名、男と女、三十歳前）が私のパソコンにサンカの文字を見てサンカって何？　って言っていました。
5　三年くらい前、東京で貴社発行の『マージナル』Vol.02（一九八八年発行）を購入し、椋鳩十のサンカ小説を読みました。他に五木寛之の『風の王国』『戒厳令の夜』も読んでいますが、サンカとよばれる人たちを十分に理解した上で書かれたものとは思えませんでした。

6　小説はほとんど読みません。現在は南方熊楠に興味をもっています。他には夏目漱石（評論）、寺田寅彦も関心があります。いずれも彼らの思想に興味をもっています。

7　三角寛はサンカと知り合った時、直観的にこれは商売になると感じたのではないでしょうか。知り得た断片的な知識で読者にサービスをしたというべきである。そういう意味で三角寛は、ある種の才覚をもっていた人物といえよう。

8　そのような人物に出会ったことはありませんが、私が小さいころ物売りとか獅子舞がよく来ていました。物売りは、やし（香具師）と言われる人々でとにかく怖い人たちという印象がありました。私の地方ではインチキをすることをやしをすると言っていました。

9　かつて日本人は大多数が農耕民族であり、家・土地・地域に縛られていたが、それらの人々がハレの日に村々を廻ってくる漂泊の芸能の民にあこがれを抱くとともにある種のなつかしさを感じていたであろうことは間違いない。現在でも温泉地などでみられる大衆演芸などに抱く感情はそれに相通じるものがあると思う。

一方日本人の旅へのあこがれも非常に強いものがある。かつての蟻の熊野詣で・お伊勢まいり・四国遍路・善光寺まいりなどこれらの旅は今も終わることがない。現代においても盆・正月における大移動も帰省の名を借りた現状からの脱出といえよう。これらの漂泊・旅というキーワードは、日本人の意識として心底に深く根づいており、当時はなおさらであったと思われる。

このキーワードに怖さ・得体の知れなさが加わったところにサンカとよばれている人たちが位置

づけられていた。彼らが漂泊の旅人で自由の民であるということも今よりも広く流布していたであろう。

サンカ小説が広く読まれたのは、センセーショナルな猟奇ロマン・毒婦物などのキャッチフレーズの影響もあろうが、日本人の心底に潜むキーワードがサンカとよばれている人たちへの覗き見趣味となって爆発的に読まれたのだろう。

10　1が答えです。

11　『父・三角寛――サンカ小説家の素顔』を読んでいたので、こんなものだろうと思いました。

12　私は、小説をほとんど読みませんのでありません。

13　サンカとよばれる人たちは柳田国男の全集で知ったのだが、その文字を見た途端に非常な懐かしさを感じた。なぜかは良く分かりません。このサンカを世に広く紹介した三角寛の功績は多大であると思う。ただ私が不思議に思うのは彼の博士論文に対して十分な検証がおこなわれたのかということである。

14　リストラで友人が会社をやめていったことは、私の人生のキズになっている。

藤山浩介（五十八歳・山口県）

19

1　去年。大分県竹田市立図書館。大分市北下郡。大分県教育庁文化課。四十一歳。

2　著作集（全集）、大分県の地名が出てくるもの。

3 「小説」として読んだことはない。文章の中に出てくる「サンカ」について、文化人類学的観点から、生活・行動・地域性を読みとろうとしました。

4 話題になったことはない。私自身の個人的興味から母・父・祖母・知人に聴いたりしました。三角寛は私の故郷の大野町田中最乗寺に小僧していた関係から。

5 鳥養孝好《とりかいたかよし》、岩藤みのる『陽は西に』（自費出版）『奪われし言葉』（自費出版）。いずれも小説という性格から脚色されている部分もあるが、著者が自ら体験された「サンカ」の生活が書き記されており、興味深い。

6

7 よく評論で三角寛は地図を見ながら書いていたという。論文や小説を書く際に地図を見、記憶をたどりながら書くのは普通である。三角寛の小説には私の住む大分県の地名・方言が出てくる。また研究篇の中には実在した居住地点や、三角寛があった人の末孫もいます。三角寛の出身地のものとして読むと、三角寛は、小説と研究篇は区分して書いていたのではないかと考える。

8 私の住んでいる地方では「サンカ」の人々を差別用語の「ヒニン」として呼んでいました。したがって同和問題との関連もあり、現在はどのように会うか検討しているところです。「いつ頃、どこでなど」ではなく、私自身が主体的に研究しているのでいつも聞いている。―主体的に―。

9 当時のサンカ小説以外の小説は、変化や意外性が少なく、人によってはたいくつなものと考えた人が多かったのでは。私自身は三角寛の小説をハードボイルド小説の原初的なものと考えている。そうした意味で現在の例えば西村寿行などの作品が人気を得ているのはよく分かる。

10 「読まなくなった」とは考えていない。なぜかと言うと極めて文化人類学的な視点で観察しているので必要があれば読む。ただ一般的に言えば、ハードボイルド小説のはん乱している今日、やはり物足りないと考える人が多いのだろう。小説としては、かつての青少年・大人たちの、ノスタルジーとしてブームになっているだけで、現在の安倍晴明ブームに通じる部分がある。三角寛の小説ブームは長くはないだろう。

11 時々、図書館で目を通すだけだったので、調査・研究を進める上でも参考になる。今や文化人類学的な調査さえ困難になりつつある現在、三角寛の東洋大学の博士論文、あるいはゆかり人が保存しているという原資料の出版、あるいは貴社が中心になって日本サンカ学会を結成、バックアップしていただきたい。なぜなら三角寛の重要性は、あまり上手とは言えない小説ではなく、サンカの文化人類学的観点にこそ現代的調査の意義がある。

12 『犬神お光』『真実の親分』『親分ごっこ』、いずれも大分県が登場しており、「サンカ」の生活・言葉に興味がある。

13

14 私は考古学を研究していますが、苦労した研究成果が印刷物となり、私の意見が重要なものとして評価対象にされているのを感じたときが楽しかった。辛かったことは書きたくありません。

綿貫俊一（四十一歳・大分県）

⑳

1　昭和十九年当時と思います。〝山窩〟ものの単行本を兄が読んだものを興味深く読みました。旧制高校時代でした。

2　単行本〝山窩〟ものの二冊と思います。

3　語言というか隠語等興味深く読み、原始的な生活と掟と子供の一人立ちする教育方針に感心させられた。

4　あまり話をしてはおりません。

5　ありません。

6　自然、特に植物に関する作家。

7　フィクションが多少あったと思われます。例えば忍者もどきの所。

8　ありません。

9　自然の生活をよく原点にかえって思いかえし勉強になりました。

10　最終の七巻はくり返し読んでいます。

11　よかったと思っています。

12　大原富枝『草を褥として』（小学館）

13　『三角寛サンカ選集』七巻の薬、食の植物名が学名上異なるものありました。専門家でないと断りがありましたが、利用方法が説明してあると非常によいと思いました。

14　楽しいことは目的の図書に会えることです。

鈴木正雄（七十一歳・愛知県）

21

1　小説を初めて読んだのは昭和六十、六十一年頃。古本屋で買った『山窩血笑記』（昭和三十一年、東都書房）が最初で、私は昭和四十一年生まれのため、三角氏が活躍中のリアルタイムに小説を読んでいない。しかし、八切止夫や佐治芳彦、田中勝也のサンカ論などをすでに読んでいたので、サンカに対する予備知識はあった。年齢は二十～二十一歳ごろ。

2　『山窩血笑記』（昭和三十一年、東都書房）。古本屋で買ったもの。

3　総じて言えば、国家や社会に束縛されない自由奔放さ。アウトロー性。神代から伝わるとする血統と厳しい集団の掟。山野での超人的な健脚力。独特な「サンカ言葉」。小説の文章が平易で肩がこらない。

4

5　五木寛之の『風の王国』『戒厳令の夜』。椋鳩十の小説。

6

7　具体的な地名や独特の用語（サンカ言葉）が多く出て来て興味をそそられる。地名については実地踏査をしたくなるくらいだ。

話の筋や人物の行動などは架空の部分が多いと思うが……。事実とフィクションが混在していると思う。

8 自分は会ったことはないが、浜松市在住の知人が浜松周辺の居付きサンカについて話していたのが印象に残っている（昭和六十年代）。

9

10

11 私は昭和四十一年生まれで、三角氏の人気作家時代に生きていない。従って再会ではなく、今回初めて出会う小説の方が多い。

12

13 貴社刊『三角寛サンカ選集』の続刊（第八巻以降）を望みたい。

14

加部　聰（三十四歳・富山県）

22

1 昭和十一～十二年頃（小学生～中等学校生、十一～十二歳）、自宅（和歌山県東牟婁郡古座町）。

2 雑誌『キング』。

3 はっきり記憶にはありませんが、猟奇的な小説であった（具体的な記憶なし）。

4 なし。

5 なし。

6 特に記憶になし。作家名としては、菊池寛、吉屋信子の名は憶えている。

7　フィクション感が強かった。
8　なし。
9　流行したような事とかは、幼すぎて記憶になし。
10　中等学校三年生位まで。学業、実社会（就職）へと生活の変化と思う。
11　古い記憶に作者名と面白かった記憶で再会したが、当時との社会変化もあり、教育的な勉強になりました。戦後教育の積善教育、同和教育（例えば映画『橋のない川』を連想させる）。
12　特になし。
13　三角寛先生の徹底した実地調査、研究には、感服しました。被差別部落の差別の状況と併せ、いろいろ勉強になりました。
14　人並みの家族生活を営み得て、今、老妻と平々凡々の生活を送っている喜びと感謝が楽しみでしょうか。七人兄弟の六男として、三歳から母子家庭（父死亡）となり、母、兄に頼って来たこと、戦時中の苦しみ、捕りょ（シベリヤ）生活の不安、復員（昭和二十四年）後の苦労が辛かったことでしょうか。公務員として語れぬ苦労もあった。

匿名（男性・七十六歳・和歌山県）

㉓

1　三角寛の著作は直接は読んではいない。昭和五十七～六十年頃に日本シェル出版から八切止夫の著作が集中的に出版されたが、それらの本を通して三角寛のことを知った。当時は広島に居住、職業は銀行員（今も）、年齢は三十〜三十三歳ぐらい。

サンカのことはほとんど知らない。また関心もない。

1で述べたように八切止夫の作品、『サンカ生活体験記』『日本意外史』等多数。部分的には歴史的事実と違っているような事も書かれているが、日本の歴史について今まで知らなかった事柄が書かれており、非常に興味を持って読んだ。その後読んだ本などで八切止夫氏の言説が正しいことが裏付けられたことも多数あった。

実際には会ったことも、人が話しているのを聞いたこともないが、初めてサンカのことを読んだ時、何故か、前から知っているような気がした。

14

加藤幸雄（四十九歳・東京都）

24

1 昭和三十年頃、中学二年生（十四歳）。横浜市神奈川区上反町。

2 題名は覚えていません。挿絵に興味を覚えた事がきっかけでした。昭和三十年代の古本屋には三角寛先生の本がよく並んでいました。

3 『裾野の山窩』の片足竹筒の小夜丸に山窩の剽悍さがよく表わされている。日本人の根源にある野性（縄文時代にまで連なる）がこの小説にでていると思われます。

4 全く話題にものぼっていませんでした。

5 椋鳩十『山窩物語　鶯の唄』と、同じく『山窩物語　若い月』。著者の死生観が表わされ、「山の放浪の民」へのあこがれがうかがえる。

6 吉川英治。

7 全くのフィクションであると思っていますが、山窩だったらありえる事なのかと思わないでもありません。

8 全くありませんが、民俗学を研究している方が、山中でそれらしき人を見かけたという話を聞いた（場所、日時不明）。

9 戦時体制による厳しい統制下での「自由へのあこがれ」ではなかったか。

10　昭和三十八年頃か、社会人になり「現実の世界」に身を置くようになって。
11　再び不思議な世界に遊び、昔を思い出した。また、こんな世界に気ままに暮らせたらとの思いを強くした。
12　ナシ。
13　私は三角寛の小説よりは「山窩の研究」を大いに評価しており、今住んでいる大宮から近い「荒川」沿いにサンカがいて、近在の農家と交流があった事を知りました。
山窩の研究書は全て三角寛のコピーであり、今後新しいものは出ないと思われます。山窩の研究の為に役立つ最近の「サンカ」事情が知りたい。
14　父母の死、兄の死、と子供の誕生。

加藤高敏（五十九歳・埼玉県）

㉕

1　昭和四十九年頃ではないかと思う。住んでいたのは現住所で、職業は高知県職で農地開拓課に勤務しており、年は三十歳後半であった。
2　図書館で目に止め読んだのが単行本で、「三角寛全集」の一つの巻であったように思います。
3　特にひかれたというのでなく「サンカ」ということに興味を覚え「サンカ」ということを知った訳です。特に具体的に印象に残っているものといえば「サンカ」の社会を知ったことでした。
4　特にありません。

5　後藤興善『又鬼と山窩』（批評社）、田中勝也『サンカ研究』（新泉社）、村井米子『マタギ食伝』（春秋社）。

6　特に好きな作家・作品はありません。ただ乱読の時代でありました。

7　多少は実際のこともあって、それを基にフィクションも織り混ぜたものではないかと思いました。

8　ありません。

9　狭い日本の中にもこのような世界があるのか！　という日本人の感情にふれるものであったのではないでしょうか、最初に「サンカ」の本を手にして読んだとき私はそう思ったものですから。

10　『三角寛サンカ選集』が出た時です。一応第七巻まで目を通したので、特に読まなくなったという理由はありません。又新しい関係の書籍が目にとまれば読むかも知れないと思います。

11　再度人間社会にこのような世界に生きていた人も居たのだという感を深くしたということと、現在はもうこのような世界は無くなったナアという思いがして寂しい感を深くしています。

12　特にございません。

13　特に戦後は社会変化のテンポが早く、時間は短く世情は急変し、皆んな中流意識の日本となりました。全てが平均的な社会となり、つい数年前のことが遠い昔のこととなる時代となって、「サンカ」の存在など忘れられてしまわれたのではないでしょうか。

14　振り返れば暗い戦争が終り、平和の時代となり、日本の復興に県職員として三十余年大過なく勤務させて戴き、今、余生を晴耕雨読で過ごさせていただいている私の思いは、過去の辛かったこと、楽しかったことなど全てが、今思い返すと、みんな全て楽しい思い出となっております。

秋山　勇（六十九歳・高知県）

㉖

1

2 山窩小説シリーズ（『愛欲の瀬降』『峠の女親分』『山彦血笑姫』『怪奇の山窩』）、『瀬降の天女』（上、下）、『山窩綺談』。

3 自然の生き方。古書店で購入（シリーズ）してから。

4

5

6

7 実話と思って居ります。

8 滋賀県姉川上流（姉川の合戦附近）河川敷の竹やぶにセブリらしいのがあり、人が出て来たので危険を感じ引き返した。昭和二十年九月頃。

9

10

11 夢がかなった。市中の古書店にはなかなかでてこないから。

12

13

14

尾嶋清篤（七十一歳・兵庫県）

27

1　小学校二年の頃と思われる（私は学校に行く前から本を読み漁っていた様です。今となっては記憶もおぼろなのですが、『キング』『富士』等の雑誌だったと思います。当時は、加藤武雄、吉屋信子、長田幹彦、神田伯山、一竜斎貞丈等、今思えば大衆文芸の第一期黄金時代だったのでしょう）。朝鮮、慶尚北道大邱府京城町二丁目五〇番地、小学生（八歳～九歳）。

2　月刊雑誌です。貴社出版の『サンカ社会の研究』によれば作品発表の場は、菊池寛のバックアップを受け、文藝春秋であった様に書かれているが、当時、『文藝春秋』『オール讀物』等の雑誌の記憶はありません。

3　何と言っても戦前の子供の頃なので話の筋立てなどくわしい事は何ひとつ覚えていないのですが、自分達とは全く生活習慣の異なった日本人が居り、貧しい生活と貧しい自給自足の生活をしていると云う事を知り、子供心にも、はっきりとしない怒りの様なものを感じた事を思い出します。長じて「エタ」「サンカ」等の差別は、時の権力者によって作られた事を知り、人間性悪説を信じる様になりました。

4　答がそれますが、戦後確たる全集ものが出版されない事を、不思議に思っていました。それは「三角寛」「野村胡堂」のお二人です。それぐらい印象に残っていたと云う事でしょう。不思議なのは、私と同年輩或いはその前後の人に「三角寛」と云う作家の事を聞いても誰一人として知りませんでした（年長者を含めて）。これだけの作品と研究を重ねても、彼は本当に過去の人になってしまったのだろうか。言い様のない淋しさを感じています。その意味で今回復刊戴いた事を心から感謝しております。

5　最近の新聞広告にサンカと云う言葉を使って出ていました。読む気もないので、書名、作家名等の記憶はありません。多分「三角寛」の作品を下敷きにしたものにすぎないと思います。申し訳ありません。

6　小学校へ入学してからも、そう云う大人の小説を読んでいましたが、『幼年倶楽部』『少年倶楽部』等を買い与えられる様になり、徐々に関心が薄れたようです。従って、山中峯太郎、吉川英治、高垣眸、海野十三、甲賀三郎、南洋一郎等の作品に熱中する様になりました。

7　この国に「エタ」、「非人」と言われる賤民階級があった事は厳然たる事実です。当然「サンカ――山の民」は存在したと思われます。敗戦後の経済発展と期を一つにして彼等は一般大衆の中にとけ込んだのではないか。「エタ」もしかりです。「エタ」にしても現在は結婚の時問題になるぐらいの事でしょう。日常生活の上では、全く差別感はありません（但し、当地に於ての話です）。

8　無いと思います。全く記憶にありません。

9　それは人道的なものではなく、全く人間性に反したものであったと思います。忍び寄る軍部独裁政治の中で、益々ゆとりをなくしていった低俗な当時の一般大衆が差別意識を持つ事によってささやかな優越感に浸ったのではないでしょうか。私達日本人（民族）は本当に無慈悲な救われない生き物ですね（私も含めて――でも今更おそいですが）。

10 戦時中は読んでいました。他の小説とは内容も登場人物も特異であり、他に類がありませんでした。戦後は今回出版された七冊で初めて読みました。

11 「サンカ」の一生は世間から隔絶されたものだったのでしょうが、その生活に疑問を持つ様な人は居なかったのでしょうか。その生活の中に幸せとか満足とかはあったのでしょうか。昔も今も政治家は国民の事などは考えていません。だからこそ、ジャーナリズムを含めた出版文化に携わる方々に責任の重大さを再認識して戴きたいと思っています。もっともっと多くの人に読んでほしい。

12 強いて言えば、伊賀、甲賀、風摩等の忍者集団の身分制度が近いのではないでしょうか。厳しい規律によって、日々を送っていた点は相似していると思います。もっとも「サンカ」の方が、人間の血が流れていますがネ。

13 私が過去に触れてきたのは、あくまで「サンカ小説」だったわけです。この度、初めて『サンカ社会の研究』『サンカの社会資料編』に出逢い、三角寛の研究心の大きさに驚いています。第六巻の解題を担当している沖浦和光氏は、結論として、「有史以前からの〈山人〉の末裔が千数百年を経て、残存したとは到底考えられない」と結論づけているが、早とちりではないか。「エタ」「非人」の差別は戦後迄延々と続いていたのですぞ。

14 楽しかった事は、一つもありません。全く思い当りません。強調しておきます。
苦しかった事は、敗戦により、内地への引揚げをよぎなくされ、帰ってみれば赤の他人が我が家に三世帯も居座り家をくれませんでした。やむを得ず牛小屋に（牛はおりませんでした）わらを敷き寝起きした事です。食料もなく本当に死んだ方が良いと思ったものでした。

追記　私の趣味は唯一読書ですが、本当に不思議に思っています。どう云ういきさつで「サンカ選集」が発刊されたのかわかりませんが、誠に画期的な事と云わざるを得ません。歴史の暗に光を当てて、浮かれくさっている現在の五十歳台以下の連中に我が国の裏面史を教へてやって下さい。御社の益々の御繁栄を心よりお祈り致します。乱筆失礼。

織田信也（六十六歳・山口県）

㉘

1　昭和二十三年頃か。自宅、現住所。農業、十九歳。このころこの小説が三角寛かどなたかは忘れた。

2　月刊雑誌。雑誌名、題名は忘れました。

3　特異な生活と生活習慣をもっていること。恋愛は出来ない。親の決めた結婚に。親分を「ヤゾウ」、妻女を「キャハン」～脚絆は足脚に巻く故に夫婦生活は脚にからまるからか？家庭をもつことをセブリ「瀬降り」～昭和二十三年のころの小説のなかでは「瀬振り」と書いてあったと思う。

4　特に家族友人と話題になったことはない。サンカ物語第一巻を五月八日に購入して読む。七月なかごろ寺で施餓鬼会の折、私と同年代の中小校長で退職した男性二人と三角サンカの話をしました。関心はあるか定かではありませんでしたが二人ともある程度の知識はあると思われました。

5　ありません。

6　どなたの小説でも作品に触れるものはよみました（新聞小説も）。

7　両方です。～この場合材料があって物語に料理が出来たと思っています。

8　ありません。

9　特異な社会の生活が珍しいからだと思います。

10　①アンケート1のところです（昭和二十三年ころか）。

②私のみた、触れた、読んだなかにサンカ小説はみあたりませんでした。

11　大変うれしかったです。

12　小説でなく三角先生の「越字とサンカ字の出所を疑う」という『歴史読本』の二〇〇一年八月号にけい載してある藤野七穂氏の「偽史源流行」をよみました。

13　「三角寛サンカ選集」第一巻第八話のなかについて。

昭和二十五年の藤倉修一アナウンサーの社会探訪のなかで母親がアナウンサーのいまなにがしたいかとの問いにむすめのヒロコに活動写真をみせたいといっていました（第八話をみると母親がオヒロさんになっています）。私はラジオできいてその印象をこの「第一巻」を読むまでそう思いつづけていましたが――。

14　戦争による恐怖不安、空腹の毎日でした（二度と再びこの体験は、子供、孫～永遠に）。

追記　私の集落（地域）でも箕つくりをしていました。最近三十年前くらいまではさかんにつゞけておりました。幕制のころより北巨摩、中郡、西郡、東郡面へそれぞれ取引の相手をもち箕をくばり収穫時に常配し代金なり物資を回収するパターンであったようです。山村の地であってもそれが（山が）浅いため農事を除きこの作業をしていました。山が深ければ製炭などでくらしをたてていたでしょうか。また職人（大工、左官、ヤネ職）などの職業の人もたくさんおりました（今は会社づとめや公務員が多くなりました）。箕をつくっても特異な職業とか特に差別はありませんでした。また養蚕もやっておりました。

北条貴人（七十二歳・山梨県）

㉙

1　枯れ芒の一本道を疾走して行くサンカ。サンカ娘が喧嘩を始めて子供達が〝相撲だ、相撲だ〟とはやしたてる。それだけの記憶が残っている。日中戦争前の中学一、二年生頃か。親戚の家で何気なく手にした雑誌で目にとまった場面である。故郷の四国にある今治という港町に住んでいた頃のことである。

2　〝山窩〟という謎めいた言葉と三角寛の名だけが印象に残っている。『マージナル』で「選集」出版の企画を知り、待ち望んで手に入れた次第。だが、その中には少年時代に見たあの小説は洩れて無かったのである。

3　猟奇的だ、どぎついと評される。その通りだが、三角の小説の魅力はそこに在るのではなく、その下層に存在するサンカの移動生態についての三角の強烈な美学に由来する。武蔵の〝逃水（虹）〟のようなサンカの自由な移動生態である。〝特に秋の山野を斜に渡って行く姿にたまらなく詩を感ずる〟と。文体の構成にではなく読んでいてふとゆきあたる部分部分に感ぜられる美しさである。

4　妻が三角寛の名を知っていることを聞いて喜ばしい気がしたことがある。昭和二十年代の後半、羽仁もと子の雑誌『婦人の友』に載った三角の漬物についての文である。『父・三角寛』にあった写真で、私も三角が漬物づくりに造詣が深かったことを知った。妻は漬物のことだけで三角の名を憶えていたのではなかったという。文からある種の妖気のようなものを感じて、それが残っていたのだと。

5　田山花袋の『帰国』、椋鳩十の『鷲の唄』『山の恋』、五木寛之の『戒厳令の夜』『風の王国』、高田宏の『われ山に帰る』である。『帰国』は木地師と混同している部分があるが、最初のサンカ小説である。三角はサンカを〝描写〟し、五木は会話体で〝説明〟したと言える。『われ山に帰る』は小山勝清の伝記文学。サンカの子かも知れない旅回り一座の女役者イチが出て来る。『山の恋』では、焚火をして娘の帰りを待つ老山窩にそっくりの場面がプーシキンの叙事詩「ジプシー」に出てくる。

6　好きな小説にしぼれば、ツルゲーネフの『猟人日記』、ゴーリキイの『幼年時代』、プラトーノフの『ジャン』、スタインベックの『怒りの葡萄』、ジャック・ロンドンの『荒野の呼び声』、ハドソンの『緑の館』、メリメの『カルメン』など。〝移動〟、〝少数民族〟のようなものが共通項として浮ぶ。例えば『ジャン』は中央アジアの砂漠を放浪するジャン民族を、『緑の館』は南米ヴェネズエラの奥地で滅亡した少数民族の最後の一人である神秘的少女リーマを描く。

7　題材をサツ回り記者の見聞に求めるか、三角自身の奇想天外な想像による場合にはフィクションであり、サンカからの聞き取りや観察に求める場合には実話となる。両方がある。小説だからそのいづれであっても差し支えないと思う。嘘が実際以上の真実を表はすこともある。問題となるのは三角の小説の世界をそのままサンカの民俗学上の資料として採用する場合であろう。

8　十五、六年前、サンカの末裔と思はれる人々を訪れたことがある。宮本常一の『日本民衆史2』で知った阿蘇山の南麓、蘇陽峡である。かつて日向の七ツ山という辺境を本拠に回帰性移動をしていたサンカの人達がこの峡谷の川辺に移住して住みついた。会ったのは牛を育てながら川漁猟をしている若者と、背負い籠を編んでいた老人である。

9　爆発的流行の理由は、当時の日本は軍国主義への道を進んでいた。国民大衆の自由は日ごとに奪はれ、生活は制約される一方であった。そのような時に無国籍で、兵役、納税、教育という国民の三大義務から無縁の、一所不住の山の漂泊民サンカを描いた小説が大衆に歓迎されたのは当然のことと思う。

10　三角の小説を読みたいという願いはずっと続いていた。本格的に読むことができたのは今回の「選集」が出版されたことによる。読み終って期待外れの感は全くなかった。これからも、おりに触れ、無作為にページをめくり、読み返す時があるだろう。三角の文体にはそのような読み方を可能にしてくれるものがある。

11　私には三角の小説は初顔合せであって再会とは言えないにもかかわらず、遠い昔、何処かで親しんでいたものに再会したような気がするのは不思議だ。〝既視体験〟と言はれているものであろうか。

12　道教的アナーキストとも評される大衆小説家の西村寿行には、いくつかの優れた作品がある。『風は悽愴』はその一つ。絶滅した日本狼の最後の一頭が、仲間を求めて山野を彷徨する。サンカは出てこないが狼の孤影が辿るアルプスの峠や川筋には、狼に代って、移動して行くサンカの姿を配してもよく似合うような情景が次々と描かれていて楽しめる。

13　柳田国男は三角寛を無視しつづけた。柳田は第三者からの聞き取りだけで、サンカの姿を、まるで額縁に入れ少し離れて眺めるような美しい文でとらえている。そのサンカに彼は直接、会ってもらえるであろうか？　会ったとしても真実を語ってもらえたであろうか？　三角にはそれが出来た。私は三角の小説から受ける感動の謎を解くために、少年時代に触れた、あの雑誌の小説に再会したいと思っている。

14　私の人生で辛かったことは、ラッシュ・アワーの電車に乗って、毎日会社に通勤しなければならなかったこと。楽しかったことは、会社をやめ、ザックを背負って長い独り旅に出かけたことである。三十七歳の四月のことで四十数年も前のことになる。

今井克巳（七十九歳・神奈川県）

1

30

2

3

4

5

6 バルザック、モーパッサン、トルストイ、エミリ・ブロンテ、夏目漱石、中里介山。

7 現在も実話として思っています。

8 私の故郷は沼津ですので人の話の中に黄瀬川、富士等の土地に現存した人達として、耳にして居りました（昭和十五年頃）。

9

10 なし。

11 サンカという言葉は、以前から耳にして居りましたが、いかなるものかはわからなかった。しかし、今、読んで、本当に驚嘆の想いです。昭和の初期の時代が、私（生きている）とも重なって世そう（この時代の）が良く理解出来ました。

12 遠藤ケイ『おこぜの空耳』

13

14 私の現住所は雑司谷二丁目です。三角寛宅が近くに有るという事で中学の先生に作家の宅が近くに有るという事を印象づけて、うらやましい又住み良いところと云われて、少々鼻高々です。

匿名（女性・六十歳・東京都）

31

1　貴社の『三角寛サンカ選集』が初めてです。従って二〇〇一年の四月頃。
住所…島根県松江市
職業…会社員
年齢…五十三歳
2　『三角寛サンカ選集』以外にありません。
3　サンカの起源、歴史、生態に興味があった。その謎を解く鍵を求めてサンカ小説を読んだが、ストーリーも文章そのものも現在の感性には合わず小説そのものは退屈と言える。
4　話題になったことはない。
5　読んだことはありません。
6
7　小説の中で語られていることには実話があると思う。だが、作者が読者に訴えるものは「猟奇小説」「伝奇ロマン」の域を出ない。作者もテーマは猟奇的大衆小説を書くためにサンカを選んだのではないかと思える。
8　サンカが、身近な人の話題になったことはありません。今まで沢山の本を読んできましたが、サンカ小説について書いたモノ、人を知りませんでした。
9　当時のテーマは「猟奇小説」「伝奇ロマン」であったと思う。著者も読者も猥雑な興味以外になかったのではないか。私は、たぶん現在三角寛の「サンカ選集」を高価で購入した人はほとんど同じであろうが、著者の意図とは別にサンカを知る数少ない資料として読んでいるのである。

10 過去に読んだことはありません。

11 初めてなので再会ではありません。

12 ありません。

13 三角寛が意図したとは思えませんが、サンカは近代（昭和三十年代）まで古代のままの生活をして、古代のままの言葉を話して神代文字の一種のサンカ文字を書いていた「歴史の生き証人」である。

14 「八雲立つ出雲八重垣妻ごみに八重垣つくるその八重垣を」の歌の解釈を現代人がする愚かさを感じる。本著に書かれている内容の説得力は目からウロコが落ちる思いである。

永田信生（五十三歳・島根県）

32

1 二十年程前になると思いますが、読売新聞社発行の『山窩物語』を読んだことがあります。記憶が薄れましたが、山に住み川に漁をし、農家の必需品の箕などを売って生活していたことを改めて知り、農村出身の私として身近に感じた次第で、大へん興味をもちました。

2 上記の通り単行本です。

3 今回の題名はサンカとなっておりますが、百科事典をみても『広辞苑』などを見ても山窩になっています。どんな理由で山窩からサンカに変ったのでしょうか。

4　二カ月程前、同僚の懇親会を十数人で開きましたが、私がサンカについて話題にしましたが、サンカという名を知っていたのはたった二名でした（私以外）。戦前の事例で、戦後五十年以上を経た今、いわゆる「とけこみ」などで少なくなったせいでしょうか。

5　今回通読し多少疑義が生じましたので、関連図書を読みましたが、益々疑いが深くなった感じです。

6　時間が経過しておりますので、当時どんな本を読んだか記憶に残っていません。

7　通読してみると、なるほどと思われる部分もあるし、こんなものかとフィクションらしいところもあるし、一概には申し上げられません。

8　ありません。

9　職業柄、実話、ノンフィクションを好んでおりましたので多少実話と離れているのではないかと思っています。

10　今回の選集を購入したとき。小説はフィクションとして気楽に読むことができます。「資料」については全部を通読して通常では考えられない部分が多く頭をかしげたくなりました。

11　荒唐無稽と述べてよいでしょうか。面白かったけれど読み捨てにできるものと思います。

12　思い出せません。

13　11に同じ。

14　漢字検定試験に挑戦し、二級及び準一級に合格したとき。

竹野谷眞雄（七十二歳・埼玉県）

㉝

1　昭和三十三年三月、大学入試受験で早稲田の下宿旅館に宿泊した時、部屋の本棚にあったものを題名の珍しさにつられて頁を繰り、結果的に読み終えるまで、受験前日にもかゝわらず、夜遅くまで魅せられてしまった。当時十八歳で兵庫県三田の高校三年であった。

2　『山刃の掟』だったと思う。

3　ウメガイの持つ絶対的な迫力と規律の遵守の社会性にひかれる。又、忍者に通じる（上廻る）人間離れした行動力の動きの中に滅入るばかりのエロチズムを織りまぜた一巻の絵巻物が、滅びる悲しみの中にあるからだと思う。

4　学生時代には周囲にそれ程話題にはならなかった様に思う。極く特定の人しかいなかった。最近、昔よく耳にしたサンカはどうしたのだろうと同年配の友人より話題になったことがある。

5

6　ヘルマン・ヘッセ、井上靖、サマセット・モーム。

7　実話の上に成り立つフィクションと思っていた。

8　昭和二十二〜二十五年、兵庫県美嚢郡中吉川村に住んでいた時、サンカと大人も子供達も呼んでいた笊を売り歩いていた四十歳台の男がおり、誰もその住居がどこにあるのか知らなかった。子供心にも出来栄えの素晴らしい笊であり、ヒゲ面の人なつこい顔を今でも思い出すし、何でからかったのかは思い出せないが、子供でよくまとわりついたことがある。

9　サンカ事件等のノンフィクションとして面白く読んだのではなかったかと思う。ウラ社会にも近い奇異な社会があり、テンポよく展開するストーリィが、気分を爽快にしてくれた様に思う。

10　学生時代に終ったと思う。読めば面白いが、語り口が似かよって来ているのと、連綿と古代から続くということの設定の繰返しに、多少の疑念を持つ様になってきたからではないか。それと他に読むべきものが沢山あったと云うべきか。

11　久し振りに読んで、興味と面白さは以前同様に持った。それとサンカことばの頻出するものには興をそがれる思いもする。

12

13

14　生きている中で、自由に好きな書物が、好きなだけ求めれば読めるということ。

山田　昇（六十一歳・埼玉県）

34

1　昭和十七、十八年頃と思ふ。当時、長野県北佐久郡五郎兵衛新田村上原。十二、十三歳位。

2　多分『キング』だったと思ふ。

3　あらすじ等は忘れたが、日本にもこんな生活をしている人々が存在するのかなと印象に残った。

4　昭和初年（二、三年）生まれの先輩は大部知っていた。
5　『サンカとマタギ』（日本民俗文化資料集成　第一巻、三一書房）。大変読みごたえがあったと思ふ。
6　戦争中であり、あまり読書はしなかった（出来なかった）と思ふ。
7　相当部分実話だと思って読んだ。
8　純農村であるから箕は農家の必需品であり箕直し、羅宇屋等々遊芸人も来た。
9　サンカ小説は普通知らない部分が多かったからだと思ふ。
10　戦争が激しくなり、戦後混乱の中では読書処ではなかった。
11　大変興味深く読んで友人にも貸した。
12
13
14

匿名（男性・七十歳・長野県）

35

1　昭和十三年頃。当時奈良市。小学生（十一歳）。
2　『少年倶楽部』
3　子供の頃のことで、具体的なことは書けませんが、挿絵と筋書の奇異さに引かれたのかと思います。

4　話題になったことはない。
5　近年になって小説ではないが、田中勝也『サンカ研究』、田中勝也『倭と山窩』、沢田直秀『ほつまつたえの研究』。
6　当時は子供でしたが、成長に応じて有名な作家のものは大抵読んでいた。
7　『少年倶楽部』を読んでいた頃は、フィクション、実話の意識なく、奈良という土地柄から、割合違和感なく受け入れていたように思います。
8　昭和の十年代には、洋傘直し、鋸の目立て、包丁の研屋、羅宇屋、鋳掛屋などは街に来ていた。
9　サンカ小説が流行したことは知らない。
10　『少年倶楽部』を読まなくなったから。
11　小説より、三角寛氏のサンカ研究に興味があり、「選集」が出たことは有難いことでした。
12　最近ではないが、小笠原恭子『出雲のおくに』、住井すゑ『橋のない川』。
13　万世一系の歴史を国民に教育している時代に、古代の権力者を支えてきた多くの底辺の日本人の中でサンカに注目して研究されたことに敬意を表します。
14　昭和二十年八月十五日。心が空になり、先が全く分からない状態でした。

中井美代（七十四歳・滋賀県）

36

1　昭和二十三〜二十五年頃。当時、福島県東白川郡棚倉町（貸本屋古本）。無職。十九歳〜二十三歳頃。

2 単行本、三角寛の〃山窩〃もの。古本。私の読んだ本は表は皆大きく山窩と書いて有った様な気がします。短篇が二、三完結と思います。

3 これについては忘れましたが、きびしい掟の中での男女のロマンス、その中で秋の夕暮と牧草は心にのこっています。言葉もおもしろいと思っていました。血なまぐさくなく、自分がその人物になって、あまく、くすぐったい思いをしました。

4 周囲の事は知りませんが、母にお話を聞かせ、何か背にするとせぶりを背おうかとか、やぞうはいないのとか楽しい想い出が有りました。いっぱい忘れました。

5 野村胡堂『銭形平次捕物控』、横溝正史『人形佐七』、江戸川乱歩『蝿男』。貸本屋に有っただけ。四、五冊ぐらい。（どの本も）皆楽しかった。

6 「山窩」三、四冊、貸本屋に有った物ほか。「捕物帳」好きと云ふのでは有りません。貸本屋の本を色々読みましたが忘れました。

7 今回読む迄、実在をもとにした小説と思っていました。

8 私の町に、おさっかきと云ふ竹細工をして、どこに住んでいるのか山の中から来る、よごれた親子を見ていました。冬も体が見えるうす着で素足にぞうりをはいてざるなど売っていました。終戦後も居ました。其の頃は皆だれでもうすぎたない姿でした。お金はいっぱい有ると云っていました。

9 知りませんでした。

10 昭和二十五年頃。結婚後暇もなくなり読めなくなりました。貸本屋もなくなりました。

11　私は、十年前頃から東京の古本屋、何カ所かの本屋、図書館を電話や足でさがしましたが、差別の為今は見られませんとの事でした。今回新聞で知った時は本当にうれしかった。でも私が見た物とは違っていました。

12　有りません。

13　昔の山窩を読んで見たいです。

14　過ぎてしまえば皆忘れました。何をしても子育ての頃の感動は有りません。

現在、この地方（東村）にも昭和の初め頃から二十年頃はおさっかきと云ふ人が居たと先日お話が出ました。其の人達は今どうしたか知りません。棚倉町と、東村は一三キロぐらいはなれています。

渡辺正美（六十八歳・福島県）

37

1　昭和十七年頃だったと思われますが……。ガキの頃読物が無かったのでたまたま。子供が読む本ぢゃないと父に叱られた様に思ひます。

2　それはもう表紙もちぎれてしまっていた本（雑誌？）でしたがかなり部厚い本で、その中に掲載されていた様に思えます。『キング』？　だったかも、そんな本あった様な。

3　その題名『瞽女姫お美代』？　とあった様に思ひます。この十年位？　以前にある週刊誌にそれと似たストーリーがマンガで掲載された事があった様に思ひます。ムカシの本、その挿絵にはいろりに吊るされたナベの向うに男女が向ひ合う姿が画かれていた様です。それがおみよと男はシン助（新助？）とあった様？　文中!!　金太の首がコロリと落ちた!!「このウメガイは良く切れる……」などと云ってた様な？　それらを読んでるうちに、ハタムラ破りとかヤゾウ、ヤナギムシ、チャヅキ、など符牒めいたコトバが面白く、印象に残ったのでせう。それに彼等の社会が特別なしくみである事や山河を走る速さ、その連絡網の在かたなど、ツナギ？……etc。

昭和二十七年～三十二年頃ある建設会社に入り、中国地方、岡山、広島、兵庫の山奥のダム工事に働いた頃、その土地の若者達が「俺は彼等とは違うンだ＝普通人なり」とよく云っていました。私達はそんなサベツのある事も知らないので気楽でしたが「アイツラに拘るとタイヘンなのだ……」とか云う事も耳にした事があります。同僚にその地方の人が居って、親しいので面白半分にナデシとかハタムラ、ヤゾウだとか云うと「お前コンナ所でそう云うコトバ使ったらオエンゾ（アブナイゾ）……」と真顔でたしなめられて一寸おどろいた記憶があります。広島の山奥では暗い森の中でノロイの釘を打ったワラ人形を目の当りにしてゾーッとした事もありました。

4　こういう事は存じていません。

5　山河を跋渉する人達の事を書いたものが好きで、『風の王国』。近年では『山妣』。柳田国男のサンカの論文？　戦国の忍者物。マタギの話（山人の生活）？

6　関係ない事ですが、岡山に居た頃、当時昭和二十七～二十八年、現場近くで人夫相手に駄菓子屋をやって居たおバサン、詩人だそうで新日本文学会??　とかの会員だといってましたが、山の上の人達と云う様に呼ンでたようです。昭和三十年初め頃はまだかなり、新平民などとササヤかれたらしいです。尤も彼女は全然その気なく、青二才の私奴に、「啄木がナニヨ、あんな男はナマケモノヨ!!」などと笑ひかけて、石油ランプの店で昔バナシをしてくれました。何でも満州から引き揚げて来てタイヘンだった様です。あの頃のダムの町にはイロンナ人達が居ました。

7 半々に思えます。

8 箕を売りに来た人はありましたし、まだ家にも、古いのが二ツあります。一つは殆どバタバタです。当地では藤箕＝フジミといひます。長もちするもので新しい方でも三十年以上はたっています。もっとも近頃売りに来る人もない様です。八年程前東京杉並阿佐谷辺りで、フジミの大きいのを巧みに使って小鳥の餌をあおいでいるのをたまたま見かけ、立ちどまって感心した事があります。あの箕は特大でした。普通一般のは米一斗位が入る大きさです。

9 説教強盗などブルジョア？　への反撥もあったのでは？

10 あまり見当らなかったので書店で。三角寛の名前すら知らない所もあった。半世紀も前のガキの記憶では？　終に自分でも三角寛て小説家居たの？　と思ひかけていました。

11 子供の頃から考えるとナンカ今少し迫力が失せた様な……。

12

13

14

追記　私も早六十八歳を過ぎてしまい、足腰の痛む老百姓であります。あちこちで三角寛と云う作家の本は？　と聞いても知らん人が多く、そのうち年配者の中には、知ってるらしいがあまりその本をカンゲイしていない様なニュアンスが感じられ半ば諦めていた処、御社を知って本当に嬉しかった余りつい恥っかきの駄文を書いてしまいました。悪しからず。
生来の悪筆、なんとか宜しく御解読の程。

歸山　進（六十八歳・福井県）

38

1　一九三五～一九四二年の間、朝鮮京城自宅で亡父の購入雑誌『日の出』『キング』『講談倶楽部』等をかくれて読んだことを記憶して居ります。十歳～十七歳位。漢字、ふりがなつきでした。その中に、三角寛の作品が目にとまりました。

2　雑誌掲載分です。

3　記憶なし。

4　なし。

5　現在（平一三・一〇・二）手持ちの類書は下記の通り。興味にかられ購入し一応読了しました。
佐治芳彦『漂泊の民 山窩の謎』（新国民社版）
八切止夫『サンカ民族学』（日本シェル出版）
田中勝也『サンカ研究』（新泉社版）
谷川健一編『日本民俗文化資料集成　第一巻　サンカとマタギ』（三一書房）

6 鷹野弥三郎『山窩の生活』（明石書店）
7 海野十三、吉川英治、五木寛之。
8 フィクションと実話の混合のしかたが巧みであるように思えました。
9 終戦後、実際にサンカらしい人達と話し合ったり、また居住地で見聞したことがあります（小生の住居地は現在熊本県の緑川流域近くにある）。また、近在の人から話をきいたことがある。
10 不明。
11 いつ頃最後に読んだかは不明。読まなくなったのは読書範囲が広くなったから。
12 貴社の刊行で大変なつかしく、また長生きしてよかったなと思いました。三角寛先生のご努力で、学問的にはまだ不可解な点があるやに云はれて居るが、一つのロマンとして理くつなしに面白い作品群だと思います。
13 日本人は何処からきたのか？　海の人、山の人を含め、朝鮮半島又は沿海州、中国大陸又は南方の海からと列島を目ざして来た古い時代を大きな目でみつめて行きたい。
14 読書により人生の苦楽を充分に開拓することができたこと。

桑田盛宏（七十五歳・熊本県）

39

1 旧制中学二年生（十四歳）の頃。大分県臼杵市掛町に住んでいた。

2　確か雑誌の名前は『キング』という大衆小説のたくさんのっていた本であったように記憶している。六人兄弟の長兄がいつもこの『キング』を購読していたので、兄からかりて読んでいた。

3　旧制中学に入った頃は、日本が戦争に参加していく雰囲気の中でこれからどうなっていくのだろうかという不安もあり、社会のしがらみから解放され、自由に生きてみたいという気持が強くあった。サンカ小説の中には、野山の中を自由に生き生きと生活している様子で、開放的なものに強くひかれた。

4　あの時代、個人的に雑誌を買って読むような人は少なかったと思う。非国民とでも言われそうで、堂々と読んでいたわけではない。十一歳上の兄がたまたま『キング』という雑誌をいつも読んでいたので、こっそりとのぞき読みしてサンカ小説の存在を知っただけのこと。評判になるようなこともなかったというより、社会の風は、そんな状況を許さなかったと思う。

5　サンカ小説は三角寛しか知らない。たまたま自分の名前も寛なので親しみをおぼえているだけのことだ。他の作家でサンカ小説を書いている人がいるのなら教えてほしい。

6　文学作品としては夏目漱石の作品『坊っちゃん』等をよくよんだ。大衆小説では、吉川英治の作品が好きだった。『鳴門秘帖』なんかワクワクしながら読んでいたように記憶する。

7　あの当時の自分としては、どちらともいえない。サンカの民の存在もあまり知らなかったように思う。こんな民がいるのだろうか、というあこがれにもにた気持をもって小説を読んでいたように思う。

8　ないと思う。ただ昭和の初期に青春時代をすごしたので、今思えば臼杵のとある橋の下、川瀬で生活をしているような民を見たような記憶がある。それがサンカなのかどうかは、わからない。う。貧富の差が現代とちがってはっきりあった時代なので外見からではわからないところがあるように思う。

9　時代でしょう。社会の重苦しい雰囲気の中で生活していた時なので、サンカの民のように生活することが、自由で生き生きとしているように感じられ、憧憬にもなったのではないのだろうか？　同じ人間なのに、どうして野山をスイスイと動きまわれるのか、定住しない生き方にも何かしらの夢をみたのではないか？　三角寛がサンカに興味をもち、研究し、論文を書き博士号までとるほど打ち込んだことも、小説のリアリティをつくり出す上で役にたっているように思う。

10　旧制中学三年の頃だった。急に『キング』の連載がなくなったように記憶する。何年か本をさがしてみたけど自分のまわりには、三角の本はみつからなかった。さみしい気がした思いがある。

11　なつかしいの一言だが、若い頃の自分の感性との差はある。昔ワクワクして読んだが、今は昔ほどのワクワクするような気分になれない。しかし、三角寛がサンカの論文で博士号をもっていることは知らなかった。これはすごいと思った。

12　別にない。

13　昭和の初期、三角がなぜサンカの生活に興味をもち、のめり込んでいったのか。本の中にも警察署でのある刑事からの話に記者時代興味をもったとあるが、のめり方が尋常ではない。小説家というより人間としてサンカの生活をリアルに見ている。記者の目とでもいおうか、サンカについての資料もすごい。よくもここまで写真入りで残せたものだ。8ミリフィルムとかで生活をとったものがあればもっとよいと思う。
14　約二年ほどの軍隊生活が一番心に残っている。満州の関東軍にいた。満州の生活はきびしかった、辛かった。二十歳の頃なのでなんとか生きて内地に帰ることができた。今、我々の年代の者はみな軍隊のきびしい体験がある。平和が一番だ。どんな理由にせよ戦争に勝利者はないと思う。今、アフガニスタンの件で世界はゆれているが、平和的な解決を望んでいる。戦争は心に傷を残す。

樋口　寛（七十八歳・大分県）

㊵

1　昭和三十一年、東京の杉並区阿佐ヶ谷三丁目の鈍魚庵（火野葦平東京宅）の近くに下宿していた、大学二年生の頃。
2　貸本屋で借りた数冊の本の中の一冊が『燃ゆる親分火』だったように思います。単行本でした。
3　血なまぐさい話が多いが陰にこもらずスッパリ幕の切れるところが好い。サンカがサンカでなくなる話に佳話が多く、特に『牛飼の娘』の末尾は印象的です。
4　特にありません。これは自分の生まれ育った年代のためだろうと思います。
5　自分で直接サンカ社会へ踏み込んで調査研究した作家は他には無かろうと思いますので、三角氏以外のものは誰のものも読まないし、殆ど知りません。
6　中山義秀、中里介山、長谷川伸、火野葦平、坂口安吾、上林暁、木山捷平などです。
7　二割か三割は現実の話が下敷きにあるのだろうと思っていました。

8　昭和二十一年、甲州北巨摩郡の農家で、和装モンペ姿の三十代半ばの女の人が箕とザルを売りに来たことがあったが、多分サンカの人だったのだろうと思っている。女の人がそんな品物の行商に来たのが珍しかったので覚えている（当時私は小学校四年生でした）。

9　サンカ社会というものが珍しかったからなのだろうと思います。

10　6項の七人の他三人を加え十人の作家の作品を年に一度くらいは読んでいますので、お答えすること能わずです。

11　これも前項と同じでお答えすること能わずです。

12　傾向が全く違うものなのでありません。

13　山刀ですが、小説でこれの手入れをする場面が出ていなかったような気がするのです。研究の方で、これを誰が造るのかがどうも手薄の感じがします。大変な難題なのだろうと思いますが、小説は特異性に頼り過ぎたのと、せき込んで書きまくったので疵が大きく、その為に評価を低めているのだと思います。当今の色情狂小説などより数段上だろうと思うのですが……。

14　昭和二十年十二月中旬の明け方、北朝鮮より引揚げの折、博多で乗り込んだ満員の列車が広島駅に停車した時見た構内の凄まじさと向うに広がる廃墟のような広島の市街の光景は今以て忘れられません。楽しい、辛いは過ぎてみれば似たようなもので特別言うこともありません。

名取和夫（六十四歳・山梨県）

41

1 昭和十三年、旧制中学三年生の頃に家庭にて読んだ。当時の住所は滋賀県神崎郡永源寺町相谷。

2 講談社の月刊誌『キング』か『講談倶楽部』であった。

3 セブリの生活や戒律の厳しいこと。箕を製作して販売修理を業としていること。日本国内の山々を渡り歩く生活。

4 永源寺町は山家であり、木地師の祖と信仰されている惟喬親王の墓が箕川と君畑にあり、姓に小椋姓が多い。岡山県の明徳寺と木地師の結び付きも深い。

5

6 夏目漱石、森鷗外。

7 実話として読んだ。生地滋賀県神崎郡永源寺町内に箕川という字があり、愛知川渓谷には竹林が多かった。築瀬村の竹細工は愛知川中流。

8

9

10

11

12

13

14 中支戦線での辛い生活。

匿名（男性・七十九歳・滋賀県）

㊷

1 二十歳頃。貸本屋から。川岸村（現岡谷市）。農業。

2 単行本でしたが、題名は忘れました。

3 小学生の頃、近所に「イカケ屋」があり、皆んなで、交代で「フイゴ」を押したりした覚えがあり、ああそうかと思った事があります。

4

5

6 小林多喜二、石川啄木、林芙美子、徳田秋声。

7 現実（ノンフィクション）の事の様に当時も思いました。

8 小学生の頃、「イカケ屋」をしていた人（既に死亡）が、ヘビ（まむし）などを取ったり、「ハチ」、魚、わなをしたり見てまわるのに足が早く、ついていけなかった事を思い出します。当時、大人の話では甲州出身とか云っていました。

9

10 昭和二十五年頃。貸本屋に無かったから。

11 改めて、すごい本だと感激しています。

12

13

14

匿名（男性・六十八歳・長野県）

43

1　平成十三年七月頃か。書店に「三角寛サンカ選集」第六巻を注文依頼して購入。その後、第一巻。

2

3　この時期、時間が無いので次の機会にお願いします。

4　父（明治生まれ、すでに故人）が、私が中学生の頃に、好奇心の強い私の為に食後思い出話と併せて語ってくれました。彼は渓流釣りが趣味でした。子供心に大人になったら三角寛の作品を読んでみようと思っていました。

5　サンカ小説ではないかもしれず、書名は忘れましたが、作者は綱淵謙錠のものや、江見水蔭の作品などです。

百目鬼恭三郎『奇談の時代』（朝日新聞社）。

6　邦光史郎『物語海の日本史（上・下）』（講談社）、佐治芳彦『謎の上記《うえつふみ》』（徳間書店）、谷川健一『海神の贈物』（小学館）、柳田国男『山の人生』『民間伝承論』。

7　大いに実話に近いものだと思いました。それは戦前、渓流釣りが趣味だった父が、秩父や甲府、丹沢方面で山の民（サンカ？）らしき人達（十人以内）に出会い道案内されたり、宿？　泊を共にした時の様子、彼らの営み（箕作り、食事、山や川での採集作業など）が、三角氏の話とよく似ている点です。

8　父の釣り仲間（渓流釣り）との話のなかで屢々登場（一九六〇年以前、横須賀の私の家で）。エタ、非人、部落民、マタギなどの話が出るたびに彼ら（山窩）の話に及んだことがある（一九六〇～一九七〇年頃、伊豆韮山、下仁田、軽井沢、北海道の話として）。

9　私の父がよく読んだ様で、私自身は、三角寛という名前とサンカという言葉が強烈な印象として残っていました。

10

11

12　高橋喜平『雪国ものがたり』、『仏教№28』「特集　森の哲学」、佐治芳彦『謎の上記』、梅原猛『「森の思想」が人類を救う』、山折哲雄・鎌田東二『オカルト・ジャパン』、谷川健一『海神の贈物』、雑誌『ムー』など……。

13

14　辛かったことは子供時代に父が連帯保証人となり、二度も極貧生活を余儀なくされたこと。楽しかったことは父と一緒に釣り、鉄砲撃ちに山や海によく出かけて行き、色々な話を聞かされたことです。今では（この年になって……）辛いも楽しいも、受け留め方だと思っています。美しい自然に恵まれた地で心豊かに倖せに暮らさせて頂いています。

工藤　忍（六十歳・北海道）

44

1　神戸市兵庫区松本通り。学生（十八歳）頃（その後入営、終戦、復員、三重県へ）。

2　はっきり覚えていませんが、『講談倶楽部』だと思います。

3　当時から現在でもそうですが、日本の固有族とか亡ぼされた一族とかマイノリティーに興味があり、その人達の生き延びて行くための生活、手段、特技、或いは神秘性等、普通には考えられないものがあった様に思っています。又、その為の超常的な努力や作業です（ちなみに終戦時四国山中の落武者部落とおぼしき処に駐屯して居ました）。

4　別にありません。

5　サンカ小説としては三角さん以外にはありませんが、五木寛之さんの『戒厳令の夜』と言ふ小説に海人族（宗像族）と呼応する山人族が登場しました。興味がありました。

6　読書は、通常どおり、漱石、鷗外、蘇峰、蘆花、石坂洋次郎、石川達三、芥川龍之介、チェーホフ、トルストイ、モーパッサン、ユーゴー、デュマ等々（村上浪六の『当世五人男』の文が面白く思いました）。

　書籍は戦前、戦後の苦難時代等のフィルターで古いものはもうありません。雑誌は毎号読み捨てです。週刊誌は『アエラ』丈です。

7　少年時代から読書が大好き、次は山歩きです。昭和十二年～十九年まで入営。神戸裏山六甲山系は殆ど縦走しました。その時に山中の思はぬ処に人の住む跡を何度か見ています。友達や兄達と山窩ではないかと話したものです。世間でもその様に思っていたようです。近づかぬ様にしていました。まんざらフィクションだとは思いません。

8 実際にサンカだと言ふ人に会い話をしたり確かめたことはありませんが、サンカだと言はれる職業人はたくさん見ています。

当時、通常の家庭ではアンタッチャブルの人々、若しくはそのような人々とは深くかかわらないようにしつけられ、成る可くさけて通るのが常識でした。

サンカもその様な人々と見られていました。然し私には大変興味がありました。

9 一般的な理由は判りません。

10

11 大変なつかしく読みました。然し現代の小説の文体と比べると大変素朴です。

12

13 題材のサンカ族について、石器、縄文、弥生時代、或いはそれ以前、以後、日本にはネイティブな族が、北から南から西から各時代に各地に移り住み一族として栄えそれぞれ独立国であった筈。それなりの文化をもち近隣と親しみ部落となり族となり国の様な形態を成していたが、強力な部族（大和族）に次々と侵食され亡ぼされ続け日本の原始形態が出来たと思はれる。賊軍とか鬼とかはただ大和族からの一方的な見かた、言いかたにしか過ぎないと思ふ。日本が統一され文化が進み現代に成った事は正解であったとは確信していますが、その為に亡ぼされた民、逃れ、かくれた民、その人々に昔から伝承された物語や習慣に、その片鱗がある様に思はれます。また海を渡って、或いは流れ来る以前の土地の生活習慣（文化）、その後各部落、国、敗れ、破れて辺地にこもりいろいろの部族に成ったりいろいろな理由で差別されて孤立していった人々もあったと思ふのです。

匿名（男性・七十六歳・三重県）

14

45

1　はっきりした記憶は無いのですが、私が小学生の頃（約六十年前）家にあった単行本か『主婦の友』『婦人倶楽部』（?）で読んで、刺激的な挿絵と内容が、訳のはっきり判らないままに印象に残っています。ウメガイとかセブリ等の言葉が、今迄忘れた事が無いのが不思議なくらいです。三重県一志郡久居町（今の久居市）、小学生（七～十歳?）。

2　『主婦の友』『婦人倶楽部』（家にあった雑誌）。はっきりしませんが、付録の様な気もします。単行本だったかも知れません。全然自信はありません。

3　猟奇的な人物、ストーリーと挿絵にひかれました。子供の時の事ですので、書名、作品名、登場人物等は覚えていません。

この全集の小説はまだほとんど読んでいません。第一巻のフィールドワークと第六、七巻の研究論文は読みました。これから読む楽しみに小説を後に残してあります。

4　小学生の頃の事は判りません。二十代で友人から、フィールドワーク、研究論文の昔の本を借りて読みました。それ以外でサンカの話は聞いた事がありません。

5　読んだ事がありません。三角寛以外でサンカ小説の作家は居るのですか。

6　小学生の時は南洋一郎等の冒険小説や江戸川乱歩を好んで読みました。又、家にあった婦人雑誌の「夫の貞操」や「人妻椿」等訳の判らないままに読みました。

7　多少なりとも実話だと思います。フィクションと切り捨てる事も出来ないと思います。

8　子供の頃に（昭和十年代）川原で見た様な気がするのですが、自信はありません（六十年も前の事ですので）。

9　昭和のエログロ時代の波にのって流行したのではないでしょうか。

10　小学生の時に読んだのが最後で、太平洋戦争に入ってからは読書どころでは無く、戦後には三角寛の本が全然見当たらなかった。

11　六十年振りに再会してうれしかった。古本屋で探しても無かったので。

12　無いが、強いて言えば、木地師関係の本（図書館で）を読んで、少しはサンカに似ている様な気がしました。

13　三角氏が長年にわたってサンカの研究に取り組まれたものを、学問的な信憑性が問題だと、柳田国男等の民俗学者から無視されて来たのは、三角氏に対して失礼では無いかと憤りを感じます。

14　戦後の食糧難（食べ盛りの頃なので、いつも空腹でした）が一番辛かった。

竹内良三（六十八歳・三重県）

46

1 長野市で、小学校五～六年生頃だったと思います。

2 記憶が定かでありませんが、確か単行本だったと思います。但し、題名は覚えていません。

3 幼心に一種異様な夢幻性とエロチシズムを感じたようです。

4 ありません。

5 ありません。

6

7 虚実入り混じった、や、現実に近いものと感じていました。

8 ありません。

9

10

11 期待していた程のロマン性が感じられなかった。一方、サンカについての知識が得られた。

12 ありません。

13 池袋の人世坐と大阪駅ビル地下の「鉄砲」という三角寛の漬物で飲ませる居酒屋が記憶に残っています。

14 阪神淡路大震災で自家が半壊したこと。

小泉一道（六十九歳・兵庫県）

47

1 東京都台東区池之端七軒町。二十歳。日雇。

2 雑誌で読みましたが、なにぶん昔のこと故雑誌名まで思い出せません。

3 特異な世界の小説だから、余計に関心をそそると思ひます。

4 友人達とは余り話題にはなりませんでした。読んだ人が、いなかった故も有ります。

5 昔、読んだ様な気がしますが、作家、書名までは思い出しませんが。後書に、他の書物に書かれている隠語は間違っているとして表が出ていたのは覚えています。

6 獅子文六『てんやわんや』、井伏鱒二『本日休診』、ノーマン・メイラー『裸者と死者』。

7 これに類似した話は有ると思います。

8 昭和十年頃、愛知県の「せと」の方にいると言ふ事を聞いた事が有ります。

9 新しいジャンルの故ではないかと思ひます。

10 昭和三十五年頃。当時「三角寛」の小説を市場で見なくなったので。

11 懐かしい感じがしました。中には読んだ様な気のする作品が有りましたが、読みなおすのも良いですね。

12 最近では「サンカ小説」に類似した作品に出合いません。

13 サンカ小説の作家がいない故か、新作品が出版されないので読みたくても無理かなと思ひます。

14 東京にいた頃、金はなかったけれども、青春を謳歌出来て面白かった（新宿帝都座盛んな頃）。

匿名（男性・七十一歳・三重県）

48

1 平成十三年九月、高知県香美郡土佐山田町。不動産貸付業。七十一歳。

2 『三角寛サンカ選集』『山窩物語』、『サムライたちの海家紋』、『家系と姓氏』。

3 子供の頃（昭和十年～二十六年頃）にトウミ、モミソウケ、バイリウ、竹細工を売りに来ていた。

4 長女（三十八歳）が歴史の勉強したらと云ふ事でサンカ小説を読み始めた。人には話はしない。

5 有馬での秀吉の事、有馬の今と昔、サンカ文字、秀真文字。

6 読んでないのでわからない。

7 現実で今ものこっていると思ふ。

8 子供の頃より今も竹細工をしている話は良くする。

9

10 サンカの小説が出ている事を知らなかった。

11 町史にもいろいろ書いて有ります。

12

13 被差別部落につき、歴史のほんとの事が知りたい。

14 家族で旅行をした時。両親との死別。

馬場広喜（七十一歳・高知県）

㊾

1 於自宅。住所は茨城県多賀郡助川町（現日立市）。小学生（十歳十ヵ月位）。
2 雑誌『日の出』掲載作品。
3 『日の出』の別冊附録「お龍妖艶記」。サンカ娘と刑事のからみ、エロティシズム（今思えば）。
4 周囲には特に関心を寄せる人物はいなかった。
5 なし。
6 子供のことですから、佐藤紅緑、佐々木邦、山中峯太郎など。
7 実話小説とは思えませんでした。
8 箕作りはわが家にも来たことがあります。町とは言いながら実体はまだ農村でしたから。しかしそれがサンカ小説と関係ありとは気付きませんでした。
9 閉塞感からの逃避ではなかったでしょうか。
10 昭和十四年頃。昭和十五年には全寮制の学校へ入学したため。
11 少々期待外れでした。もっとコクのある作品があったのではないかと思いました。
12 近年はあまり小説を読んでいません。
13 むかし、非常に面白く読んだのですが、今次の全集を通読してちょっとチカラヌケしました。
14 帝国陸軍の兵士として中国に渡ったこと。

福田信三（七十五歳・茨城県）

50

1　小学校（高学年）、中学生ころと思う。長野県下伊那郡根羽村。
2　雑誌、誌名はおぼえてない。
3　特殊な用語がおもしろいと感じた。体力、たくましさ。
4　なし。
5　はっきりした記憶はない。
6　なし。三角寛が好きであったということではなく、戦後の山村は本もなく、古雑誌を手当り次第読んでいた。
7　実話と思っていた。
8　中学生ころと思うが、近所の古老の会話の中に「○○はサンカ者だ」といった発言をおぼえている。
9　なし。わからない。
10　中学生のころ。本がなかったから。
11　永年の夢がかなったという感じ。
12　なし。
13　失われていく日本人の心、生活を残すという意味で価値のある作品と思う。
14　本気に人生を生きてきたわけでないので、なし。

項目外のことで記入します。
小生が最近になってサンカに関する書を探した理由の一つに、サンカ文字は日本の神代文字（古代文字）と関係があるのでは……という話を聞いたことによる。

石原宏一（六十七歳・長野県）

51

1　昭和十一、十二年頃か。少年の頃（十〜十二歳）でした。住所は現在地。
2　当時講談社の九大雑誌があり、大人が読む本の中にあり「裾野の山窩」というようなタイトルがあったように覚えています。
3　三角寛というペンネームを知り、物語の中で「ウメガイ」という言葉は印象に残っています。
4　別にありません。
5　別にありません。
6　『少年倶楽部』にあった佐藤紅緑氏の作品「街の太陽」は今でも持っています。
7　実際にその様な人達が居る事は事実だと思っていました。
8　鳥を持って「下駄の歯入れ」と言って通る老婆に会ったことがあります（数え年十三歳〜十五歳）。当時の下駄は差しばと言って入替えの出来る下駄がありましたので。
9　別にありません。
10　戦時中は本が充分手に入らなかったので小説にあまり関心はありません。『婦人倶楽部』に「愛染かつら」が載った位。
11　改めて実態を識ったということです。
12　別にありません。
13　山窩と言うことは知らなくても、差別者（同和）の事は知っている人が周辺には多い。
14　激動の時代を通り抜けて来ただけですが、昭和二十年、神奈川県鳥島で行われた海軍、陸軍合同の液体ロケット秋水の実験を見たことｅｔｃがあります。

小池亀雄（七十四歳・群馬県）

52

1　東京都八丈島八丈町大賀郷、学生（十八歳）。
2　単行本であったが、題名等については忘れてしまいました。
3　新平民、水平社については、中学生の時に社会科の授業で学んでいましたが、サンカについては全く知りませんでした。このような人達がいて仲間だけでの生活と竹細工の品々を売っていた事、小刀の名称等々驚きでした。
4　今回のシリーズを全巻購入した書店の主人の郷里にはサンカの人達がいて、その生活に憧れたこともあると話している。自分の周りではサンカや三角寛については全く知らないようで話をしても乗ってこない。
5　他には知らない。

6　周囲には本はあまりなく、少年雑誌くらいであった。
7　このような別世界があり現実の話と思っていた。
8　この全集が出版された時に、4に書いた取扱い書店の主人がそのような人達や生活をみていたと話している。
9　自分達の中では全くいない人達で、独特なものと映るからではないか。
10　1に書いた当時と思う。その後気にはかけていたが、なかなか古本屋に出ず、出ても高額になってしまい、手が出なくなった。
11　まっていたような気がしております。
12　特にない。
13　昭和三十年頃だと思うが、板橋駅から降りて北区の方へ行った所に「人世坐」（編注「弁天坐」の誤り）？　と云う映画館があり、そのオーナーが三角寛で、ロビーに寛の写真等の額がかかっていたように記憶しています。みた映画については憶い出せません。
14　楽しかった事についてはあまりないです。辛かった事は高校に入学した年に発病し二年後に中退し、四年間の闘病生活後再受験をして高校を出た事でしょうか。

岡田隆司（六十三歳・東京都）

53

1　たしか父が購読していた『キング』か何かの中で読んだ記憶があります。まがまがしい内容だった気がします。当時の住所は、山口県阿武郡地福村（現在阿東町）。小学生でした。年齢は八歳位だったでしょうか。

2　上記の月刊誌『キング』だろうかと思います。父は職人（畳屋）でしたから、単行本を購読した事実は記憶にありません。『キング』という雑誌が間違いであるとしたら、『講談倶楽部』みたいな大衆的月刊誌でした。

3　読んだ感想などは六十年も前の話ですから、ましてや八歳位だった関係からも、つぶさには記憶がなく、とにかくまがまがしい物語の記憶があり後述する「出会い」を印象ぶかくしています。

4　後述する「出会い」について、かつて私は「同和対策」の小さな会のパンフに書いた事があります（現在そのパンフを探査中）。その随筆めいたものは祖父が話してくれた事を、その出会った日の記憶を記したのですが……。

5　なし。

6　好き嫌いで本を読んだのではなく、当時貧しい職人のせがれで、学術的なものは『明解国語辞典』が一冊、大切に鎮座している家庭ですから、父などが読むものを読みあさる早熟な少年でした。

7　フィクションとか事実を記したものとかの概念はなく雑誌の中の小説でも何でも、少年の私には、すべて事実だという感じしかなかった。後年の出会いが、だからめくるめくものだった。

8　押しつまった年の暮れ近い日だった気がする。棕櫚箒や板箕をかついだ、膝上までのつつっぽのかすりを着た母子が、例年の如くやってきた。祖父は「今年はまだ餅をついとらんから残念じゃが、いま焼むすびを作るから待ちなさい」と火鉢の火をすすめ、箒を買った……。そんな事を数年前私は何か差別廃止のあるパンフに書いた。

9　正直言って、爆発的に流行した事実を知りません。考えられるのは、一定の史実にもとづく特異な小説だったのだろうと考えています。

10　少年の私が小説を読んだ初めも終わりも、その後祖父の話の中で、当時出会った「サンカ」と称された母子との記憶が、同和対策事業の一環としての私の俳句指導教室の中で、覚醒された事です。

11　読んだのは小説でなく、サンカ社会の研究書というむしろ学術的分野ですから、直接的な読後感は研究書的性格ですから、面白いといったものでなく、むしろ報告的感想を得たことです。

12　なし。

13　なし。

14　楽しく素晴しいことは生まれて今日まで生きてきたこと。辛かったことは生きていることを意識して今日まで生きてきたこと。

米田俊則（六十九歳・山口県）

54

1　昭和十四年二月頃、父の机の上に、単行本か雑誌か想い出されませんが多分雑誌ではないかと思います。今想いますと『犬娘お千代』の中の一節の様な気がします。当時の住所は山口県阿武郡須佐町。高等小学校一年生（十三歳）。

2　雑誌名思い出せません。

3　思い出せません。
4　昭和十五年春高等小学校を卒業し、山口県宇部市の宇部鉄工所に勤務。昭和十六年高等小学校を卒業した山口県大島郡出身の西村聖太郎君と出会ひ、こんな暮しをしている人達がいることを三角寛の実小説で知ってお互ひ最後まで読みたいと話し合ったことがあります。
5　ありません。
6　朝五時起床、六時寮を出発、六時四十分会社着、七時作業開始、それから夕方七時まで。それから四十分かけて寮にかえり九時消灯。とても本を読むような環境ではありませんでした。
7　実話であることは知っていました。
8　昭和九、十、十一年の秋九月頃、箕づくろいの四十歳位の小父さんが私の部落に来ておりました、箕を肩にひっかけて。でも昭和十二年の支那事変から以後は姿を見ません。父母も箕づくろいの小父さんが来たとは話しませんでした。
9　その様なことは知りません。
10　昭和十六年春頃、寮で『犬娘お千代』を読んで一寸ませた友、西村聖太郎とサンカ小説について話したことがあります。読まなくなった理由は家に送金しなければなりませんから。
11　特に思いつめた感想はありません。
12　ありません。
13　ありません。
14　楽しかったことは仕事の上ではありません。平々凡々の毎日でしたが、辛かったことは入社当時機械仕上工に廻されて、工場一番のやかまし屋の別名赤鬼の名前のある五十歳台の人と組んで仕事をする時一寸したことでどなられて、泣いていると班長が来てかばって呉れました。二年の交替時係長からもう一年と言はれましたが断りました。次に来た人は半年で代りました。親父さんもまもなくやめました。

福田虎之介（七十五歳・山口県）

55

1　昭和二十五年？　横浜市中区豆口台。会社員。二十六歳。
2　『サンカの社会資料編』（母念寺出版）、『背蟲の女』『山窩の女』（蒼生社）。現在八十九冊保持して居るので書き切れない。
3　マタギ、瞽女等日本人の異種を読み興味を持った。以来瞽女、部落民、アイヌにのめり込んで居る。
4　三角寛、サンカについては周囲では余り知らない。是非注目を喚起すべし。
5　椋鳩十、八切止夫、田中勝也、鷹野弥三郎、佐治芳彦、五木寛之、小林初枝、後藤興善、雑司十郎、礫川全次。
6　江戸川乱歩。行刑関係。日本歴史。
7　記者として興味を持ち、それが実話を含んだフィクションにもなったと思います。
一部には揶揄する者も居るが実際に現場に入り実在の人に会っての話であるから興味も起きる。

それが小説である。

8 作り話と批判をする人が居るが、現地を廻って聞き込みによっての小説により、現実感がある。

9 四～五年の流行でその後急そくに薄められたと思う。マタギとともに力を入れるべし（部落民も）。漂流、瞽女は種切れと思う。

10 今回の貴社の全集、古書店を廻っても全くなし。今度の全集発行は極めて有意義と思い読者は増えます。有隣堂本店サービス課長も同感の様です。

11 集大成ですが、今少し不足分があり第二期を発行すべし。

12 現場をふんでの著書ですから迫力感あり。似たもので瞽女、百姓一揆、流人がありますが永続きしない。

13 何か出て来ないかと何時も期待してます。

14 長い船中、半年滞在する静かな山中での読書が最高。

森　吉久（八十歳・神奈川県）

56

1

2

3

4

5

6 川端康成、山本有三など。

7 多少のフィクションが加わっていても、実在の人物の実話と思って読みました。

8 十年ほど前、夕方、丹沢の麓の道を老夫婦が、大きな荷物を背負って道路からはずれて、茂みの方へ入って行った姿を、車の中から見て、ひょっとしたら、山の人（サンカ）かと思いました。寒い頃です。

9 抑圧された時代の、明るい自由な生き方の存在に憧れたことだと思います。

10 最後は忘れましたが、周囲に三角寛の作品が見られなかった。

11 忘れていたもの（人物）に再会できた喜び。

12 なし。

13

14 楽しかったことは忘れましたが、辛かったことは、海軍兵学校に入学して病気でたおれて、岩国海軍病院に入り、八月六日、対岸の広島に原爆のキノコ雲を見たことは、忘れられません。

匿名（男性・七十二歳・神奈川県）

57

1 昭和十二年頃（十一歳頃）、住所は東京都小石川区西江戸川町。

2 確実に誌名をと云はれると？

『少年倶楽部』か『講談倶楽部』かどちらかと思ふ。題名、記憶確認困難。

3　昭和十二年〜十七年頃、現実に其のような生活をする人達が国内に存在しているのか、実在しているのであれば自分の眼で確かめたいと云ふ思春期の未知へのあこがれとでも云ふのか、旧制中学三年頃から強く意識するようになった。特に戦争中、食物が規制されたなかで其のわくからはみて生活をする人々の群れを現実に自身の体験としてどうしても確かめたかった。

4　昭和十五年、私が旧制中学一年〜二年頃、友人の中でたまに話題になった程度。戦後、昭和二十五年頃（大学時代）池袋人世坐館主が三角さんである事などが学友間で話題になる位で彼の小説が論じられる事は少なかったが、恩師テルオカヤスタカ先生と二、三名の学友と座を共にした折、テルオカ先生がたまには馬鹿らしい小説でも読むのも必要だと云ってサンカの事を話しておられ三角さんの事を語っていた。

5　椋鳩十。彼の作品はサンカ小説と云っても、三角さんとは異質。常にメルヘンがあり読後感のさわやかさは中学生であった当時の私でも、三角さんとは比較できない〝ゆめ〟をあたえてくれた。彼の資料館は確か長野にある。江馬修の小説『山の民』の中にサンカらしき者の章がごくわづかであるが語られている如く記憶している。宮本常一氏の文章にも木地師と並んでサンカの事をごく短く書いている章があった（食物に関して）。

6　昭和十二〜十五年頃は海野十三、山中峯太郎、橘外男、江戸川乱歩など。
昭和十七〜二十年（旧制中学高等学院）は島木健作、林房雄、柳田国男など。

戦後、織田作之助、青山光二、坂口安吾、梅崎春生を経て、一時日本の作家の作品を読む興味を失った。六十歳頃より、過去に何回となく接した作家の作品を再び読みたくなり、深沢七郎、金子光晴、中勘助などの全集、内田百閒、宮本常一各氏の全集をもとめ読んでいる。

7　現実の話として受取りたく〝サンカ〟は実在したと私は思ふが、三角さんの小説のなかでの読後感では（現在）全てフィクションであるとは思いたくないが、読者の興味をひくような物語の方向にあえて持っていって仕舞ったような気がする。故にサンカ小説と云ふジャンルから見れば三角さんあっての功もあり三角さんあってのツクリ話と云った説も成りたつのではないでせうか。

8　此の欄で全てを記す事不可能、別に私自身が経験した事を加筆します。

昭和十七年五月頃と思ふ（中学二年生時代）。奥多摩川苔谷に一泊の予定で同窓の松田君と二人で出かけた折、当時は食糧もとぼしく干カレイとあとはわづかの米と片栗粉を私は持参、松田は家業が和菓子屋だったので砂糖と塩モチを持って夕暮浅瀬でキャンプ予定でいたところ余り谷の流れが速く感じられ、こわれた炭焼小屋（と想われる小屋）に予定を変更。夕食のため干カレイを焼いて頭のところにビッシリとウヂがついているのを発見、捨てて仕舞ふべく考えていたところ、四十歳位の男性が現われ、ウヂが湧く位の干物（エラ）は天日干しで美味いのだから捨てるなら私にくれとの事で差上げると、小さな果実の干したものをくれたので其れは何かと聴くとグミの実の干したものだとの事で、私は此の近くに住んでいるのですかとたづねたところ、山が住家だよとの事。友人がおぢさんはサンカみたいな生活ですねと云った時、今でもはっきり記憶していますが、俺なんかは戦争などは関係ない身だし其んな事は聴くなとの言葉がかえってきた事と、谷をあるく時は便利だからと云って、竹の皮で編んだ一メートル五〇センチ位の長さの〝ナワ〟を私達にくれました。

其の人は言葉の末尾にヅラと云ふ方言を使っていましたが、後年ヅラは山梨県郡内地方の方言である事を知りましたが、私は其の頃からサンカと云ふ人々の存在があるのではないかと思ふようになりました。

昭和二十四年九月、埼玉県大滝村より長野県佐久郡の信濃川上村（千曲川源流）へ三国峠を越えて（当時は中津川林道も出来ていなかったので大滝村最奥の部落栃本から一人、約九時間位かかったと思いますが）長野県の標示をみて下り始めて夕刻五時頃だと思いますが、沢の浅瀬を利用してせき止め、石を其の浅いクボミにほうり込んでいる人達が居るのを見たのでそばに行くと、たき火のなかから焼けた石をころがしてせき止めたクボミに入れているので、たづねてみると風呂との事。当時私は旅に出る時、友人松田君（彼は中学卒業後家業の和菓子店で働いていた）が必ず二人で行く時も私が一人で出かける時も砂糖を二袋もたせてくれ（当時としては貴重品でした）持参した砂糖を半袋程（五〇〇グラム）あげると是非風呂に入ってみろとの事。そして葉にくるんだつけものを出してくれましたが酸味がつよくウドの漬物との事で色々と話をしてくれましたが、一番年配の男性が六十歳を越えていたと思いますが四人共家族の由。女性の方も二人おりましたが、男性は風呂を使い女性は湯で身体をふいたあとかこんだ石を元通りに片付け、たき火の後もきれいに片づけ「此れから四〇分位下るとアヅサヤマ？　に白木屋さんと云ふ宿があるから」と云って竹カゴを麻布でくるんだ荷を背に去って行きました。私も白木屋さんにつき、夕食の折一緒に食事をした方達に其の事を話すと、営林署の人達で、其の方達は私が合った人達の事を、あの連中はマタギではなく女連れでくるのは国有林で出初めの舞タケとりだがキチンとあとを片付けて行くので憎めない人達でカワセの連中だ、採ったキノコは町場で売って生活の足しにしているのだと云っておられ、開拓部落で農作業をするには向かない人達だと話され、其れ以上私も聴く事は出来ませんでした。昭和四十五年から昭和四十六年にかけて私は家内と二人で車で中津川林道を越え白木屋さんに三回泊り当時の事を白木屋さんの御主人や奥さんに聴きましたが、私達に記憶はないが先代の頃（大正末期から昭和八年頃の由）山の衆から舞タケを買った話を聴いた事があると話してくれ、埼玉県大滝村栃本の川上山荘？（この宿にも二泊している）の奥さんはあの人達は戦後は見た事はないしこんな山奥には住めないよ、何せ部落全体が親戚みたいなところだからと云っていましたが、戦前（昭和初期）は其のような人達も此の辺りでは見かけたよと語ってくれましたが、ムセキモンと云ふ表現を使っておりました。

9　理由は簡単。戦時中、戦後を通じて日本人の大略の方達は物を考える、即ち思考力をホシガリマセン勝つ迄はに向けられており、戦後は思考力よりも食ふ事が全て。はっきり云えば読後に考える物語（小説）？　よりも何も考える事なく筋を追っていけば納得できるような小説とはとても云えない物語の方に目を向けたのではないかと思いますが、エログロと同じくサンカの物語（三角さんの）が多数の人達に読まれたのではないでせうか。

10　一九七〇年頃、『サンカの社会』（確か朝日新聞社刊）を読んだが、其れ以後今回貴社刊の全集を購入したので読まなくなったとも云えず読みたくないとも断定できない。然し……貴社には申し訳ないが、馬鹿らしい本が出たと思ふ。

11　前項に綴った如く馬鹿らしい？　反面三角さんの御息女の本を読まなかったら作者の人間性を

尊重できたかも知れないが、肉親から観ても余り尊敬できる人間ではない面を持っていた事を指摘している。此の事と彼の書いた小説とは関係は無いが、生計を維持するために売れれば良いと云った点に主体をおいて一時期書いていたのではないかなと思わざるを得ないような気がする。

12 海音寺潮五郎氏。史談と史論のなかでサンカを想いださせるような章がある（木地師に関連して）。和歌森太郎全集の中で読んだ記憶があります。

13 私のように江戸時代より明治時代の初期の頃迄の食文化に興味を持つ者にはサンカと云ふ人達の食文化について三角さんの小説は余りにも淡白にえがかれている点、食文化の面から見ると学術的な価値はひくいと思ふが如何……？

14 知友、農学博士近藤弘、二十年余り（昭和四十三年～平成三年死去）の付合い（彼の作、中公新書、毎日新聞、秋田書店、ホルプ社などより出版）。私の勤めの関係もあり名前を出せなかったが資料を提供し得た事。彼は〝マタギの食文化〟、私は知り得る限りの〝サンカ〟の存在、そして食文化について語り合えた事。更に昭和五十八年、同窓の先輩十一代早大総長清水司氏（現在東京家政大学学長）、近藤弘、当時群馬銀行会長山崎氏（群馬県太田市在、日本誉酒造業が実家）と四人でまぼろしの酒造米〝亀の尾〟を再び酒造家の方達に使っていただくようになどと話し、昭和六十三年頃から亀の尾を使ってくれる蔵元が出てきた事。

小林倉之助（七十三歳・群馬県）

三角寛サンカ小説の読まれ方

佐伯 修

プロローグ

『三角寛サンカ選集』全七巻が完結して間もない平成十三年（二〇〇一）九月頃のことだったと思う。『選集』版元の現代書館の担当編集者・村井三夫氏からゴムバンドで一くくりにされた分厚いハガキの束を手渡されたときは、正直なところ、その意味の重大さに思い至らなかった。『選集』の好評はうすうす耳にしていたし、実際売れ行きも好調と聞いた。読者カードがこれだけ送り返されてくるとは、「ほう、さすがだね」といった程度の気持ちでカードをめくり出した。

「何なんだ、一体これは！」

数枚のカードを読み進むうちに、雷に打たれたような衝撃を覚えた。わざと大袈裟な言い方をするのではない。自分が、年来、解明したいと思いながら、内心諦めかけていた疑問をとく緒口《いとぐち》が、いままさに眼の前に出現したように思われたのである。

カードの多くは、年輩の人からのものだった。それらは、細かい文字でびっしりと綴られたもののあれば、走り書きのものもあり、旧字・旧かなや草書のものもあったが、ほとんどは、若き日に読んだなり姿を消した三角寛の「サンカ小説」との思いもかけなかった再会を、まず喜んでいた。さらに、それらの中の相当数からは、単なる読者カードの回答の域を超えて、三角の「サンカ小説」を読んだ体験をスプリング・ボードにして、昭和という途方もない時代の、自らが経てきた戦前・戦中・戦後の時間を、そっくりこちらに投げ返そうとする気魄さえ感じられるのだった。この人たちにとって、三角の「サンカ小説」との出会いの意味とは何だったのか?

いまから十年以上前、東京都内や埼玉県内などで、「サンカ」の主要な生業の一つとされる農器具「箕《み》」の製造や修繕を巡回しながら行なった、「移動箕直し」についての聴きとり調査をしたことがある。このとき、驚かされたことには、「移動箕直し」についての記憶をもつ、当時、六十代後半から七十代だった都市近郊農家の人びとのほとんどは、三角の「サンカ小説」を読んでいた。のみならず、彼らは「セブリ」だの「ウメガイ」だの「ヤゾウ」だのという三角の作中の〝用語〟をよく憶えていて、「移動箕直し」について語るさいにそれを用いようとするので、見たままを聴きたいこちらとしては、三角の影響力の大きさを呪ったものである。

この聴きとりの結果は、主に、『マージナル』誌に発表した「三角寛「山窩小説」を歩く」(本書所収)と「サンカの足跡を訪ねて」にまとめたが、このとき、三角の「サンカ小説」が、何故あんなに広範に人の心を魅きつけたのかがとても気になった。のちに、赤坂憲雄氏の編まれた『叢書・史層を掘る 第五巻・漂泊する眼差し』に収録された「サンカと呼ばれた人びと——移動箕直しノート」の中でも示唆しておいたが、三角の「サンカ小説」の流行を「社会現象」として正当に評価し、その理由を探ることも無駄ではないのではないかと思われた。三角の著作を、「サンカ」という実態を解明する資料として、その是非を論じることばかり行なわれているが、あれほど人の心を捉えた「サンカ小説」とは何だったのかも検討に値するのではないか、と。

このテーマ解明の目的から言って、今回の『選集』の読者カードは格好のものだったが、カードは本来の目的以外には使わない約束であり、もっと詳しくいろいろな事項を訊きたかったので、改めて十四項目の質問事項からなるアンケートを、カードを送ってくれた読者全員に送り、同年十月から十二月にかけて回収した。なお、アンケート送付の時点で送られてきた読者カードの合計は九十八枚である。この中には、複数巻のカードを同一人物が送ってくれた場合もあり、あくまでも〝延べ〟の数字だが、性別から言えば、女性からのものは十枚であとは男性、年齢構成は、二十代以下はなく、三十代からが一枚、四十代七枚、五十代十四枚、六十代三十三枚、七十代三十四枚、八十代八枚、不明一枚で、六十、七十代からが約七割弱を占める。

「どれくらい戻ってくるかな?」

村井氏と囁き合いつつ、放流する鮭の稚魚の母川回帰率を占うような気持ちでアンケートの束をポストに投函する。

「サンカ小説」との出会い方

回収できたアンケートの総数は五十七通、回答者の住所は各地に散らばっているが、東北の日本海側と北部、九州南部と沖縄からは皆無である。最多の六名は埼玉で、以下、五名が東京、山口、四名が長野、三名が大分、兵庫、福岡、神奈川、三重、二名が広島、静岡、高知、山梨、滋賀、群馬で、あとは一名ずつである。一人だけ、読者カードを送ってくれた時点では健在だった男性〈⑨長野県・(75)〉が亡くなって、夫人の一文が添えられた白紙アンケートが送り返されてきた。三角寛の「サンカ小説」との再会を良き憶い出として旅立ってもらえただろうか……。故・俵信次氏のご冥福を心からお祈りしたい。

それ以外の五十七名の年齢構成は、七十代が二十六名と最も多く、六十代が十七名でこれに次ぐ、以下、八十代と五十代が同数の五名、四十代三名、三十代一名である。なお、性別は、六名が女性で、あとは男性であった。

質問事項の冒頭、三角寛の「サンカ小説」との最初の出会いだが、戦前・戦中が二十六名であるのに対し、戦後が二十七名、不明が四名である。ただし、戦後の二十七名中六名は、今回の『選集』で初めて三角寛の著作にふれたとのこと。

三角寛の「サンカ小説」との出会い方に関しては、この、今回の『選集』が初めてのケースはとりあえず除かせていただく。

その上で、「戦前・戦中」組二十六名と「戦後」組二十七名を比較すると、興味深い違いが見られる。まず、三角の「サンカ小説」と出会った年齢だが、「戦前・戦中」組では二十六名中二十名までが十代の前半以前で、残る六名は十代後半、二十代以上に至っては皆無という結果が出た。逆に小学生、それも十歳以下で三角の「サンカ小説」に出会った例も複数見受けられた。時代的には、昭和十一年（一九三六）から十三年（一九三八）あたりとの回答が比較的目立っている。

昭和十一年（一九三六）と言えば、春には「二・二六事件」、初夏には「阿部定事件」が起こった年であり、翌十二年（一九三七）は、七月の七夕の晩に「盧溝橋事件」が起きて「支那事変」（日中全面戦争、日華事変）に突入する。「戦時」に突入するわけだが、国民生活にはまださほど深刻な影響は出ていないはずである。東京市内のデパートの大食堂には、ビーフ・シチューやプリンもあったという（キャサリン・サンソム『東京に暮らす』）から、まだ「耐乏生活」には程遠く、むしろ、戦前の生活のモダン化の総仕上げの時期と言うべきだろう。

そして、この時期こそ、流行作家としての三角寛の絶頂期であり、例えば文藝春秋発行の『オール讀物』（正しくは『文藝春秋オール讀物號』）には、宮本三郎の挿絵入りの「山窩綺談」がほとんど毎号掲載されている。ちなみに、小説家としての三角のデビュー[1]は昭和五年（一九三〇）で、彼が「サンカ小説」に手を染めたのは、その翌々年の昭和七年[2]（一九三二）のようである。そして昭和十二年（一九三七）という年は、彼が第二「サンカ小説」集である『山窩綺談　瀬降と山刃』（春陽堂）を出した他、「サンカ小説」の代表作の一つ「山窩血笑記」を発表、また『東京朝日新聞』四月十二日附の文化面には、五段抜きで「『山窩』の隠語」を執筆し、古巣から「文化人」として遇されている。更に、この年の九月一日からは、歌舞伎座で、三角寛著「山窩綺談」よりとして、西澤揚太郎構成「山窩の女」（二幕）が市川猿之助、水谷八重子の共演で上演され、三角寛も「意匠指導」をつとめている。

と、いった頃に、当時の少年・少女たちは、三角の「サンカ小説」ワールドに出会っているのだが、それは別に三角がティーンズ向けの「少年小説」を書いていたからではなかった。主に、父親など、大人たちが買ってきた大人向けの雑誌を、背伸びして、こっそりと読むケースが多かったようだ。

例えば、少し後の昭和十七年（一九四二）頃「『キング』？　だったか」で読んだという、当時九歳の少年〈㊲福井男性（68）〉は「子供が読む本ぢゃないと父に叱られた様に思ひます」と言う。

また、十歳だった昭和十年（一九三五）から十七歳だった同十七年（一九四二）にかけて、当時日本統治下だった朝鮮の京城にあった自宅で三角の作品を読んだという男性〈㊳熊本県（75）〉は、「亡父の購入雑誌『日の出』『キング』『講談倶楽部』などをかくれて読んだ」中にそれがあったという。

また、十四歳ということは昭和十二年（一九三七）の頃読んだという男性〈㊴大分県（78）〉は「六人兄弟の長兄がいつもこの『キング』を購読していたので、兄からかりて読んでいた」と言い、「あの時代、個人的に雑誌を買って読むような人は少なかったと思う。非国民とでも言われそうで、堂々と読んでいたわけではない。十一歳上の兄がたまたま『キング』という雑誌をいつも読んでいたので、こっそりとのぞき読みしてサンカ小説の存在を知っただけのこと」とつけ加えている。

回答に現れた雑誌名としては、うろ憶えと断った物が多いが、『オール讀物』、『キング』、『日の出』、『講談倶楽部』以外に、『富士』、『少年倶楽部』の名が挙がっている。但し、そのすべてに実際に三角が「サンカ小説」を執筆したかどうかは未確認である。また、「戦前・戦中」期は、三角が流行作家として各誌に続々と新作を発表していた時期だけに、〝出会い〟の場の比率は雑誌、単行本では、圧倒的に雑誌が多い。

また、次の例は、十七歳から二十歳にあたる昭和十二年（一九三七）から同十五年（一九四〇）と、今回のアンケートの「戦前・戦中」組では比較的年長であり、呉海軍工廠の工員をしながら学校に通う「苦学生」だった男性〈②広島県（81）〉のものだが、三角というより当時の「読書」のひとつのありようを彷彿とさせるものがある。

「雑誌は『オール讀物』『キング』だったと思います。下宿の近くの本屋と懇意になり、支払いは月末、新刊のものを一晩で読破し、翌日、古本屋に七～八掛で売る、効率のよい読書法でした」

なお、「戦前・戦中」組で、三角の「サンカ小説」に出会った時点で、就学していたのは二十四名なのに対し、社会人は二名にすぎない。してみると、三角の「サンカ小説」とは、ティーン・エイジャーの学生だけを魅きつけるものだったのか？　結論は後にして、とりあえず「戦後」組をざっと一覧する。

三角の「サンカ小説」に、「戦後」になって出会ったという二十一名のうち、十代で、という人は十名、二十代は七名、三十代は三名、四十代がゼロで、五十代が一名であった。「戦前・戦中」組の大半を占めた十代前半以下で、という人は四名にすぎない。また、学生と社会人は、前者が十一名で、後者が九名、残る一名が無職。但し、学生には、学童と受験生を含める。また、時代的には、昭和二十年代が九名、三十年代が六名、四十年代が三名、五十年代が二名、六十年代が一名、となっている。

実を言うと、戦後になって三角の「サンカ小説」に出会った人がかなりいたことは、少々意外であった。三角本人の言に従えば、戦後はほとんど「サンカ小説」は書いていないそうだが、戦前に書いた大量の「サンカ小説」は、さまざまに焼き直され、編集し直された単行本というかたちで、戦前以上に広く出回り、しばらくは新しい読者を増やした。そんな状態は昭和二十、三十年代を通じて続いたもようである。

だが、やがてこの状態も下火になる。三角寛が亡くなったのは昭和四十六年（一九七一）だが、彼の「サンカ小説」は、そのだいぶ前から人気を無くしていたようだ。それに代わって、昭和四十年（一九六五）の『サンカの社会』（『選集』第六巻に『サンカ社会の研究』として収録）をはじめとする「サンカ研究」が刊行され、それまでの「サンカ小説」とは、やや別種の関心を有する読者を得た。

例を示せば、昭和五十年代末の三十代のとき、八切止夫の著書で三角のことを知ったという銀行員の男性〈㉓東京都（49）〉や、二十年前（ということは昭和六十年代）に三角自身の「サンカ研究」歴のメモワールというべき『山窩物語』（読売新聞社、一九六六年＝『選集』第一巻に収録）で初めて三角に出会ったという農村出身の男性〈㉜埼玉県（72）〉のような、歴史民俗マニア、もしくは「教養書」として三角の書を手にした、新たなタイプの読者である。しかし、五十代の男性〈⑧静岡県（57）〉の質問10への回答にも見られるように、その後間もなく、それらの読者の前からも、三角寛の著書は姿を消してしまったのである。

何に魅きつけられたのか

遠い十代の日に、三角寛の「サンカ小説」を読み、その後、数十年間を経て、今回の『選集』でそれに再会した人びとにとって、「サンカ小説」は、どのように記憶され、否、血肉となっているのであろうか？

「その縄張りの地域に何事かあると、ヤゾウの命の下、セブリをたたみ、キャハンを連れ、ニクル（美人）を抱き、ウメガイを腰に差し、オオガケで目的地まで険しい山や谷を疾走して移動する躍動感に胸をおどらせました」〈④福岡県、男性（70）〉

「ヤゾウ」、「セブリ」、「キャハン」以下三角の〝十八番〟とも言うべき「サンカ用語」の妥当性や、この回答者の男性の記憶の確かさについては、いま、一切問うまい。ただ、三角の「サンカ小説」の世界は、まさにこのように記憶されたに違いない。

この男性が三角の「サンカ小説」群を読み出したのは昭和十二〜十三年（一九三七〜三八）で、最後に読んだのは同十七〜十八年（一九四二〜四三）の頃と言うから、六十年近い歳月を経ての記憶である。むろん、回答作成にあたって、今回の『選集』による記憶の補正を経ているかもしれないが、たぶん、それは微々たる程度のものではなかろうか？

私個人としては、このような回答を読むと、十数年前、「移動箕直し」について、三角の「サンカ小説」の用語を駆使して語ってくれようとした、世田谷や寄居の農家の老人たちのことを思い出さずにはおれない。そのとき私は、「移動箕直し」もしくは「サンカ」に関する〝事実〟を採集する立場から、三角寛の著作から得た知識を、自身の体験したものとないまぜにして平然と語る、彼らに苛立ちを覚えたのだが、思えば、彼らとて、昨日や一昨日に三角を読んだわけではなかったはずだ。むしろ、それだけ彼らの血肉と化している三角の「サンカ小説」の威力は途方もないと言える。

④の男性は、「人生で一番印象に残っていること」として、昭和二十年（一九四五）八月十五日の敗戦のことを挙げているが、彼が十代の日からくぐってきたであろう人生の浮沈や事件や思想信条の変化、社会的価値観や政治的な潮流の変動などを想像すると、その間、おそらく何の実用にもならない代わりに、全く侵蝕も抹消もされなかった「サンカ小説」の記憶の不滅性に、ますます尋常でないものを感じる。

4の回答で、もう一つだけ見落とせないのは、質問9の「サンカ小説が爆発的に流行した理由」として、宮本三郎の挿絵の力を挙げていることである。宮本の画業や「サンカ小説」の挿絵の魅力にふれた回答は他にもあり、

「宮本三郎画伯の挿画にハマリ、サンカ画集も買ったことがありました」△2広島県、男性（81）▽

「（「サンカ小説」との出会いは）挿絵に興味を覚えた事がきっかけでした」△24埼玉県、男性（59）▽

「子供の頃のことで、具体的なことは書けませんが、（三角の「サンカ小説」の）挿絵と筋書の奇異さに引かれたのかと思います」△35滋賀県、女性（74）▽

「猟奇的な人物、ストーリーと挿絵にひかれました」△45三重県、男性（68）▽

このような挿絵の力も相俟って三角の「サンカ小説」が、思春期の少年少女の心のうちにそそりをかけたものは、「異質の世界」への好奇心、こわいもの見たさ、そしてエロチシズムだったと思われる。「猟奇」という言葉も、アンケートの回答には散見された。

「不思議な、しかしかなりいかがわしい小説であると云う周囲の評価であった」△10埼玉県、男性（55）▽

「自分の環境とは全く別の世界があることを知って子供心に興味を持ったことは事実です」△17東京都、女性（74）▽

「猟奇的だ、どぎついと評される。その通りだが、三角の小説の魅力はそこに在るのではなく、その下層に存在するサンカの移動生態についての三角の強烈な美学に由来する。武蔵の〝逃水（虹）〟のようなサンカの自由な移動生態である。〝特に秋の山野を斜に渡って行く姿にたまらなく詩を感ずる〟

と。文体の構成にではなく、読んでいてふとゆきあたる部分部分に感ぜられる美しさである」〈㉙神奈川県、男性（79）〉

「ウメガイの持つ絶対的な迫力と規律の遵守の社会性にひかれる。又、忍者に通じる（上廻る）人間離れした行動力の動きの中に滅入るばかりのエロチズムを織りまぜた一巻の絵巻物が、滅びる悲しみの中にあるからだと思う」〈㉝埼玉県、男性（61）〉

「きびしい掟の中での男女のロマンス、その中で秋の夕暮と牧草は心にのこっています。言葉もおもしろいと思っていました。血なまぐさくなく、自分がその人物になって、あまく、くすぐったい思いをしました」〈㊱福島県、女性（68）〉

「幼心に一種異様な夢幻性とエロチシズムを感じたようです」〈㊻兵庫県、男性（69）〉

必ずしも相互にかみ合わぬ、多様な感想が見受けられ、「サンカ」に対する認識の程度もまちまちと言えるが、三角の「サンカ小説」が、どういう感じで自分をとらえたかについて、回答者なりに適当な言葉を探そうとする苦心が伝わってくる。私のつたない理解では、それは、猟奇やエロチシズムと一言でも言えるが、親や学校などによって公認されない物や場所を、こっそりとのぞく、ときめきのようなものではないかと思うが、如何なものか？

しかし、そんな心をときめかせる三角の「サンカ小説」の世界は、つねに人びとと身近であったわけではない。アンケートへの回答者たちのうち、今回の『選集』で初めて三角に出会った六名を除く人びとは、全員、少なくも一度、三角の「サンカ小説」との〝わかれ〟を経験していると言っても過言ではない。

その理由には、大きく分けて二つのものがあると思われる。その一つは、例えば[2]の回答者のように、兵役に取られ、復員後も三角の「サンカ小説」に出会えなかった、というもので、実際には、戦後、単行本のかたちで三角の「サンカ小説」が出回っていても、日々のくらしに追われて、それを求めるいとまがなかったのではなかろうか。また、戦後に三角の「サンカ小説」と出会った、より若い世代では、[8]のように、「サンカ小説」の流行そのものが下火となり、書店の棚から消えてしまった、というものもある。それらは、言わば社会情勢や時代の変化によって、やむを得ず三角の「サンカ小説」の世界と〝わかれ〟たケースである。

だが、どうもそうばかりではなかったようである。すなわち、人間としての成長や社会に出ることが、三角の「サンカ小説」との〝わかれ〟というか、〝卒業〟を自然にもたらしたというものである。このケースは、[24]の「社会人になり『現実の世界』に身を置くようになって」という回答が端的に物語っており、軍務に就く、上級学校に進学する、結婚する等といったものも、自発的か強制かの程度はさまざまであるものの、人生の節目に際しての三角ワールドからの離脱と言えそうである。

また、このような三角ワールドからの離脱・〝卒業〟の理由を、三角の「サンカ小説」そのものについて言うなら、例えば、

「(三角寛の小説を読むのは)学生時代に終ったと思う。読めば面白いが、語り口が似かよって来ているのと、連綿と古代から続くということの設定の繰返しに、多少の疑念を持つ様になってきたからではないか。それと他に読むべきものが沢山あったと云うべきか」〈[33]埼玉県、男性(61)〉

という回答が言いつくしているように思う。

さらに、前にふれたように、「戦前・戦中」期の、三角「サンカ小説」初体験者に二十歳以上で、という例が見られなかったのは、ひとつには、昭和十年代初頭に成人の読者だった人びとが、既に物故するなどして、今回の『選集』を手にしえなくなっていたこともあるだろう。けれども、やや強引に解釈すれば、当時の少年少女たちが、「非常時」ということもあって、比較的きっちりと三角の「サンカ小説」から〝卒業〟したせいではないかと思うのだが、どうだろうか？　逆に、「戦前・戦中」には、都市でも農山漁村でも少年少女を魅きつけるような娯楽は、活字以外になく、その代表が三角の「サンカ小説」だったのではないか？

さらにさらに、今回のアンケートの質問8の回答を見ればわかるように、「サンカ」のような、市民社会の枠外をさすらう人びとの存在や存在の気配は、当時の少年少女の周囲には、都市ですら、濃厚だった。例えば北杜夫が『楡家の人びと』で描いた「青山墓地」の如く、「原っぱ」や「墓地」はたえず少年少女に見知らぬ存在との遭遇を予感させた。この種の謎めいた存在に対する感受性は、社会関係を合理的に解釈する大人よりも少年少女のほうが強い。生き急ぐことを宿命ととらえていたであろう当時の少年少女にとって、「サンカ小説」の世界は、十代後半にさしかかって、大人であることを自覚するや、早朝の夢のように忘れ去られるべきものとなったのではあるまいか。

にもかかわらず、少なくとも今回の『選集』の読者たちに関して言えば、彼らはそれを忘れることができなかった。これは、彼らが三角の「サンカ小説」の世界と一度は〝わかれ〟を経験せねばならなかった以上に凄いことである。「戦後」組ながら、三角ワールドからの〝卒業〟を綴った㉔の男性にしてからが、今回の『選集』による再会について、次のような感想を述べているのだ。

「再び不思議な世界に遊び、昔を思い出した。また、こんな世界に気ままに暮らせたらとの思いを強くした」

過酷な戦争体験にふれた回答者も少なくなかったが、かの「シベリア抑留」の不条理を体験した二名のうちの一名の男性〈⑥岡山県（80）〉が、抑留体験と重ね合わせて三角の「サンカ小説」を再読し、「感無量」、「シベリア生活に比べるとサンカの人達の生活は極楽世界のようである」としるしている言葉を、率直に受けとめたい。ひょっとして、スターリンなんぞよりも、三角の「サンカ」たちのほうが、強く、偉かったのかもしれぬ。いや、そう思いたい。この人が、三角寛の描いたサンカたちのことを想いつつ、シベリアで生き抜いたとすれば、すごいことではないだろうか。

質問11の、今回の三角の「サンカ小説」との再会についての回答には、圧倒的に「なつかしさ」を訴えたものが多かったが、中に、色褪せて見えたことに失望する声もかなり聴かれた。その理由は、読者の人間的成長や社会の変化、小説作品としての文体の時代性などもあると思うが、大きな要因としては、雑誌掲載時にあった「挿絵」の不在があるのではないだろうか。そして、それ以上に、遠ざかっていた三角の「サンカ小説」の世界へのなつかしさから来る美化が大きすぎたせいではなかったか。ましてや、自発的に三角ワールドを〝卒業〟したのではなく、強いられて〝わかれ〟ねばならなかった人びとの、再会への期待感は大きかったに違いない。

実社会との出会いと深入りによって、三角の「サンカ小説」の世界を夢まぼろしと感じ、〝わかれ〟た人びとは、何十年かの実社会を生きた末に、実はそちらのほうこそ夢まぼろしであることに気づき、三角の「サンカ小説」の世界を再び探し求める、と言えば不謹慎であろうか？

注

（1）三角の「文壇デビュー」についての過去の記述はまちまちである。例えば、『マージナル』第一号には、三種類の事典類から人名項目「三角寛」が引用されているが、

Ⓐ「昭和四年（一九二九）永井竜《ママ》男の推薦で『岩ノ坂もらい子殺し』を『婦人サロン』に発表、ついで翌五年六月から六年八月まで『昭和毒婦伝』を同誌に連載して文壇にデビューした」（清原康正、『日本人名大辞典／現代』）

Ⓑ「昭和五年六月から六年八月にかけ「婦人サロン」に『昭和毒婦伝』を連載、文壇に進出する。（第一回のみは山村秋次郎の名を用いた）」（武蔵野次郎、『日本近代文学大辞典』）

Ⓒ「（一九）三〇～三一年、記者生活のかたわら雑誌『婦人サロン』（文芸《ママ》春秋）に『昭和毒婦伝』を執筆連載したことから山窩小説を開拓」（斎藤良輔、『朝日人名辞典』）

と、いったぐあいに少しずつ違う。

昭和四年（一九二九）に創刊され、同九年（一九三四）まで続いた、文藝春秋発行の月刊誌『婦人サロン』を見ると、昭和四年の各号（同年九月～十二月号）に「岩ノ坂もらい子殺し」という題の作品は見られず、昭和五年（一九三〇）六月号に、山村秋次郎「昭和毒婦伝」と大原實「貰ひ子殺しの真相」が同時に掲載されている。

このうち、「昭和毒婦伝」は、翌七月号に「夫を殺して（昭和毒婦伝の二）」が、目次では「老刑事談／三角寛記」、本文では「M老探偵談／三角寛記」として載り、八月号に初めて三角寛単独の名で「復讐に燃える女（昭和毒婦伝その三）」が掲載される。ただし、八月号の目次では「復讐に燃えた女（昭和毒婦伝その四）」となっている。以後このシリーズは、九月号の「その五」から、翌昭和

六年（一九三一）八月号の「その十六」まで続くが、作者名は「その七・八」のみ、なぜか大原實で、あとは全て三角寛である。

また、大原實の名で載った「貰ひ子殺しの真相」は、当時、東京府下板橋町岩ノ坂で起きた実在の事件を扱ったもので、Ⓐの『岩の坂もらい子殺し』はこれを指していると見られる。

一方、三角の遺族の許に遺された、三角が、生前、自らの著作管理のために作らせたとおぼしき著作リストの「刑事事件に関する著作」の項には、右の「貰子殺し殺人事件」および「昭和毒婦伝その二」から「その十六」までは、「大原實」の名によるものも全て載っているが、「山村秋次郎」の名による昭和五年六月号掲載の「昭和毒婦伝」は載っていない。

さらに、「昭和毒婦伝」シリーズの「その二」以後のものは、ほとんどが、昭和七年（一九三二）十一月に出た『昭和妖婦伝』（新潮社）と、昭和九年（一九三四）一月に出た『昭和毒婦伝』（春陽堂）の二冊に収められたが、「山村秋次郎」名義のものは除外されている。すなわち、「昭和毒婦伝」の第一回目を書いた「山村秋次郎」が三角寛であるとするⒷの記述が正しいかどうかは、目下のところ不明であり、私見では、山村＝三角は疑わしく思われる。

これに対し、「大原實」が三角寛と同一人物であることは確かと思われ、『婦人サロン』がデビューの場だとすれば、三角の「文壇デビュー」は、昭和五年（一九三〇）の同誌六月号（第二巻第六号）、大原實「貰ひ子殺しの真相」とすべきである。

なお、前記の著作リストには、「大原實」と「三角寛」以外の名で『婦人サロン』に掲載された文章も、自作として記載されており、その名を出現順に列挙すると以下のようになる（（　）はその名前の初出）――大原實（昭和五年五月号）、M・M生（同七月号）、菊坂生（同八月号）、加藤瀧次郎

（同十一月号）、伊谷國司、三原清（六年一月号）、磯谷信吉、高島清兵衛（同二月号）。このうち、「大原實」と「加藤瀧次郎」には、三角の肉親と恩人の名の一部が使われるとの指摘を、三角の娘婿・三浦大四郎氏よりいただいた。すなわち、「大原實」の「大原」は、少年時代に預けられた最乗寺の住職の苗字であり、「實」は兄の名。また、「加藤瀧次郎」の「瀧次郎」は、実父の名であるという。三角が、その母に対して終生強い愛慕を抱き続けたことは、かの「母念寺」というネーミングからも覗えるが、筆名の中に、父や兄の名を埋め込んでいたことに、改めて彼の「肉親」や「恩人」に対する独特の「情」の〝濃さ〟が感じられる。

（2）『婦人サロン』は、昭和六年八月号をもって創刊以来編集を担当していた永井龍男らが転出するが、三角もこの号以後『婦人サロン』から離れる。彼はその後、同じ版元の『文藝春秋オール讀物號』の常連執筆者となったが、同誌では、「海寶千代吉」（昭和六年十一月号）を例外として、筆名は「三角寛」に絞られて、昭和八年（一九三三）七月号からは、「三角寛」の名で「山窩奇談」等を発表しつつ、「三浦守」の本名で「歴代名刑事列伝」の連載を開始する。三角が「東京朝日新聞」を退職したのはこの年である。

（1）でふれた著作目録によれば、三角の「サンカ小説」の最初のものは、昭和七年（一九三二）『文藝春秋オール讀物號』に載った「山窩お良の巻」（四月号）「続山窩お良の巻」（五月号）「瀬降の虎吉」（十一月号）「続瀬降の虎吉」（十二月号）で、「瀬降の虎吉」の項に「本格的な山窩物本号より発表」との但し書きがある。

三角寛の山窩小説が好きやった

ミヤコ蝶々

私は小学校も出てないから、字が読めませんでした。今も難しい字はよう読みません。

字を覚えたんは、父親が小さい私に与えてくれた本です。当時の少女雑誌や小説ですね、たとえば、『少女倶楽部』（注・大正十二年一月〜昭和三十七年十二月刊行）や『幼年倶楽部』（注・大正十五年一月〜昭和三十三年三月刊行）という子供向けの雑誌で字を覚えました。

父親が言うたんです、「その字が読めんでも、何回も十字に読んでたら意味がわかる。その代わり、斜めに読んだらあかん。それではその字の意味はわからん」言うて。つまり、十字というのは縦横。縦に読み、横の関係を考えたら、自然とその読めん字の意味がわかるということです。いわゆる意味を類推するっちゅうやつやね。

けど、読むゆうても、まとまった時間なんかありませんからね。三歳から芸人で、七歳で座長になって、年中旅回りでしょ。移動する汽車の中でちょっとずつ読むんですよ。

小説で最初に覚えてるのは、吉屋信子の『良人《おっと》の貞操』。十三歳の私に父親が買うてくれたんですけど、なんぼ大人の間で育ってませてたゆうたかて、十三でしょ。意味なんかわかりませんよ。「ああ、この男の人、浮気したんやな」くらい（笑）。お父さんもえらいもん買いよったもんや。

もうちょっと年齢いってから読んで好きやったんは、三角寛の山窩小説です。『怪奇の山窩』『情炎の山窩』『純情の山窩』、これが山窩小説三部作と言われてるはずです。山窩いうのんは今の人に言うてもわからんやろけど、自分の家を持たず、山奥や河原に野営しながら暮らす人らのことです。そういう人達の生活や生きざまを書いた小説です。

十代の頃読んだんやけど、好きで、山窩小説はほとんど全部読みましたね。きっと、旅の空の生活をしてた自分とよう似てて、親近感も説得力もあったんやろうね。

最近、いうてもだいぶ前やけど、山崎豊子さんの『白い巨塔』と『女の勲章』が好きでした。それと、平岩弓枝さんの『御宿かわせみ』。人間の情というものがすごく伝わってくる。欲も怨みも哀しさも喜びも、人間というのは愚かやけど、一所懸命生きなあかんなと思わせてくれる。

ほんまに最近はあかんね。目が悪なって。七十年も舞台の強いライトにあたってたら目もいかんなりますよ。

けど、雑誌は読むよ。新潮と文春は必ず読んでた。今は新潮が面白のうなったから、週刊文春だけ毎週読んでます。え？　あんた、文春の人？　そうか。何や知らんけど、あんたんとここの頃よう怒られてるなあ。何をそんなに訴えられたり怒られてるんかと、余計読むようになるわ。あない怒らんでもええのになあ。

週刊誌は世の中を知るために読むんですよ。私は自分の芝居の脚本を書くから、今の日本がどんな問題を抱えてるんか知りたい。それと、舞台の後にやる講演のため。芝居を見に来てくれはったお客さんのために、今の政治や老人問題について語りかけるんです。それするには、正確な情報を知ってないかん。

時々、読めん字もあるけど、意味はわかる。あ、そや、ちょっとあれ持って来て（と、お付きの女性に）。あんた、この字読めるか？（と、先般受賞した勲四等瑞宝賞の表彰状を示して）読めんやろ？ 私も読めん、この字（「……璽をおさせる」の「璽」を指して）。おそらくハンコのことや、それも陛下の。難しい字やろ？ けど私は意味はわかる。

私の人生はいつでも戦争やった。ゆっくり本なんか読んでる暇がなかった。けど、小さい時は本から字を教えてもらい、大きくなってからは人の心を教えてもろた。脚本を書く時、本から教えてもろうた人情の機微が、栄養になってます。

来年の一月は大阪の中座で芝居をやります。題は「ぼけましておめでとう」。老人問題や。あんた、見に来なあかんよ。

（『週刊文春』一九九三年十二月十六日号）

三角寛「山窩小説」を歩く

朝倉喬司
佐伯　修
今井照容

はじめに

三角寛の〝山窩小説〟を歩いてみようではないかと考えた。

三角寛の〝山窩小説〟は頗る評判が悪いようだ。興味本位の筋立てからなる猟奇小説だというのだ。果たして、そう言い切ってしまってよいのか。たしかに〝小説《フィクション》〟である以上、詐欺師のごとく嘘八百を並べねば〝小説《ロマン》〟として存在できまい。しかし、三角寛の小説はあまりに具体的なのである。地名や年代に異様なほどこだわりを見せるのだ。仕事部屋に、各地の地図を広げつつ〝山窩小説〟を書き続けた三角寛は、どのような判断である特定の〝地名〟を選んだのだろうか。謎である。三角寛が〝地名〟を選択した根拠、原モチーフとは？　そこに〝山窩小説〟にはついに書き込まれることのなかった歴史と民俗の闇が横たわっているにちがいない。こうなると〝山窩小説〟を歩いてその闇の所在をたしかめずにはいられない。そうは言っても、三角寛の著作は数多く、そのすべてを手に入れることなどはなかなか難しい。

そんな時に現れたのが『山窩の女』という一冊である。神田の古本屋のひとつ、一誠堂で三千円で手に入れた。奥付には昭和二十二年二月五日発行とある。版元は長野県岡谷市の蒼生社。このなかに武蔵野三部作と銘打った「緑陰の漂浪者」が収められていた。その一篇が「多摩の英麿」である。「多摩の英麿」は砧村の宇奈根河原に瀬降（山窩が生活する移動天幕）を張る多摩山窩の頭目英麿《おさき》のもとに、高幡不動の櫓玉親分の娘おあさが夕闇のなか川の向こうから現れる場面から始まる。おあさは英麿に関東一の親分《やぞう》が中野の等閑の森で逮捕されてしまったことを告げる。英麿は早速、おあさと共に高幡不動への大早駈《はやまく》を決断するのだが、泣き真似にかけては日本一の〝箕づくりの泣力〟がごねだす。英麿は頭目といっても、まだ十六歳、泣力のほうがずっと年上なのだ。自分も一緒に連れていけというのだ。結局、英麿は泣力も連れてゆく破目となる。途中、下心が見え見えの泣力は策を弄し英麿とおあさを分断してしまう。危うし！　おあさ、となるわけだが、泣力のちょっかいは失敗に終わり、最後は英麿とおあさの恋の芽ばえを仄めかしての大団円となる。以上が、大まかな筋立てだが、ここから地名だけを抜きとってみると、こうなる。

砧村の宇奈根河原、宿河原、登戸、御殿峠、高幡不動、浅川、中野の等閑の森、本郷の団子坂、片品川、金古町、前橋、堀ノ内のお祖師さまの森、成宗、高井戸、烏山、調布、府中、大国魂神社、分倍河原、関戸、連光寺丘陵《きうりょう》、向ケ岡、百草丘陵《もぐさをか》、秋川の軍道村《ぐんどうむら》、一ノ宮、大丸《おおまる》、矢野口、久地、川崎、恋ケ窪、四ツ谷――。さすがに多摩を冠した題名だけあって、これらの地名のほとんどが多摩川、青梅街道、甲州街道沿いに集中しているのだ。これならばフィリップ・アリエスの日曜歴史家ならぬ日曜探検隊が可能である。コッポラの『地獄の黙示録』よろしく川を遡る探検である。

（今井照容）

われら等閑の森の幻住民

まぼろしの森を求めて

なぜ、新宿にパンダなのだろうか。京王線新宿駅西口の改札口前に電気仕掛けの巨大なパンダの縫いぐるみが置かれている。パンダは上野動物園の象徴ではあっても、多摩動物公園の象徴ではない。十一月三日、文化の日。子供たちはパンダの縫いぐるみを取り囲み、記念スタンプを押してもらっている。多摩動物公園にパンダなど一頭としていないことは百も承知であろう。むしろ、騙されることを楽しんでいるのである。蛇女や轆轤首の演し物小屋を現代の都市文化は排除してしまったが、それと同様のいかがわしくも胸を躍らさせずにはおかない〝文化装置〟をこのパンダは正統に受け継いでいるのだ。

約束の時間は午前十時。待ちあわせ場所のパンダ前に三十分も早く着いてしまった。どんな歴史も、そのすべての歴史を掌中に収めることなどできない。いや、書かれてしまった歴史は所詮、ある党派性の光源をあててしまった結果にすぎまい。しかし、残念ながら書かれなければ歴史ではないようだ。歴史ならざる歴史の闇は人びとの生活や街の風景の〝現在〟の基層をなし、歴史の無意識として生き続けるより他はない。パンダの縫いぐるみにしてからが、そうなのである。歴史によって切り捨てられてしまった歴史こそが、われわれの探し求めている歴史なのだ。

朝倉さんが現れた。午前十時十分前。続いて佐伯さんが到着した。〝等閑の森〟は、わが探検隊にとって重要な記号のひとつであった。三角寛は「多摩の英麿」だけでなく、他の山窩小説でも〝等閑の森〟を登場させているのだ。この森がサンカの集合地であった可能性は極めて高い。

英麿が、（それぢやア訳《わけ》を話すぞ）といふ顔をして、『菊井ノ団平兄哥が、刑事《きたかぜ》に挙《ふか》れたんだ。おあさちやんから訳《たんか》を話《あけ》て貰はう。』と言ふと皆が、『あの関東兄哥が。』と、どよめいた。おあさは、『ついさつきよな。中野の等閑の森から連れて行かれたげ。』とまづ言つた。『等閑の森から？』皆は悽愴な顔になつた。（「多摩の英麿」）

この一節から〝等閑の森〟が中野にあることは明白だった。しかし、中野の〝どこに〟となると三角寛は一行も触れていない。すでに朝倉さんは中野区役所での聞き込みや図書館での資料収集はおろか、本職の犯罪ルポライターとしての独自のネットワークを生かしながら、いくつかの手がかりは摑んできたのである。

朝倉さんの摑んだ手がかりは、

(1)等閑は太田道灌の〝道灌〟が訛ったものではないだろうか。(2)地下鉄丸ノ内線中野新橋駅の付近は、かつて道玄町と呼ばれていた。この町名は、この地にある福寿院という寺が〝堂換のお寺〟と呼

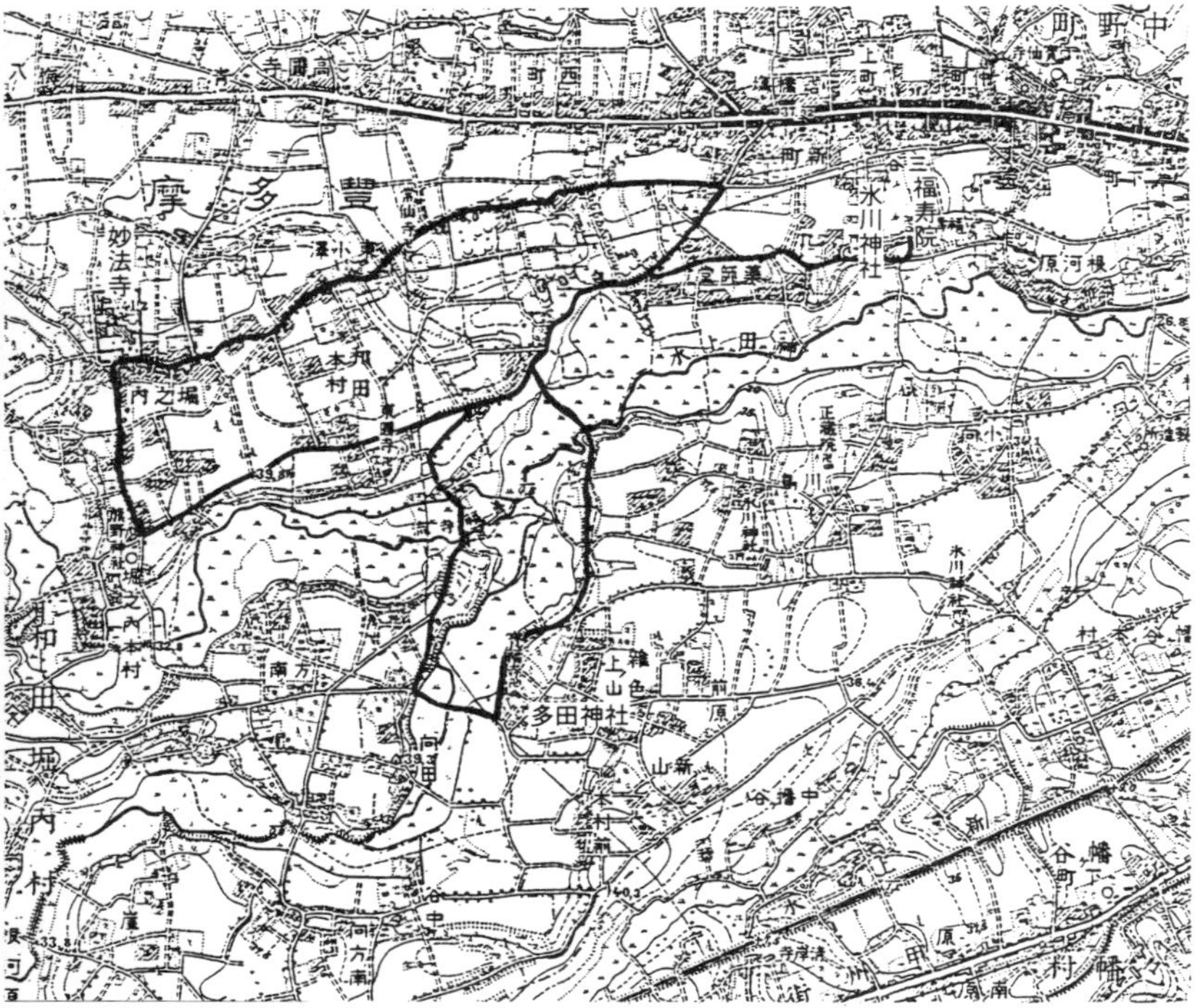

明治43年３月　大日本帝国陸地測量部発行　中野地区（国土地理院所有）

ばれていたことに由来する。(3)さらに、この近くには太田道灌が創立したと伝えられる氷川神社も存在する。堂換、道玄、道灌の語感からしても〝等閑〟に訛りうることは十分考えられる。(4)しかしながら、この付近のみに〝等閑の森〟の可能性を限定してしまうのはどうか。サンカの瀬降は神社、仏閣の境内に多く見られたことと考えあわせるならば、多田神社を囲む森もなかなか臭い。(5)さらに「堀ノ内のお祖師さま」という表現が「多摩の英麿」にあったことを見落としてはなるまい。これは杉並区の妙法寺を指すが、現在の中野・鍋屋横丁は、その参道入り口にあたり、青梅街道を通じて内藤新宿につながっていた。新しい手掛かりが摑めるかもしれない。

〝森〟の記憶を掘り起こす

中野新橋の地下鉄出口を背に左方向に歩いてほんの数分。川底までもコンクリートで固められた神田上水をわたり、帝都信用金庫を目指す。前方にアスファルトがせり上がる。この次の道を左に折れると、こぢんまりとした福寿院の山門を発見できる。そこから、ゆるやかな坂を上ると庫裏の左手に本堂が姿を見せる。本堂はけっこう新しい。三人三様にうろちょろし始める。朝倉さんと佐伯さんの視線が境内に祀られていた石像に奪われる。佐伯さんが声をかけてくる。

「蛇なんですよ、蛇っ、凄いっ」

「弁財天ですね」と朝倉さん。さらに続けて、

「これは蛇身ですなあ。珍しいですよ。蛇がとぐろを巻いている上に女性の顔が載っかっている。だいぶ古そうだな」

佐伯さんが首を傾ける。

「朝倉さん、顔の部分がコンクリですよ。どうしたんでしょうか」

朝倉さんいわく、

「盗まれちゃったんじゃないでしょうかね」

住職は留守らしい。応対に出た奥さんによれば、福寿院の本尊は薬師如来で、弘法大師空海が諸国巡遊中に、この寺に立ち寄り彫ったものと伝えられている。〝堂換のお寺〟と呼ばれている所以につ

いて聞き出す。

もともと、福寿院はこの場所にはなかったそうだ。もっと西方の村はずれにあったという。明和年間（一七六四年〜一七七二年）、回禄の災い（大火事）を被り、伽藍を全焼。その後、安永年間（一七七二年〜一七八一年）にどういうわけか、現在の地に移転した。つまり、堂換をしたのである。これが、更に旧町名の道玄へと転訛していったとされる。

話は蛇身の弁財天に移る。朝倉さんの予想どおり、〝顔〟の部分は盗まれてしまったらしい。福寿院では写真をもとにコンクリで復元した。この弁財天は娘の顔のものであり、井ノ頭公園にも同様の蛇身の弁財天があるが、そちらの〝顔〟は老婆のものとのことだ。

この日は立ち寄れなかったが、福寿院から徒歩で十分弱、山手通りに面する成願寺には、何と蛇身の伝説が残っている。成願寺は紀州熊野神社の神官を先祖にもつ中野長者こと鈴木九郎が開基したとされている。鈴木は観世音の御利益で巨万の富を成したが、これを人知れず埋蔵しようとして次々に下僕を殺害していった。鈴木には美しい一人娘小笹がいたが、中野長者・鈴木の〝応報〟で、いつの頃からか体に鱗が生じ蛇身となってしまった。彼女は、この不幸に苦悩し、ついには神田川に入水してしまう。ところが、自殺後も、蛇と化した小笹は毎夜、庭をはい回ったという——。ひょっとして、福寿院の蛇身の若い娘の顔は小笹のものではあるまいか。あるいは、こうも妄想できる。蛇が〝性〟を象徴する記号であるのならば、蛇身の弁財天の盗まれた〝顔〟は中野のワンルーム・マンションに住む新宿歌舞伎町のＳＭクラブやファッション・マッサージで働く少女たちのものではないか、そう、〝顔〟は現在という時代に盗まれたのである、と。

——このあたりで等閑の森とか、等閑と呼ばれている所をご存じないでしょうか。

「と、う、か、ん、ですか。知りませんねえ」

——例えば竹細工のかごを売りに来たりということはありませんでしたか。

「さあ、私は知りませんね。おばあちゃんなら、もしかすると。ちょっと待って下さい。電話しますから」

奥さんは居間に消えた。居間から奥さんのかすかな声が聞こえる。待つこと数分。

「おばあちゃんの話でも竹のかごを売りに来たということはなかったそうですよ。ただ、青梅街道三丁目の郵便局のちょっと先に竹のざる屋さんがあったそうです。今は金網屋さんになっているらしいですね」

収穫はあった。〝金網屋さん〟はサンカについて重要な情報をもたらしてくれるかもしれない。サンカの主たる生業が竹細工、川魚・蛇捕りだったことは今更言うまでもないだろう。したがってわれわれのフィールドワークは〝地名〟をタテ糸に〝川〟〝魚〟〝蛇〟〝竹〟ないし〝竹細工〟をヨコ糸に今後とも織りなされていくはずである。

変わった狛犬だった。石の鳥居をくぐると、社殿前に一対の狛犬が待ち構えていた。その一方が母犬の乳を子犬が吸っている像だった。奉納と大きく刻まれた文字の下には「天保四年」とある。即ち一八三三年、天保の大飢饉の真っ只中。一揆、打ちこわしが各地で起こっていた。多くの幼児が満足に母親の乳を吸うことなく次々に餓死する。そうした情況が乳を吸う狛犬像を必然化したのかもしれない。本郷氷川神社は〝谷底〟を走る道路をへだてて、福寿院の反対側にあった。

社伝によれば、応仁の乱のさなか、文明元年（一四六九年）に太田道灌が江戸城築城の際、これを鎮護するために武蔵大宮の氷川神社より勧請した二簸社のひとつであるという。惜しくも道灌が〝献栽〟したと伝えられる杉は大正三年夏、落雷のため枯れてしまっている。

本郷氷川神社は、まさしく〝道灌の杜《もり》〟であったのである。ただ、われわれ探検隊は〝道灌の杜〟が〝等閑の森〟へ転訛していった歴史を裏付ける証拠を手に入れることはできなかった。朝倉さんの提案で多田神社へ徒歩でむかうことになる。本町四丁目と五丁目の〝境界線〟を、中野通りの十貫坂へと抜ける。地図の上からはそれだけのことだった。だが、実際に歩いてみると、道は〝高さ〟を持っていた。しかも、道がまっすぐには延びていない。視界を何かが遮る。〝山〟を歩いている感じだ。山道が隠し持っているサンカの記憶がわれわれの〝足〟を通して伝わってくる。

十貫坂のゆるい坂を下り始める。途中、左に折れ、方南通りに出る。多田神社は地下鉄車庫のメカニカルな風景が出現したら、それを無視して左手の森を目指せばよい。多田小学校の裏手、松、杉、楓などの古木に囲まれた静かなたたずまいのなかに多田神社はある。境内は高地になっているが、ここから見えてもおかしくない新宿の高層ビル群をこの空間は拒否する。七五三詣りの親子と、それを目当ての写真屋さんと宮司さんがいた。現在の南台にあたるこの地域は古くは雑色村と呼ばれていた。そのことからも、かつては職人の村だったことがわかる。〝箕つくり〟もまた竹の〝職人〟である。祭神は多田満仲。源義家が後三年の役に出陣のおり、この地で多田満仲の霊感を受け、陸奥の清原家衡を全滅させた、と宮司さんは義家の〝武勲〟を昨日のことのように讃えた。おまけに昔は多田小学校までも神社の敷地であったと、その〝領土〟を誇示する。宮司さんの顔が侵略者のそれに見えた。

多田神社と隣接する宝福寺（真言宗）に足を踏み入れた。宝福寺そのものには興味が湧かなかった。多田神社の宮司さんの毒気にあてられたせいもある。墓地を歩きながら休憩することにする。墓地は森のなかに深く潜んでいた。〝人間〟の声が聞こえない場所だった。サンカが瀬降を張った場所は人間の声を、都市の風景を、つまり、人間であれ、風景であれ、近代という情況総体を拒否していたのかもしれない。〝森〟や〝河原〟とはそういう場所なのである。

非定住・漂泊の無意識

人びとのざわめきがうるさかった。妙法寺。さすがに、厄除け祖師として庶民の信仰を集めているだけのことはある。しかし、それだけのことだった。境内の背後に広がる墓地に出た。煙草を吸う。煙突が見えた。堀ノ内火葬場（現在は堀ノ内斎場）のものであろう。大正九年、東京市長後藤新平の大東京改造計画の一環として、この火葬場の建設は着手された。〝お上〟は反対運動に対する懐柔策として二業地（花柳界）の許可を提案したが、それは〝提案〟のまま、翌年に操業が開始される。住民は裏切られたのだ。ところで、この火葬場は堀ノ内と名付けられてはいても、今も昔も堀ノ内にはない。当初の目論見では高円寺火葬場と命名する予定だったが、高円寺には貞明皇后が幼少時代を過ごした大河原家があるため、隣村の堀ノ内の名が冠せられたのである。こんなところにも天皇制は息づいているのだ。〝堀ノ内のお祖師さま〟を走り抜けて行ったサンカの一群は、この火葬場にどのような〝視線〟を投げかけたろうか。

すでに日は暮れていた。三人とも心のどこかに福寿院の奥さんがもらした〝かつて、ざる屋だった金網屋さん〟のことがこびりついていたようだ。私たちは鍋屋横丁を迷うことなく目指した。午後六時、鍋屋横丁にたどり着いた。青梅街道に出て新宿に向かう。T金物店は目印の郵便局のすぐ先にあった。シャッターは降ろされたまま。横道に入り勝手口のドアをたたく。「今晩は！」。朝倉さんが声をあげる。二度、三度。誰も出て来ない。部屋の灯りはついている。留守ではない。粘る。人影が動く。こちらにやって来る。横のガラス戸が半分だけ開いた。老人が頭を出す。

——このあたりにお住みになってから、だいぶお古いんでしょうか。

「そんなことはない。もともとは、ここの者じゃない」

——どちらでしょうか。

「甲州」

——甲州から中野に出て来られたのですね。

「最初は深川でした。深川の親方について仕事を覚えて、あとあっちこっちして、ここにいます」

——この近くにも金網の店が一軒ありましたね。

「この先の金網店も甲州の出で、同じ親方についていた。もう、いいでしょう」

中野にかぎらず、東京には甲州出身者が多いそうだ。（以下は、足を棒にして歩いた私の勇み足である）

しかし、甲州名物の「ほうとう」の看板を掲げる料理店を探すのは、アフリカ料理やベトナム料理を食べに行くことよりも難しい。甲州のほうが、よほど〝エスニック〟なのである。これが「長崎ちゃんぽん」だったなら、あちこちにあるのだが。なぜなのだろうか。甲州人のこころの無意識には非定住・漂泊の〝思い〟が脈々と流れているからなのだと思えて仕方ないのである。

（今井照容）

宇奈根河原・逢魔が刻

兵庫島・午前零時の漂界民たち

総数四百篇といわれる三角寛〝山窩小説〟の一篇「多摩の英磨」には東京周辺の地名が数多く登場する。冒頭に現れたのは、「砧村の宇奈根河原」。明治三十五年六月一日の夕刻、この宇奈根河原から多摩川を挟んだ宿河原にかけて、主人公「英麿輩下の山窩が、『山刃《うめがい》』一本で、器用にかけた『瀬降《せぶり》』を、七十一も張つてゐた」という。現在の世田谷区宇奈根、多摩川の河原は、東名高速道路橋梁のすぐ下流にあたる。今回、朝倉喬司、今井照容、そして私、佐伯は、この地名を念頭に、二子から喜多見にかけての多摩川沿いを歩いた。

東急二子玉川園駅ホームの先端に立つと、多摩川の流れ越しに対岸の土手まで続く河原の風景が眼下に広がる。まるで河原の砂利の間を縫って流れているかのような多摩川の本流。手前の土手に沿って流れる支流、野川。二つの流れに挟まれた、ちょうど中洲のような場所に、こんもりと木々の生い茂った森がある。野川にかかる小さな橋の上をそぞろ歩きの人びとが行き交い、白っぽく乾いた河原にできたオアシスみたいな森の木陰や周囲で、思い思いくつろぐ姿が見えた。

森のすぐ脇に、バラックのような平屋の茶店が数軒、軒を連ねている。軒下の板に赤いペンキで書かれた「お志ながき」には、サイダー、ビール、おでん……などとあり、窓に「釣りエサあり〼」の貼り書き。むぞうさに束ねられた赤や青のタモ網が目につく。店先に「たなご五匹百円」と書かれた水槽があって、タナゴ、ハゼ、小エビなどがあっぷあっぷするように犇《ひしめ》いている。雨ざらしにされているためか、水槽の表面はサビ付いたように曇っていて、中の水の色が見えない。

薄い汁の表面にぎらりと油膜の光るラーメンを運んできた、腕っぷしの強そうな店の主人に、この場所の名前を尋ねた。

「ここは兵庫島っていうんですよ。あの魚はここではなくてよそ行って捕るんです。主に埼玉で、ここを夜十時頃出て、向こうへ着くのが午前零時すぎ……。捕り難い魚をつかまえるわけだから……。遠いとこでは愛知県の豊川あたりまで足を伸ばしますけどね。朝までにはここへ戻って来ますよ。採集の道具？　だいたい四ツ手網ですね。十一月の終わりになったら、店を畳んで、壊しちゃうんですよ。冬の間はみんな方々へ散って働いて……また春になると戻って来て店を建てるんです。同じ場所に」

翌年の春、店を建てるのに使う材木は、予めシートでくるんで、河原に寝かせておくのだという。一夜のうちに愛知くんだりとの間を往復したり、店を解体して移動し、また建てなおすことを、何でもないことみたいに言ってのけるところがすごい。一所に定住し、土地とか家とかいうものを「不動産」と見做す、〝土手〟の上の住人には、想像もつかないことかもしれない。

そんな多摩川の河原は、昔からしょっちゅう姿を変えて来た。大雨の度ごとに、川の流れは集落を分断し、一夜にして広い耕地を押し流した。定着、農耕生活者にとって、そこは、決して安心できる

昭和14年５月　大日本帝国陸地測量部発行　二子地区（国土地理院所有）

空間ではなかった。

「川なんてものは本来なかったんです。水はたまたま低い場所を流れるだけで、それを川と呼んだり、境界線として固定したりするのは、あとの都合でしょう」

と郷土史家、鈴木好重氏は言う。

堤防や護岸に囲い込まれる以前の川は、それ自体、定着を拒みはげしくのたうつ生き物であり、河原は川という巨大な生物の広い広い棲息地だったのである。

兵庫島。多摩川と野川の合流点にあるこの砂洲は、南北朝の頃、この地に割拠した江戸氏に狙われた武将、新田義興の家臣、由良兵庫助の屍が流れついた場所といわれる。付近は、昔からアユ、ウナギの名所として知られた。地元で川魚漁をしていた古老によれば、多摩川の温かい水と、日陰を流れる野川の冷たい水がここで出合う「潮目」みたいな場所だという。天然アユなどの減った現在も、東京湾から汽水魚であるマルタが上ってきて、この近くで産卵する。ユリカモメなどの海鳥をよく見かけることも考え合わせると、海がここまで延長されているような感がある。海へむかって延びた〝半島〟。多摩川と野川に挟まれた土地の形はそんなふうに見える。先端にあるのが兵庫島だ。

「盲目」の女箕直しが川を渡る

「多摩の英磨」の主人公は「箕づくり山窩」ということになっている。そしてその「輩下」たちは「飴屋」「箕直し」「鋳掛屋」「魚捕」「洋傘直し」などをなりわいとしている。

「サンカ」と「箕」は、なぜ結びつけられるのだろうか? 宮本常一は、箕の特殊性を、その製作に「特別の技術を要したのであろう」としている……。[1] 今回、下調べのさい、私たちは二子玉川に近い瀬田の女性の回想に[2]「ミなおし」の姿を見出すことができた。それは赤子を背負った女性で、たいへん足が早かった、という。

瀬田をはじめ、多摩川の河岸段丘の下から河原に至る土地にはかつて水田が多かった。とりわけ、宇奈根、喜多見、鎌田など、野川と多摩川に挟まれた〝半島〟は「肥料要らず」といわれる良好な土質と、野川からの水に恵まれて、質の良い米が穫れたという。そして箕は、米づくりに欠かせない道具であった。

私たちは、「箕直し」の影を求めて堤防の内側[3]の土地を歩き、いくつかの「言説」に出会った。

（一）「うちあたりが田んぼをやめたのがもうかれこれ二十年前になるから、来てたとしたらそれ以前ってことになりますね。それまでそこらじゅう流れてた川を、野川に一括しちゃってから、いい田んぼはできなくなっちゃいましてね。それが二十年くらい前。

箕直しの人が来てたのは、夏から秋口にかけてで、五十代の職人風の人が、リュックに材料詰めたり、ときには自転車で来てました。どっから来てたのかなあ。あっちの方じゃないですか、甲州とか奥多摩。材料のこととかあるし。

どっちかっていうと、その場で直してましたね。ほら、箕ってツノんところが傷みやすいでしょう。そこへ、ツツっと竹を挟んで直すんです。うちなんか庭が広かったから、夏の盛りにはよく木の下とか日陰の涼しいとこにムシロを敷いて、近所から集めて来た箕をみーんな持って来て直してたですよ。まめに来てたから、このへんじゃ箕はほとんど新しく買い換える必要はなかったんじゃないですか。けっこう世間がなんだこうだ、とか自分のうちのこととかを話しながら、庭先で楽しくやってたけど、どこから来たかだけはきき忘れたなあ」（宇奈根　農業　五十五歳）

（二）「箕を直す人が、十年くらい前までは来てましたね。この東名高速ができたあともしばらく来てたから。

比較的寒い時期で十月から三月頃でした。男性で四〜五十歳くらい。特に名前では呼んでなかったと思いますが、毎年同じ人でした。甲州とか山の方から来たのではないでしょうか。農閑期に仲間と自動車か何かで上京してたんじゃないかな。あるいは薬売りのように、溝ノ口あたりの木賃宿に泊まってたのかもしれないし。修理にはフジを使うんです。注文をとりに回って来たら、壊れた箕を預けて、直して持って来たのと引き換えに修理代を払っていました。料金は、一コにつき五〜六百円で、かかる日数は約十日でした。

箕は今でも使いますが、入り用なときはボロ市が重宝です。あと普田の天神様。箕直し、薬売り、そのほかにも、三河万歳だの、御嶽山、榛名山の御師《おし》さんだのが来ていましたが、いつのまにか来なくなりました。現在も来ているのは御嶽山の御師だけで、これは一月頃お札を売りに来ます」（喜多見　農業　五十代）

（三）「箕直しは私が見たのは『盲目』の女の人で、五〜六十歳くらいだった。十歳くらいの男の子に手を引かれて、注文を取りに来てたね。みんな『箕直しのおばさん』と親しげに呼んでいたよ。男の子は孫だったのかもしれないね。その人たちは、多摩川の向こうの二ケ領用水の〝水はかり〟のところにある〝久地のお宮さん〟（川崎市高津区の久地神社か）から渡し舟で来ていた。箕は、そこにいる旦那さんが繕ってたんだね。

一度、その久地のお宮さんまで行ってみたことがあるんだ。その人たちは、お宮さんに住みつくことを黙認されていたらしい。それも、裏の崖に小屋か、ほら穴があって、そこで暮らしてたんじゃないかな。私はまだほんの小さい時分だったから、そんなとこまでは見なかった。私が行ったとき、旦那さんはお宮さんに腰掛けて仕事をしててね『おじさん、この筒《ど》（ウナギ筒＝ウナギ捕りの道具。筌《ど》）

直して』って言うと『あさって来な』って言うから『そんなに早くできるの？』って訊くと『だって、早く（ウナギを）捕りてえんだろ？』って……。

あとで知ったんだが、その旦那は箕のほかに、ウナギ筒やすだれを作って、溝ノ口に今もある『甲州屋』という店へ卸してたらしいよ」（吉沢　元農業・川魚漁　八十九歳）

以上、三つの話で（一）（二）と（三）が大きく違っているとしたら、それはどういうことに由来するのか？　箇条書きにしてみる。

①まず、時代が異なる。（三）の語り手・川辺健次郎氏は明治三十二年生まれであり、その人の少年時代、ということは明治の終わりかせいぜい大正のはじめ頃のことになる。これに対し（一）（二）は戦後の、昭和四十、五十年代のものである。

②（一）（二）は成人の目から見たものであるのに対し、（三）は子供の目から見られている。おとなたちにとって、箕直しは巡って来る行商人や職人の一種であり、身近な打ちとけた存在であっても、農器具の修繕という現実的な必要性にもとづく関係である。これに対して、子供の目から見た彼らは、畏れと好奇の対象になっている。でなければ、少年はわざわざ彼らの棲み処を訪ねたりしなかっただろう。

③（一）（二）の箕直しが別段特異な外見をしてないのに対し、（三）のそれは、「子供に手をひかれた盲目の老女」であり、「神社のお堂の裏の崖で野宿に近い暮らし方をしている（らしい）」という〝聖痕〟をもつ。

①〜③は複雑に絡みあって、（一）（二）と（三）を分けているように思われる。（一）（二）に窺えるのが、「箕直し」という巡回職人の都市近郊農村での（営業の）有り様だとすると、（三）では、「共同体の外から訪れる不思議な存在」が「箕」とむすびつけて語られる。ひょっとすると、「箕」という器具の背後に「サンカ」の影がおぼろげに浮かび上がるのはこのときかもしれぬ。

ひとつだけ、おもしろいと思ったことがある。箕直しはどこから来てたんでしょう、と問うと、人びとはまず「たぶん、あっちの方」と西の方の山並みを漠然と指さしたことだ。

多摩川——都市空間の屈曲面

宇奈根の堤防から、夕闇の迫る宇奈根河原へ降りてゆく。このあたりでは、堤防の外側の草むらもかなり深い。さっき、ほとんど江戸時代の農道の曲がり方そのままのような、堤防内の集落の道を歩いていて、たまたまこんな噂を耳にした——見たわけじゃないけど、近頃、河原の草むらに野宿してる人がいるんだって。けっこう上手にビニール張ったりして、雨露をしのいでるって……。

たぶん、それは、ごく一般的な路上生活者が住みついたのを見かけた、というにすぎまい。ただ、河原という場所は、堤防の内側の人びとにとって、見知らぬ人がそこへ住みついても、別に驚くにはあたらないと思われる場所であること。そして、たまたま、子供の姿が見えなくなるなどの不安なできごとが起こると、たちまち、それら見知らぬ人が〈犯罪〉と結びつけられてしまう場所でもあること。それを感じるのである。

河原のいちばん下の、川面の高さにまで降りきると、周囲の風景がかなり違った見え方をする。家並みは堤防の陰になってほとんど見えず、丈高い草の海の上に、高速道路の橋梁や送電線の鉄塔が見えているにすぎない。それらの構造物は河原から眺めると、本来の機能的な意味が剝がれ落ちて、その規模と形が人造物よりは自然物に似かよって見え、草むらや夕焼け空に融和してしまう。

川は、上流、すなわち農夫たちが箕直しのやってくる方向として黙示する〈山〉と、下流、すなわち遡上する魚や海鳥たちに象徴される〈海〉という、二つの異世界性に通じる道である。堤防と堤防の間に広がる河原とは、対岸という堤防の内側からは遠い場所が、手のとどく場所に感じられ、対岸を迎え入れるところであった。

向こう岸からこちら岸へ、いく条《すじ》かの高圧電線が延び、風にかすかにゆれている。ひたひた水に洗われるあたりのヨシは高さ二・五メートルはあるだろう。「多摩の英麿」の主人公の前に、ヒロイン「おあさ」が初めて姿を現すのはこの場所である。

女は蛍火《ほたるび》を口に咥《くは》へ、脱いだ着物を頭に縛りつけ、ざぶりと川に飛込んで、抜き手を切つて渡つて来た。そして、英麿の目の前にすつくと突つ立つた。(「多摩の英麿」)

「蛍火」とは、フキの葉に三〜四十匹の生きたホタルを包み込んだ、一種の信号である。向こう岸からこちらへ渡ってくる女の、すらりと白い裸身や「蛍火」は、対岸の空間性を帯びている。対岸の風景の一部が女の姿をとって、蛍光を放ちながらこちらへせり出して来る、といってもいいかもしれない。

三角寛がこの作品で描きたかったのは、あるいはこの場面だけだったかもしれないと思う。その舞台として、今にも向こう岸から見知らぬ途轍もない存在がやって来そうな予感に満ちた、強烈なエロティシズムを発散する地点が必要だった。それが、作者が「宇奈根河原」を選んだ理由であり、彼はほとんど大道芸人が芸を打つときのような一種の〈勘〉によって、流域の中からここを選び出したのではないだろうか。

地方から上京して、新聞記者になった三角寛は、近代的な東京市民のひとつの典型だった。時、あたかも震災復興期にあたり、急速に膨張する都市の中心部にいた三角は、都市生活者の目で風景を見、東京という都市の拡がりと自分の無意識のテリトリーの拡がりを重ね合わせていたのではないだろうか？　東京という都市が多摩川にぶつかったとき、彼の都会人としてのまなざしは、異質なものにふれて激しく打ちふるえたにちがいない。

（佐伯　修）

注（1）宮本常一「民具解説抄」（『日本観光文化研究所研究紀要』4）

（2）けやきの会編『続けやきの里日記——大正から昭和へ』同会刊、一九八六年、一一二頁。けやきの会　郵便番号158—0095　東京都世田谷区瀬田五—三一—二　西尾方

（3）堤防の「内」側とは、それによって守る土地の側をさす。河川は海の延長であり、「外」側となる（建設省の説明）。

サンカ衆・溝亀・サクラたちの場所へ

あるサンカ一家の肖像

私たちが目指した丘陵斜面は、宅地化の波から取り残され、木々が生い茂っていた。赤い実をつけた大きな木に、鳥が、鋭い鳴き声をあげながら群れている。フィールドワーク、今回は二子玉川の古老・川辺健次郎さんが語ってくれた、盲目の箕直しの残像を求めるべく、多摩川を渡った。

「うちへよくきていた箕直しの人っていうのはたしか、川向こうの久地のお宮さんの境内を仕事場にしていたはずだ。そこでおやじが作業をやっていて、目の見えないかあちゃんが、子供に手をひかれて注文をとって歩いていたんだよ。そう、たしか境内には大きなほら穴があって、そこに住んでいたんじゃなかったかな」

という川辺さんの証言（前節参照）を手がかりに、彼のいう〝お宮さん〟は、地図にみえる「久地神社」ではなかろうかと見当をつけての探査行である。久地神社の所在地は川崎市高津区久地、ＪＲ南武線溝ノ口駅から徒歩十五分ばかりの場所だ。

昭和７年10月　大日本帝国陸地測量部発行　溝口地区（国土地理院所有）

たどり着いてみると、境内にはたしかに大きな〝ほら穴〟があった。私たちの見当は間違っていなかったようだが、さてしかし、付近で聞いてみても、そこに箕直しがいたかどうかなど知っている人などいない。戦前、戦中からこの土地に住んでいる人をさがし出すのがまず先決と考え、神社からさらに谷地の奥へとたどっていくと「久地不動尊」という、かなり広い境内をもつ堂宇にいきあたった。静まりかえった境内には池があり、おそらくはあまり遠くはない過去につくられたらしい蛇体の弁財天が鎮座していた。本堂につづく住居の玄関に立って「こんにちは」と声をかけてみる。すると品のよい初老の女性が応対に出た。あとできくと彼女は西袋如蓮さんといい、七十歳になるこの寺の住職だったが、とてもそんなお歳にはみえない。

如蓮さんによれば、もともと久地不動尊は、浅草の吉原土手にあったが、関東大震災の前年の大正十一年に、〝お告げ〟にしたがってこの地に移ってきたのだという。さっそく本題を切り出す。

――昔この辺りに、箕を直したり、竹細工の仕事をされていた人はいませんでしたか？

如蓮さんの答えはこちらがびっくりするほど明快だった。

「ええいましたよ。どうも、サンカの親分さんだったらしいですね」

――どの辺りにですか？

「久地神社のすぐ脇です。今はブロック塀の横の小さな道をはさんで、空き地になっている場所ですけどね」

如蓮さんの証言は、二子玉川の古老の記憶にぴったり重なるものであり、しかも「サンカ」という言葉が、こちらにしてみれば薄闇にきらめく光のように発せられた。そして、われわれ同様「サンカ」にはひとしおの思い入れがあるらしい。

如蓮さんは堰を切ったように話し出す。

「昭和十五、六年のことですが、この近くで火事があったんです。そのときにそのサンカの親分の池島さん――たしか、池島さんだったと思います――のところへ何十人もの人が火事見舞いに来ましてね。どこからともなく集まってきたんです。その様子をみて私や私の父はあの人たちはサンカなんだなと。私と父は、三角寛の小説を『文藝春秋』で読んでいましたので、サンカの親分さんなんだなと納得したんですよ。でもこのことは近所の人たちには喋りませんでしたけどね」

「山窩銘々傳」の溝亀

昭和八年、三角寛は『文藝春秋』九月号誌上でわざわざ〝実話〟と銘打ち、「山窩銘々傳」(1)なる文章を寄せている。そのなかに、この池島さんとおぼしい、「サンカ」のことが「溝龜こと　池田龜吉」として紹介されている。

この溝龜といふ山窩《けんた》ほど自分に綺談《きだん》を與へて呉れた者はない。山窩を訪《たづ》ねて旅に出て當初に會つたのが即《すなわ》ちこれであつた。

久地の箕直し一家を、三角寛が初めて訪ねたときのもようは戦後のエッセイ「山窩が世に出るまで」(2)にも詳しくふれられている。

それによると彼がこの地を訪ねたのは八月の暑いさかり(年代は不詳だが、前後の文脈から推測すると昭和四、五年頃)、ボーナスを取材費にあて、暑中休暇を利用した調査行だった。再び「銘々傳」にもどろう。

(溝龜)は余り氣持《きも》ちの善い印象は與へては呉れなかつた。然し面白《おもしろ》いことは、この溝龜といふのが日本に二人居る。本物《ほんもの》と偽物《にせもの》との二つか、それともどつちも本物《ほんもの》でありまた偽物《にせもの》同志かも判らないといふややこしい代物《しろもの》である。

一人の方《ほう》は溝の口の××××境内に瀬降つてゐるし、一人は静岡刑務所《しずおかけいむしょ》に入所してゐる。だから娑婆《しゃば》の溝龜と刑務所の溝龜といふことになるが、自分の會つたのは娑婆の溝龜である。

これはちゃんと神奈川縣《かながはけん》高座郡村字鵜の森に本籍を有《ゆう》してゐるが、本人は自身《じしん》の出生地を知らない。（中略）

女房は阿花と云つて盲目《めくら》だが、これが貰ひ子の十四になる娘《むすめ》に手を引かれて、あの一帯《たい》の農家をめぐつて箕の修繕物《しゅうぜんもの》を取りまとめて來る。それを龜さんと、これも貰ひ子で今年二十歳になつた伜が修繕《しゅうぜん》するのである。

「山窩が世に出るまで」ではこの「池田龜吉」は「池野清吉」となっており、どちらも仮名と思われるが、静岡県で盗賊を働いて服役していた男と久地の箕直しがなぜか同一の姓名住所だった〝不思議〟をここでのべているのである。

如蓮さんの記憶によれば、彼の名は池島であり、その人物像は次のようなものだった。

「私の父は人付きあいがよくて、村の人たちが相手にしないような方々でも気持ちよく出入りさせていました。ところが、池島さんは敷居に腰をかけて話をすることはあっても、決して、またごうとしませんでしたね」

「ええ、奥さんは、盲目でした。歌が上手でよく歌っていました。たぶん、民謡だったんじゃないでしょうかね」

「上水には、ナマズだとか、鮎、ウナギだとかがたくさんいて、池島さんは、それを上手に捕っていました。一度母と一緒に、河原に降りて行ったときに、二、三人の男の人たちが、親分の息子さんに手をついてあいさつをしているのをみたことがあるんですよ。それが、大変、珍しかったので、よく憶えています。土下座して地面に両手のこぶしをつけるのですが、親指を上に立てているんですね」

「当時は、このあたりにはシノ竹も、フジツルもたくさんありました。シノを取りに行くのは息子さんの役目でしたね。ウメガイって言うんですか、シノをそいだり、フジツルを紙みたく薄くそぐときには、ピカピカ光る両刃のあれを使うのですが、それは器用なものでした。刃わたりは四十センチくらいでしたね」

私たちは池島さん一家の住居跡を、この目で確認するために久地神社へひきかえした。神社の横には小道を挟んでたしかに空き地があった。雑草は生え放題の十坪ほどの荒れ果てた土地である。草に埋もれかかったコンクリートの基礎跡が、ここに家があり、生活があったことを物語っている。

池島親分の住まいは土台をつくらず、それこそ、もぐって出入りするような粗末なものだったという。一畳ほどの土間で煮炊きし、二畳の居間で、親子が肩を寄せあうようにザコ寝していたそうだ。やがて、養子の二人は結婚し、息子は一生懸命に働いて、〝普通の家〟を新築するまでになった。しかし、幸福は長続きしなかったようである。如蓮さんは言う。

「親分が死んで、奥さんが死んで、息子さんも事故で亡くなってしまいました。残された私と同い年の娘さんは酒をよく飲むようになってしまいましてね……」

そしてせっかく新築した家も火事で焼けてしまうのである。それが今から十年ほど前。その後の娘さんの消息は如蓮さんも全く知らないし、私たちにも、にわかにたしかめる術もない。

阿花は二十年も前《まへ》は大變色の白い美しい女であつた。それに聲《こゑ》がすきとほるやうで、砧村から稲田登戸あたりに漂泊《さすらひ》の讀賣をやつてゐた。

村人達《むらびとたち》はこれを「阿花乞食」と悪口《あくこう》してゐたさうだが、その娘が間もなく寄《よ》り合つたのが即ち龜さんで、多摩川の上流から魚《さかな》を漁りながら川傳ひに溝の口まで來て、梅林《ばいりん》で知られた久地の巖窟《がんくつ》に住まつてゐるうち阿花と夫婦になつたのだが、なか〱の睦《むつま》しさに、當時三つの巖窟《がんくつ》にそれ〲瀬降つてゐた連中《れんちゆう》に隨分燒もちを燒かせたといふことである。

それほど幸福《かうふく》だつた阿花も後年淋毒で眼《め》を失つてからは、何《なん》と言つても龜さんの外出を承知《しようち》しなくなつた。そこで夫龜さんも遂《つひ》にその切なる純情《じゆんじよう》にほだされて徒渉漂泊《とせふへうはく》の足を溝の口に止むるに至《いた》つたとは、實に一場の物語である。

そんな關係《くわんけい》から子供も生《うま》れないで貰子をした譯だが、亭主《ていしゆ》を瀬降から遠く出《だ》さない代りに、自分が眼代りに貰った子供に手《て》を引かれて、注文取りに出《で》かけるなどはなか〱氣立ても女らしいのである。

（「山窩銘々傳」『文藝春秋』昭和八年九月号）


果たして、どこまでが〝実〟の部分か定かではないが、久地の池島さん一家のことを三角寛は、こんなふうに述べているのである。

（今井照容）

富士裾野バンブーロードを往く

上條

富士の裾野の北山に、国見のタッパチといふ箕づくりの瀬降があることになつてゐた。

前出の「山窩が世に出るまで」によると、三角寛は川崎を訪ねたその足で、ただちに次の目的地を目指した。

私は今の富士宮市である大宮で汽車をおりて、駿州中道往還をとぼとぼ登つて行つた。（……）一里七、八合歩いて、右に本門寺を拝んで、左に往還を外れた。ここから山道になる。（……）約一里も行つたところで芝川にゆき当たつた。（……）この川筋を伝ひ歩いてゐるうちには、かならず瀬降に出あふことを信じてい《（ママ）》た。やがて上條部落が点々と描かれてゐる画面の中に歩み込んでゐた。

「駿州中道往還」は、現在の国道一三九号、いわゆる「大月線」である。富士宮からバスでこの道を北上し、彼が歩いたのと同じ道をたどってみた。

そもそも三角が、この辺りを訪ねたキッカケは何だったのか？　それは、当時、警視庁きってのサンカ通といわれた大塚大索(3)という老刑事から得た情報だった。大塚は、明治末期から大正にかけての盗賊「黒装束五人組」以下のいくつかの犯罪に、サンカの影を嗅ぎとり、サンカの組織を研究していた。一方、「朝日」社会部の記者として警察回りをしていた三角寛は、世上を騒がせていた「説教強盗」犯人サンカ説の浮上を機に、サンカに関心をもち、大塚の許へ足を運ぶ。

こうして、三角は大塚から、彼が「懇意になった」サンカとして「タッパチ」を紹介され、その写真と「瀬降場」の位置を得た。

さて、現在の上條には、日蓮正宗大石《たいせき》寺や富士美術館があり、「山道」はいきなり巨大な近代建築の建ち並ぶ大石寺境内に入ってゆく。澄んだ水が勢いよく流れる水路に沿って農道を下ると、谷間のような斜面に田畑が開け、民家が点在しているところへ出た。地図によれば「市場」の集落辺りである。戸外にいる人、できればお年寄りの姿を捜したが、あいにく見あたらない。何軒かの家を訪ねてようやく「古いことなら、石川さんに訊いてみるといい」と教えられ、さっそくその人を訪ねた。

石川正吾さんは大正十三年生まれの六十四歳。土地っ子の農民である。すぐ隣の集落に、箕などをつくる家族があったと教えてくれた。

「このさきの古ケ谷戸《い》部落に、そんな家があり、〝いざる屋さん〟と呼んでいました。でも実際に箕をつくっていたのは、今のご主人のお父さんの代までです。その家のお墓は、相当古いものが大石寺に残っているので、この土地に古くから続く家柄だと思いますよ」

もちろん、その家はちゃんとした構えの農家で、川べりに小屋掛けして箕づくりをするような人は、

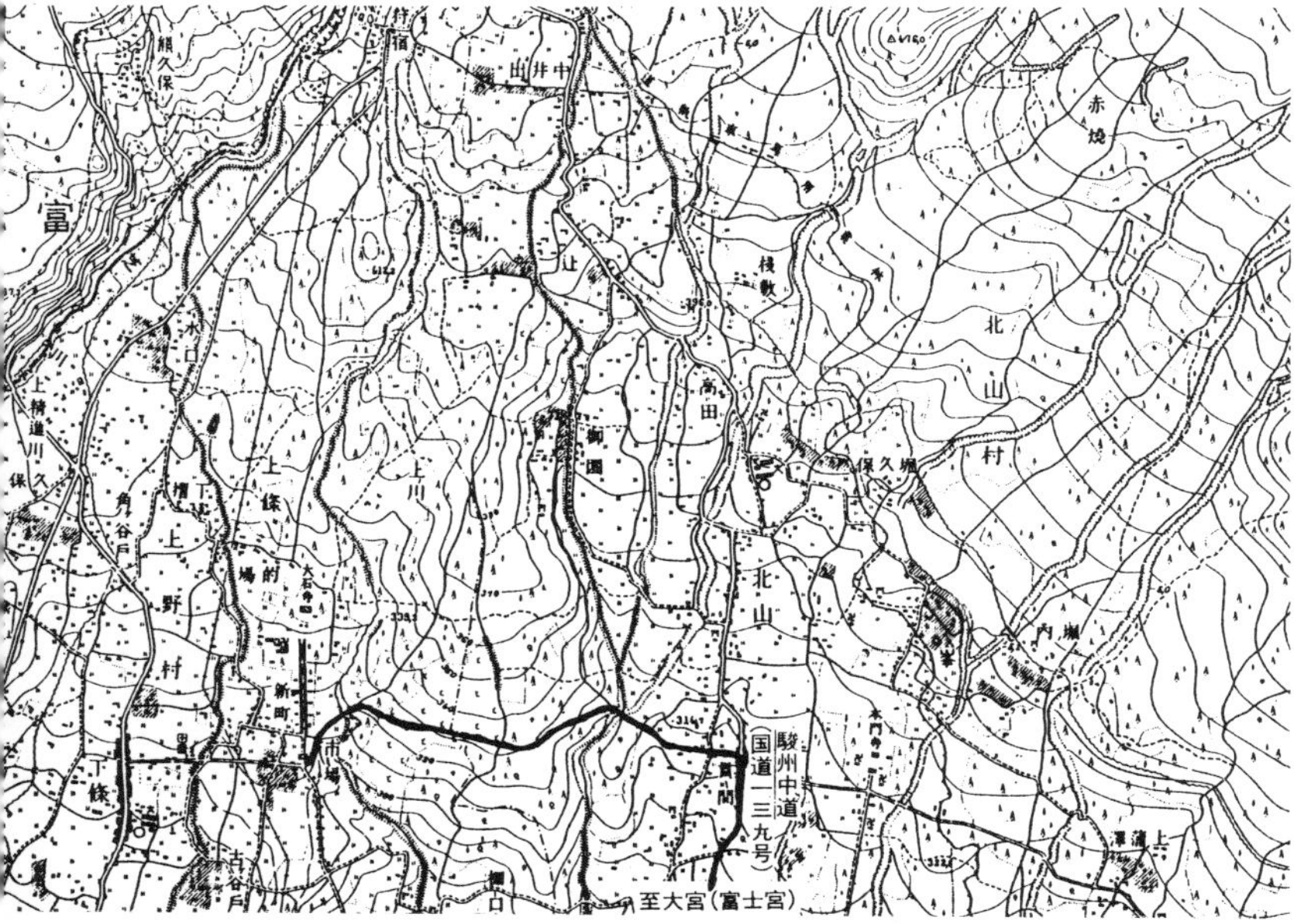

昭和６年10月　大日本帝国陸地測量部発行　上井出地区（国土地理院所有）

子供の時分から、見たことも聞いたこともないと石川さんはいう。参考までに、冒頭に引いた三角寛の文を見せると、石川さんは、「あッ」と思い出したように声を上げた。

「そうそう、北山にも同じような家がありました。その人は山梨の出身で、箕とか笊をつくって、修理もし、このへんへ行商にも来ていました。親戚筋にあたる人に知り合いがいるんで、ちょっと、電話してみましょう」

そういって、訊いてくれたことには、Oさんというその一家は、現在も、以前営業していた場所の近くに住んでいる。けれど、箕をつくっていたおじいさんは、もう亡くなったとのことだった。北山は国道の反対側にあたり、ここからはやや離れている。

石川さんによると、今でも甲州から箕、笊、箒などの行商人が来て、それらの商品を背負って集落を巡回するという。なぜ、甲州かといえば、甲州には箕などの材料に適した竹や藤がある。この辺りの竹は、行李をつくるにはよくても箕や笊にはならないという。

そのような点から、この辺りには元々は箕や笊つくりの職人はおらず、二軒の職人の家も、もとは甲州で修業したり、甲州から移り住んだのだろう、と石川さんは語る。ちなみに、この土地と甲州の結びつきは「信玄公以来」で、甲州への「塩の道」もこの近くを通っていたという。

石川さんと奥さん、それにたまたま遊びに来た近所のおばさんも加わって、話はしだいに実用品としての箕談義になった。

「箕ィは高いよー。藤箕《フジ》なんてとてもじゃない。竹の箕だって高いよー」

では、普段はどんな箕を使っているかといえば、プラスチックや輸入品の竹の箕だそうだ。輸入品は、中国や台湾から来るが、「ぺけんぺけん」で使いにくい。やはり「本当の箕」は「都合いいねえ」、「強いねえ」ということになる。

上條の現在の戸数は七十〜八十戸。石川さんの子供の頃は十六戸しかなかったそうだ。なによりも水が良いせいで、農作物はよくできる。そう語る石川さんも、実は、若い頃三角寛の「山窩小説」を愛読したと聞き、当時の「山窩小説」ブームの根強い広がりを、またも思い知らされた。

お宅を辞去すると、外はまっくらだった。

「明かりがないから気をつけてください。でも、月が出たから大丈夫でしょう」と奥さんにいわれて見上げると、富士山の裾から出た満月が中天にかかろうとするところ。月光を浴びながら国道への道を急いだ。

湧玉池・その他

三角寛が上條へ訪ねたタッパチ（辰八）とはどんな人だったのだろうか。三角によれば、彼はタケという妻と二人でテント生活をして、夫婦で箕づくりをしていたという。また、大塚刑事から、彼のものだといって渡された写真は、なぜか死んだ弟、タッペエ（立兵）のものだった。三角はタッペエの一人娘、サクラが大宮町のカフェー「黒い鳥」で働いている、とタッパチにきき、会いに行く。そして、したたかに麦酒を飲んだサクラは、三角を誘って深夜の浅間神社境内の「湧玉池《わくたまのいけ》」に入り、足を辷《すべ》らせてしまう。

この「湧玉池」というのは、国の特別天然記念物指定の水源地。「御霊水」といわれる水は豊かで、澄み、鱒が泳ぎ、水草が揺れる。

いちおう富士宮市立図書館の松永さんにお願いして、昭和初期の大宮町のカフェーを調べてもらったが、「黒い鳥」の名は発見できなかった。それは昭和七年にこの街を大火が襲って、中心街は灰燼に帰し、それ以前の記録の多くが失われたせいでもあろうか。三角がこの街を訪れたのは、一九〇三年つまり明治三十六年生まれの彼が「二七か八」のときだというから、数え、満の両方を考えると、昭和三〜六年だ。そんなわけで、「裾野の野性の花を、いきなり土つきのま、抜いて来」たような娘、サクラについての手掛かりは得られなかった。ただ、三角は、タッパチの仲間の「甲州のサンカ」の娘に浅草の歯科医の妻になった者がおり、サクラがそんな将来に憧れていた、と記している。

それにしても興味ぶかいのは、三角や大塚のサンカへの関心が、まず犯罪への関与という側面からだったことだ。また、サンカの動向に注目し、情報収集に熱心だったのが、社会学者や民俗学者よりも、警察関係者だったことも見逃せない。三角の記す大塚の事件談には、三多摩、山梨、神奈川、静岡、そして、甲府、富士川といった地名がちらつく。彼らは、いわゆる「怪盗」の犯行、逃走ルートに、サンカとよばれる都市、農村社会の周辺にいる採取、手工芸者たちの生活ネットワークを重ねて見ていたのだ。

実をいえば、三角の大宮訪問には、当時、その近郊で起こった、農家の「土台掘」強盗事件[4]の調査という、もう一つの目的があった。その犯人（未遂）が自供のさい述べた住所、氏名が前述の久地の箕直し一家のそれだったというのである。おそらくは犯人が〝知り合い〟の名を詐称したのだろうが、そこに三角は「サンカ」のネットワークの影を見たのだと考えられる。

身延線の電車を待つ間入った富士宮の酒場で、富士市にも唐丸籠（屠殺する豚を入れるのだという）や箕をつくる職人がいるときいた。その材料も甲州から来ているとすれば、甲州から富士の裾野を通って駿河湾に至る竹の道、箕の道が見えてくる。この道を運ばれるモノの受け取り手は、村や町に定住する職人だったかもしれぬ。だが、問題はそれらのモノと共に運ばれたさまざまな〝物語〟の内容である。たぶんそこにこそ、三角たちのこだわった〈犯罪〉を含む、サンカのネットワークがあったのではないだろうか。

（佐伯　修）

注（1）『山窩綺談　瀬降と山刃』（春陽堂、一九三七年）に収録。

（2）『人世』31号（文芸同志会、一九五一年）一一―七二頁。『山窩は生きている』（四季社、一九五二年）

に収録。のちの、『山窩物語』（読売新聞社、一九六六年＝『三角寛サンカ選集』第一巻、現代書館、二〇〇〇年）はこれを原型にしたものと思われる。両者の異同については、『漂泊する眼差し』（新曜社、一九九二年）所収の佐伯「『サンカ』とよばれた人々――移動箕直しノート」を参照のこと。

（3）実在人物（実名）である。三角は『文藝春秋オール讀物號』昭和九年（一九三四）一月号に、本名の三浦守により「歴代名刑事列伝――大塚氏の巻　生きた屍」を書いており、大塚大索刑事の若き日の写真（兵役時代）も掲載されている。

（4）静岡民俗学会会員の堀場博氏によると、『静岡民友新聞』大正八年（一九一九年）四月二十八日付に、荒川町における、「土台掘り強盗」事件の記事がある。現地ではかなりセンセーショナルな大事件だったらしく、実現したかどうかは不明だが、映画化の話が持ち上がったほどだという。

川崎街道に刻まれた竹細工の記憶

職人の痕跡

その場所は京王線百草園駅（日野市）で下車し、川崎街道に背を向けて歩いてゆけば、ものの五～六分で探し出すことができる。多摩川と、その支流の浅川が合流する三角地帯《トライアングル》。三角寛の小説の記述によれば〝浅川と多摩川が流れ合った四ツ谷の川端〟である。

わがサンカ小説の主人公〝多摩の英麿〟が輩下の〝箕づくりの泣力〟の裏切りと策謀をはねのけ、一時は離れ離れとなった、高幡不動の榴玉親分の娘おあさと再会し、恋の予感とともにハッピーエンドを迎えるのが、ここなのである。

もっとも、この辺りを行き交う人びとからサンカにまつわる記憶の痕跡を発掘することは、そこいらの土を掘って、古代のヤジリを掘り出すよりもひょっとしたら難しいかもしれない（落川遺跡が目と鼻の先にある）。河原を散歩していた老人の一人も言っていた。

「昔のことを知る土地っ子は少ないですよ。私もここに来たのは十五年前ですからね」

都市の膨張が生み続けている、当然のことだ。

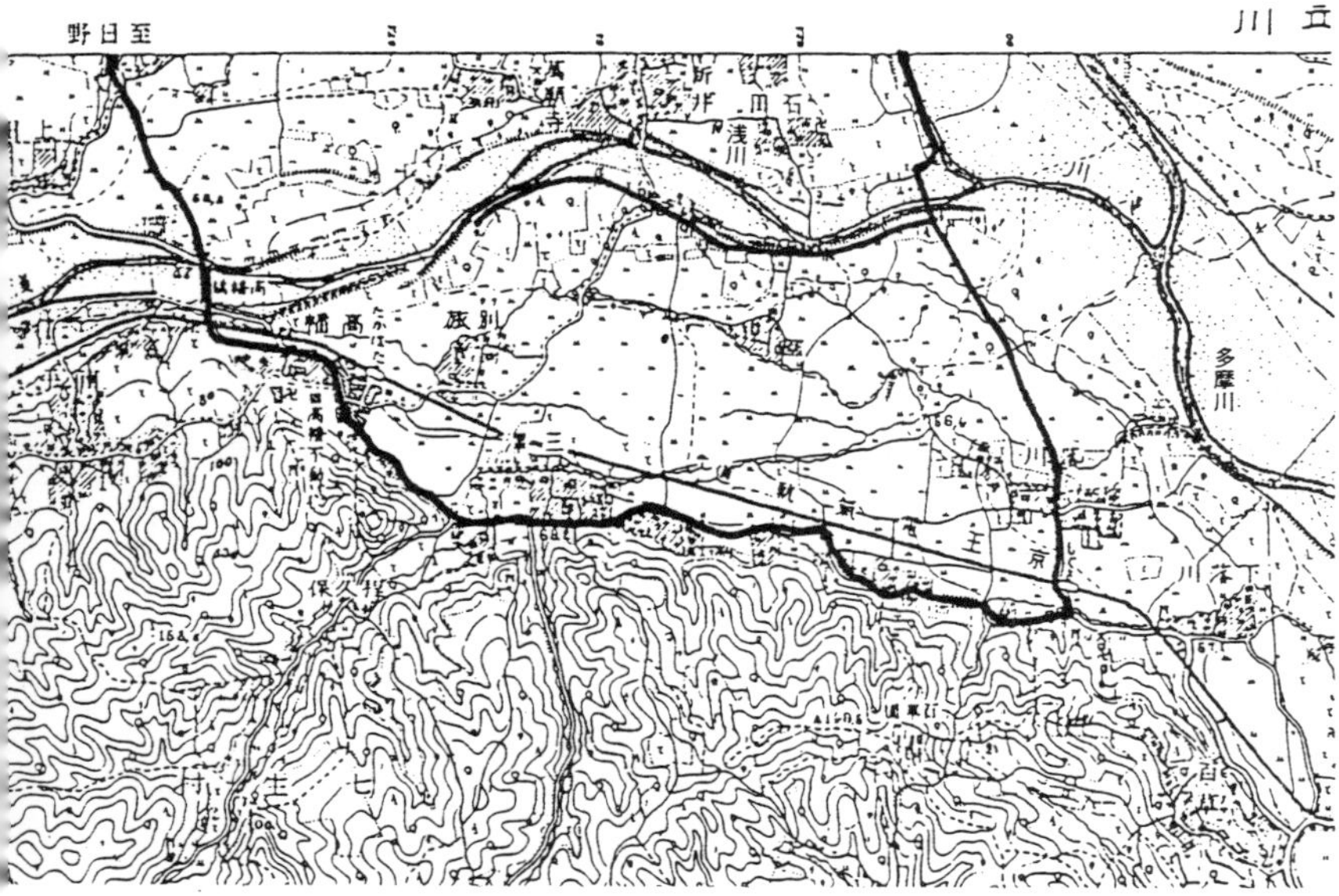

大正10年測図、昭和22年５月　地理調査所、武蔵府中（国土地理院所有）

それでも、わずかながら残された農家の主人から聖徳太子の石塔の存在を教えられた。

「百草園の駅から落川神明社を目指して、踏切の手前を右に折れ、真照寺さんの参道に入ると左側に聖徳太子の碑がありますわ」

かつて、江戸時代の頃、この地には太子講が組織されていたのだ。周知のように太子信仰を支えるのは大工や左官などの〝職人〟。となれば、そこに竹細工を主たるなりわいとした人びとも加わっていたかもしれない。高さ七十六センチメートルの石塔には、当然、語り継がれることのなかった〝歴史〟も閉じ込められているはずだ。いずれにせよ、竹細工、わけても箕はサンカとは切っても切れない関係にある――。

川崎街道に出た。今度は浅川を背に、街道を右に折れ、高幡不動を目指すことにする。京王線と並行して二キロメートルばかり歩くことになる。三角寛が〝高幡不動のすぐ側の、浅川の瀬降〟と書き記した、楢玉親分の拠点を特定するために、だ。

左手には丘陵地帯が拡がっていた。その奥には団地や新興住宅地が並び、更に奥には——ちょうど日野市と八王子市の境界にあたる——中央大学や明星大学のキャンパスが山を切り崩すかのように、そのSF都市的な威容を誇っている。

今から、十二年ほど前、中央大学が神田駿河台から移転してきたときのことだ。学校側が立てた、こんな看板が学生たちの目をひいた。

「マムシに注意!」

只野淳氏の貴重なフィールドワークの記録「サンカ聞き書」には宮城県の山奥で知りあったサンカとともに行動しているうちにマムシ捕りの秘法を紹介されたというエピソードが記載されているが、眼前の丘陵地帯を生活の場とするサンカがいたとすれば、彼らも、マムシ捕りをシノギの一つとしていたことであろう。

高幡不動の仁王門はこの丘陵地帯のちょうど入り口となっている。境内には、これに続き、不動堂、本堂、五重塔などがあり、山林が接続されているといういかにも密教にふさわしい構図になっている。川崎街道は、高幡不動に至る。高幡不動を過ぎると、かなり大きなカーブを描く。そのカーブに身をゆだねていたときのことである。

ペンキのはげかかった看板が突如、視界に飛び込んできたのである。

「竹細工の須崎籠商店」

〝竹細工〟がサンカの記憶へと至る最大の手がかりであることは断るまでもあるまい。

看板は、二階に掲げられていたが、その家は通りに面している部分がガラス戸となっており、そこから中をのぞき込むことができる。まず、土間があり、それが作業場に続くという間取りがはっきりと見てとれる。しかし、人の気配もなく、ガラス戸には鍵がかけられている。竹細工の仕事を現在でも続けているという形跡も、まるでないのだ。

家の裏手に玄関はあった。二階に洗濯物が干してある。少なくとも、ここは空き家ではない。「ごめん下さい」と大声を張りあげる。何度も繰り返して叫んでも、応答はなし。留守なのかもしれない。そこで、とりあえず、近くの電話ボックスに行くことにした。電話帳で〝竹製品〟の項目を調べてみる。残念ながら「須崎籠商店」の名前はない。一〇四で、問いあわせてみる。今度は、わかった。NTT嬢は須崎さんの六ケタの電話番号をぶっきらぼうに伝えた。

ぬすっと薬師とサンカ

「須崎籠商店」への電話は、家人が戻ってくるのを待つとして、川崎街道を更に進むことにする。川崎街道は、北野街道の手前で、左に直角に折れ、高幡橋となる。この橋を渡って、やがて甲州街道に合流することになる。三角寛が想定した櫓玉親分の瀬降は、この橋から見渡すことのできる、浅川の河原のどこかであることは間違いのないところだ。三角寛は宇奈根といい、高幡不動といい、川と街道の織りなす、交通の要所に瀬降を設定しているのだ。

ところで、高幡橋を渡り、十分ほど歩くと、駐在所の前に墓石が十基ほど、並んでいる。胸のあたりぐらいの高さの緑木に囲まれているため、よほど注意していないと見過ごしてしまいそうな殺風景な墓群こそ〝ぬすっと薬師〟の言い伝えの舞台である。『日野市史』（昭和五十八年刊）にはこう紹介されている。

「旧日野宿を東西にぬける甲州街道から分かれて、川崎街道を南に行くと、日野郵便局の少し先に宮駐在所があります。この表道路が広く直線に改修されるまでは、裏側の狭い旧道沿いに、壊れかけた草葺きの薬師堂がありました。堂は二間（三・六メートル）に四間ほどで東を向き、木彫りの薬師如来像と十二神将が安置されていました。

明治以後このお堂は荒れ果てて堂守もなく、いつか浮浪者が住みつき、夜中に付近の畑から芋などの野菜を盗んできては空腹を満たしていました。そこで誰言うとなく盗人《ぬすっと》薬師と呼ぶようになったのです。ぬすっとがねぐらにしていたため、こんな呼び方をされて、薬師さまもさぞ迷惑だったことでしょう。

新道ができる時、この堂はとり壊され安置されていた仏像も行方知れずになりました。今は境内にあった狭い墓地だけが、街道沿いに名残りを止めています。昔は道端薬師といわれ、眼病に効験あらたかな薬師さまだったそうです」

制度的かつ法的に保障されていようが、いまいが、共同体の周縁部にあたる川や森、あるいは寺や神社は、外からやって来る者にとって一種の解放区を形成していたと考えられるのではないだろうか。村にあって、唯一、非定住・漂泊に生きる者たちを許容できる空間にちがいない。むろん、村人にとって村人とは異質の生活空間を持つ彼らは〝ぬすっと〟〝浮浪者〟としか視界に入らなくてもである。そして、ここで言う〝ぬすっと〟〝浮浪者〟はサンカをさした言葉だったかもしれない。

「あの薬師さんは知っています。しかし、この辺りにサンカはいなかったと思います」

須崎博さんは、この推測を真っ向から否定した。「須崎籠商店」の須崎さんである。ぬすっと薬師の位置を確認した頃は、あたりはすっかり暗くなっていた。そこで、高幡不動駅に引き返し、須崎さんに電話で連絡をとることができたのである。

竹細工を語る

須崎博さんは笑顔とともに姿を現した。

「一杯やりながら話しましょう」

と、氏の行きつけの小料理屋に案内されたが、途中、いろいろな人から声がかかり、須崎さんは冗談で、これに応えていた。

——竹細工はもうおやめになったのですか。

「父の代までですね。十年ほど前に亡くなりましたが、それまではやっていました」

須崎さんは昭和九年の生まれで、現在五十五歳。父親の三二（さんじ）氏は六十七歳で亡くなったという。ちなみに須崎さんは数少ない〝土地っ子〟の一人。勤め先は何と高幡不動だ。ところが、実際の住まいは、現在では超高級住宅街として知られる西麻布だそうだ。そこで〝土地っ子〟としてのアイデンティティを失わないためにも、〝須崎籠商店〟を昔のまま保存しているというわけだ。

——三二さんはいつ頃から高幡不動で竹細工を始めたのですか。

「ここに来たのが大正末期です。父はもともと立川の生まれで、十二〜十三歳で竹細工の奉公に出たんです。それから、独立したわけですね。六十種類ぐらいの細工をこなしていましたよ」

——籠が主だったのですか。

「農業相手の仕事が主体でしたが、おかいこさんの道具が七〇％ぐらいでしょうか」

——おかいこさん？

「養蚕です。今、ここいらに住んでいる人の大半は知らないだろうけれど、この参道の周りは一面、桑畑でした」

——仕事のピークは戦前のことですか。

「違う、違う。最盛期は戦後の昭和二十年代末から昭和三十年代の初めにかけてですね。考えてみれば、そんな昔のことじゃない。職人を最高十六人くらい抱えて、朝の四時から仕事を始めて、終わるのは夜の十時、十一時。それでも注文に追いつかないの。一日にそう何枚もできないんだな。それなのに注文が百二十枚とか来るわけです。駄目になったのはナイロンが登場してからですね」

——箕は作らなかったのですか。

「もちろん、作りましたよ」

いいぞ、だったら〝箕つくり〟に関する貴重な情報を得られるかもしれない、そう、ほくそ笑んだ瞬間だった。

「箕の用途をご存じですか」

——脱穀に使うんですよね。

「それだけじゃないんだな」

今度は須崎さんがほくそ笑む番だった。

「あれは、風呂敷なんだな。竹でできているから、軽いし、水はけもいい。おまけに、しなるから、大きさも自在になる。フクロになるというわけ。つまり、何でも入れることができる、そりゃあ、あなた、便利なものですよ」

農作物の運搬に、箕は欠かせない生活必需品だったのである。それだけに傷みもはげしかったことであろう。村落共同体は〝箕直し〟としてサンカを受け入れる、のではなかったろうか。竹細工職人は箕の修繕までは手の回りようもないほど忙しかったのだから。

——箕づくりにはシノ竹を使うのですか。

「マ竹かモウソウ竹を父は使いました。シノ竹細工というのは、技術的には低いんですよ。マ竹だと、六枚ぐらいに薄くできるけれど、シノ竹だと表面の一枚しか使えません」

現在でも、竹細工職人は少ないながらも存在する。それは、彼らがマ竹細工という〝高級な〟技術を身につけていたからだ。そう、〝高級な〟技術は民芸として文化に囲われる。シノ竹細工という〝低級な〟技術しか持たなかった者は、それだけ生活に密着していたがゆえに歴史の闇に消えてゆくより他はなかった。サンカは、戦後の急速な近代化のなか、次々に生活の糧道を絶たれ、漂泊の自由を奪われてゆく。農業の機械化が箕を必要としなくなり、山林を切り崩しての宅地化がマムシ捕りを不可能にする。

——シノ竹細工はどういう人びとによって担われていたのですか。

「普通の農家が副業でやっていたんじゃないですか」

――例えば、農家を流れの箕直し職人がたずねるということはありませんでしたか。

「なかった、と思いますねえ」

――あるいはサンカと呼ばれる人たちが訪れるとか。

「サンカはいなかったですよ」

須崎さんは、こう静かな口調で断言をした。しかし、である。サンカが、日常の風景にあまりにも見事に溶け込んでしまっていたため、〝見えなかった〟ということもありえるはずである。

とりあえずのまとめ

私たちは、三角寛の山窩小説の舞台を、ストーリーの進展にあわせ、馬鹿正直に歩いてきた。それは、三角寛を〝活字〟という平面の世界から解き放ち立体化してみることによって、三角寛が、小説のリアリティを獲得するために摑んでいたにもかかわらず、ついに小説には書き込まれることのなかった、〝事実〟を浮かびあがらせようという試みであった。

その結果、まず〝瀬降のある風景〟に共通項を見出すことができたように思う。世田谷の宇奈根やその対岸の溝ノ口にしろ、この高幡不動にせよ、三角寛が小説の舞台として求めた風景は、川と川が、街道と街道が合流し、なおかつ、川や道のすぐそばまで、山や森の緑が接近しているという地形なのだ。三角寛は地形に執着する作家なのである。もっとも、彼は地形に執着しつつも、その描写は、ポーンと地名を放り出すのみにとどめる。小説そのものを歩いたとき、三角寛の文体は初めて、空間のエロティシズムを匂い立たせることになるというわけだ。

次に、どちらかと言えばヤマ師的なところのある作家だった三角寛だけに、そのサンカ研究も、ウソ八百と見られがちだが、溝ノ口では、池島さんと呼ばれるサンカの一家の足跡を確認することができた。三角寛の小説や研究の背後には、私たちの発掘を待つ〝事実〟が、まだまだ手つかずのまま眠っていることは間違いないのだ。そうした〝事実〟を歩き続けることで発掘してゆく作業は、サンカを三角寛から解放することにもなるかもしれない。

それにしても、私たちの歩いた場所は、鉄道の通らない山奥でもなければ、僻地でもない。それこそ、ありふれた住宅街に過ぎない。だが、私たち自身がひとたび内なる漂泊者の意識を覚醒させるならば、風景は一変し、その街の住人たちからさえも忘れ去られようとしている人びとの生活の、ぶ厚い記憶の一端に触れることができるのだ。三角寛の小説から空間のエロティシズムが放たれるのも、今という時代に化学反応を起こしてのことかもしれないのである。

英麿はすぐ目の前の高幡の、楢の林を茫然と見遣つた。
『俺《おいら》の大切な英ぢやねえけ、何故とめなかつたと、俺《おいら》叱られたけげ。』
おあさはさう言つて顔をまつ赤に染めたのである。

小説「多摩の英麿」は二人の若いサンカの恋を予感させつつ幕を閉じる。私たちの〝恋〟もまた、まだ始まったばかりなのである。

（今井照容）

＊本章は『マージナル』（1～4号）に連載された「三角寛「山窩小説」を歩く」に加筆したものです。

多摩《たま》の英麿《ひでまろ》＜復刻＞

三角　寛

一

一面平野のやうな武蔵野も、その実、丘から丘への美のうねりだ。

西は多摩の連山から、東は秩父の山根まで、露骨な狭山丘陵をその中心に、明るく朗かな丘々は、大洋のうねりのそのやうに、西に東に一斉に、東京湾に辷《すべ》つてゐる。

しかもその表面は、はつ〳〵と続く楢林、蒼海のやうな桑畑、黄色に熟れた麦畑、それに白波そよぐ薄野、しつとりと和やかな蘆荻《ろてき》など、とても鷹揚《おうやう》な美のうねりだ。

分けて楢の林が美しい。雨に緑煙、風に水煙。それほどに楢の林はいみじくも武蔵野をにじませる。楢の林、それが武蔵野の個性だ。

武蔵野には、また気脈のやうな幾多の川が流れてゐる。

江戸川、中川、隅田川、浜川、多摩川、鶴見川。奥の方では古利根に元荒川や綾瀬川。それから荒川、入間川、名栗川。

多摩川の支流では、浅川や新奥多摩の秋川。市内では石神井川から目黒川等々と――。

中でも、東の荒川は俗悪だが、西の多摩川は美しい。大東京の台所に、羽村の関から流れ込み、市民の生命をつないでゐるだけに、野百合のやうな気高い香りの流れである。

この多摩川縁の楢の林には、野から山、山から川へ村里へ、そして町から街を飄々《へうへう》と、原始そのまゝで、いづくにも調和しながら飛んでゆく、武蔵野山《さん》窩《くわ》が住んでゐる。

しかも万葉以前から、多くの人に知られずに、雲のやうに生きてゐる。だが万葉の歌人やその後の文学者たちは、月や山吹や、蘆荻《ろてき》は取扱つたが、山窩と楢の林には全然気がつかなかつた。

　しかし夫木集《ふぼくしふ》の中に、

『東路《あづまぢ》にありといふなる逃水《にげみづ》の、逃げかくれても世を渡るかな』

　といふ古歌はある。だがこの逃水は武蔵野の『伏《ふく》流《りう》』を歌つたのだと、説明する学者もある。

　また、逃水はミラージユ、即ち蜃気楼的現象を歌つたものだといふ人もある。それもよからう。

　だが武蔵野の山窩は逃水だ。『間道《ながれ》』から『間道《ながれ》』を、模糊凄然《もこせいぜん》と運行する。まるで陽炎《かげらふ》のやうに、村《むら》雨《さめ》のやうに。この行動を、彼等は『驟雨《あめ》の運行《あし》』と云つてゐる。

『武蔵野にゐるといふなる逃げ水の、逃げかくれても世をすごすかな』

　これこそ古歌の素歌《もとうた》で、逃水とは即ち山窩のことだ。といふ説はこゝに在る。

　私にはそんな詮議の暇はない。事実は、山窩が、武蔵野に太田道灌より以前から、『楢《なら》の者《もの》』と云つて、武蔵野の楢の林を好んで住んでゐたことだ。だからその親分を『楢《なら》の親分《やぞう》』と云つてゐる。これは他国の同族と、区別をはつきりつけるために、彼等が呼んでゐる名称である。

　しかしその『楢の親分』も、明治になると、姓を『楢林』とつけ、名も『玉五郎』と改めた。現在桶川にゐる『楢玉親分《ならたまやぞう》』がそれなのだ。

　この楢玉の下に、更に二十七種の系統がある。『石神井山窩《しやくじゐもの》』『入間山窩《いるまもの》』『多摩山窩《たまもの》』等々で、それにはそれ〴〵の『頭目《おさき》』と称する頭目《とうもく》がある。『多摩《たま》の英麿《ひでまろ》』も、その多摩川山窩《たまがわもの》の頭目《おさき》である。

　さて英麿は、まだ十六歳の子供《こども》だつた。

ぴち〳〵した若鮎が、水垢を求めて、川上へ登りかけた初夏、六月十日のことである。砧村《きぬたむら》の宇奈根《うなね》河原《がわら》の楢林から、向ふ側の宿河原一帯に、英麿輩下の山窩が、『山刃《うめがい》』一本で、器用にかけた『瀬降《せぶり》』を、七十一も張つてゐた。瀬降といふのは彼等が営む移動天幕《いどうキャンプ》のことである。

　軈《やが》て陽は落ちて、川向ふの西の丘々から、薄靄《うすもや》がはこんで来て宵闇が、瀬降を包みはじめると、河鹿《かじか》の鈴振る声が冴《さ》えて来た。

瀬降を護る英麿は、暮れた瀬降の切炉《きりろ》に、赤い火を燃し乍《なが》ら、河鹿の声を聞き乍ら、向ふ河岸の登戸の方を、たゞ漫然と眺めてゐた。

と、川上の登戸の方から、幽霊みたいな、怪しい火の玉が、ふは〳〵と揺れながら、瀬降めがけて飛んで来る。英麿は、

（おや？）と、笹壁の山刃を外して立ち上つた。

二

年は十六でも背が五尺八寸、それに丹波戻りの箕《み》づくり山窩。しかも夜目《よめ》の利《き》く英麿である。

英麿に限らず、丹波に行つて来た山窩なら、誰でも夜目が利くのだ。それは日本中の大親分《おおおやぶん》である『乱破道宗《らんぱみちむね》』が、『透破《すかし》の術《じゆつ》』を始め、『軽身《かるみ》の術《じゆつ》』『早駈《かけまく》の術《じゆつ》』『暗号《むすび》の術《じゆつ》』等を授けるからである。

英麿は、右手に山刃を握りしめ、左の小手をかざして空気の中を透して見た。怪しい火の玉は、狂つた亡魂《ぼうこん》みたいに宙を狂ひながら、燐光《りんこう》を吐息のやうに明滅させて、川下へ〳〵と飛んで来るのだ。

『桑畑を斜《はす》つかけに飛んでるぞ。』

光りが、ぼうと照るたびに、向ふの丘の土蔵の白壁が、青い光りに浮び出る。

『おんやア――どうやら「山窩《なでし》の娘《つる》」らしいぞ――。』

英麿は、ひそかに首をちゞめて、鼻のあたりに小皺を寄せた。つるといふのは、未婚の娘を云ふのだ。

『幽霊火《いうれいび》ぢやねえ、蕗《ふき》の葉に蛍を包んでゐるのだ。』

英麿は苦笑した。（だがあの火の振り方は、危険《やば》の暗号《むすび》だ）と見てとつた。断続的の振り方が正に暗号《むすび》の火振りであるからだ。

『ど、どえらいことがおきたんだ。』

英麿は目を皿のやうにした。光りは桑畑から、苗《なへ》田《だ》のくろを抜けて、川土手を舐めるやうに磧《かはら》に下《おり》て来る。

『川を渡つてこつちに来る。』

（この瀬降《せぶり》で、まつ赤に燃えてゐる、切炉の火を目あてにしてるんだな）

と、光りは磧を横切つて、深い川瀬を渡つて飛んで来る。近寄るにしたがつて、火の正体は大映しになつて来た。いよ〳〵正体は女である。女は磧がつきた水際でふと立どまつた。

『おや「裸体《おしやか》」になりやがつた。』

英麿は瀬降を飛出した。女は蛍火《ほたるび》を口に咥《くわ》へ、脱いだ着物を頭に縛りつけ、ざぶりと川に飛込んで、

抜き手を切つて渡つて来た。そして、英麿の目の前にすつくと突つ立つた。

（すごい『美人《にく》』だぜ）

英麿は息を呑み込んだ。背は五尺よりはるかに高くて、石灰《いしばひ》のやうにまつ白い皮膚は、山魚《やまめ》みたいに、ぴち〳〵してゐる。

その美しい顔を、口に咥へた蛍火が、蕗《ふき》の葉越《はご》しに、蒼白く照らすのだ。英麿は気味わるくなつて、

『誰け？』

と、とがめた。

女もびつくりして、跳ね返すやうな声で、

『誰け？』

と叫んだ。拍子に口に咥へた蛍の包みが、ぽさりと磧に落ちた。包みが解けると、中から、三四十匹の蛍が、にぶい花火のやうに、ぼうツと空に飛び散つた。

『そ、そツちに向かないけ。』

女は叱りながら、ぺたりと磧に坐つた。英麿は顔をまつ赤に染めて、かくれんぼの鬼みたいにくるりと背を向けて顔を押へた。だが、誰なのか知りたくてたまらない。頃合を見はからつて、

『もうい、け。』

と云ふと、やつと着物を着終つた女は、返事の代りに、

『お前《でえ》さん、英公ぢやないけ。』と云つた。

『えツ。』と英麿が振り向くと、

『お前《でえ》さんは、妾《おいら》の火振りを見てたのけ？』

と、とても美しい発音《アクセント》だ。英麿は、それには答へないで、

『ど、どこから来たのけ？』と云つた。

『御殿峠《ごてんたうげ》の「麓《すそ》」にゐる、楢林《ならばやし》の娘《つる》だげ。』

女は少しばかりほゝ笑《え》んだ。

『な、楢玉親分《ならたまやぞう》のお娘《つる》さんけ。あの、それぢやアおあさちやんといふのがお前《でえ》さんけ。な、何用け？』

英麿は（なるほど、美しい）と思ひ乍らたづねた。年は十五で、仲間切つての美人だと、かねてから聞いてゐるおあさと知ると、なんだか有難いやうな気がした。

それは、おあさが御殿峠の麓の、高幡不動のすぐ側の、浅川の瀬降にゐる武蔵野の大親分《おおおやぶん》、楢林玉五郎の一人娘《むすめ》だからである。

『関東兄哥《くわんとうあにい》が刑事に挙《ふきまく》られたで、川筋の者は皆場

越しをしねえと危《やば》いげ。』

途端に英麿は、

『危険《やば》だ。』と叫ぶと、ぴよこんと一尺ほど飛び上り、おあさの手首をひつ摑んで、瀬降の中に駈け込んだ。

三

宇奈根から、宿河原の瀬降に、あかく燃えてゐた、瀬降の火は忽《たちま》ち消えてしまつた。それこそ息を引きとるみたいに、瀬降から瀬降は一斉に火を消したのだ。それを合図に、瀬降の山窩《もの》は、女も男も、英麿の瀬降に集まつた。

『箕づくりの泣力《なきりき》』『飴屋《あめや》の、平《ちよんべい》』『箕直《みなほ》しの八厘《はちりん》』、それに『鋳掛屋《いかけや》の鬼末《おにすゑ》』『魚捕《うをとり》の溝亀《みぞかめ》』『鵜《う》ノ森《もり》の六《ろく》蔵《ざう》』『鰻《うなぎ》の坊主《ばうず》』『洋傘《かさ》直《なほ》しの半助《はんすけ》』などを始めとして合計百七十三人の一味だつた。

皆は瀬降に入り切れなくて、外の草ツ原で、おあさを中に取り巻いた。おあさは、青い磧蓬《かはらよもぎ》の褥《しとね》の上に膝を挫《ねち》つて坐つてゐた。

青味の竹の笄《かうがひ》に、ひつくるめの髪を巻きつけて、紺地に銀鼠万筋《ぎんねずまんすぢ》の単衣《ひとへ》に黒繻子《くろじゆす》と博多の腹合《はらあは》せの帯を、結んだ美しさは、皆の視線を奪ふに充分だつた。それも裾《すそ》をはし折つて、あかねのお腰に、白い足を包んでゐるのが自然のうちに新鮮な匂ひを漂はせてゐた。

だが、皆の顔は凄く緊張してゐた。一番前に坐つてゐた、おそろしく顔の長い泣力がもつとも緊張し切つた顔で、

『早くたんかをあけてくんねえ。沖が暗くて踊つてるんぢやねえけ。』

と口火を切つた。たんかをあけるといふのは、事情を語れといふことで、沖が暗いといふのは不安といふことで、踊つてゐるは狼狽してゐるといふことだ。とおあさが、

『みんな揃つたのけ。』

と、皆の顔を見廻して、その視線を英麿にとめた。

英麿が、

(それぢやア訳《わけ》を話すぞ)といふ顔をして、

『菊井ノ《きくのゐ》団平《だんぺい》兄哥《あにい》が、刑事《きたかぜ》に挙《ふか》れたんだ。おあさちやんから訳《たんか》を話《あけ》て貰はう。』

と言ふと皆が、『あの関東兄哥が。』と、どよめいた。おあさは、

『ついさつきよな。中野の等閑の森から連れて行かれたげ。』とまづ言つた。

『等閑の森から？』皆は悽愴《せいさう》な顔になつた。

この関東兄哥の菊井ノ団平といふのは、後年三多摩で、奇怪な出没をした黒装束《くろしやうぞく》五人組の首魁《しゆかい》である。檜林玉五郎よりも、もう一つ上の『透破《とうは》』の親分《おやぶん》で、笊《ざる》や茶筅《ちやせん》をつくることに、天才的なひらめきをもつてゐる関東一の親分《おやぶん》だ。

明治九年の十一月九日に、母のお末が団子坂の菊人形を見てゐるうちに急に産気づいて、本郷の団子坂の、井戸端で産んだので菊井ノ団平といふ名がついた。

元来は『利根山窩《とねもの》』の系統で、父は元助《もとすけ》と云つて、利根本流の片品川の川縁《かはべり》の、金古町に住んでゐた。

前橋で仲間の秘密を守るために、群がる捕手《とりて》を斬り伏せて割腹自殺したのもこの元助であり、以前には、国定忠治をかくまつたこともある。

団平には、その血筋が伝はつてゐる。それに丹波で覚えた軽身の術や、壁切の術を悪用して、大勢の子分に土蔵破《どざうやぶ》りをやらせた。それが暴《ば》れて二人連れの刑事《けいじ》に捕まつたのだ。二人の刑事《けいじ》が黄昏の瀬降を襲つて、夢中で茶筅《ちやせん》をつくつてゐる団平の手を押へると、雲を突くやうに大きくて、力は人の三倍もあるのに、団平はにやくと笑つて、温和《おとな》しく縛られて行つたのだ。

それを隣の瀬降で見てゐたのが箕づくり山窩の三太だつた。三太は、

（何は何でも、檜玉親分に知らせなきア）

と、さつそく驟雨《あめあし》運行で、直径六里の高幡めがけて走つた。堀ノ内のお祖師《そし》さまの森を頬にかすめると、成宗《なりむね》から高井戸へ。そこからは甲州街道を斜《はす》に飛び、烏山からまた右に、調布をずいと左に投げ捨てて、三鷹の深大寺から、また左にもう一度、甲州街道を踏み切つて、瞬くうちに府中に出た。

暗闇祭《くらやみまつり》の大国魂神社《おくにさま》を突き貫けると、そこは水田のひらけた畔道伝ひの分梅《ぶばい》だつた。鎌倉時代のあとさきに、幾多の悲話哀話をのこした分倍河原の古戦場である。目の前の多摩の流れが関戸の渡しで、その向ふ側の丘陵《をか》は、

『妹《いも》をこそあひ見に来しか眉引《まよびき》の横山辺《べ》ろの猪鹿《しし》なす思《も》へる』

と万葉の古人が感嘆した、眉《まゆ》を引いたみたいな墨

絵の連光寺丘陵だ。桜の美しい向ケ岡も、その手前の暮靄《ぼあい》の中に重線《ぢうせん》を描いてゐた。

だが、三太はその渡しも渡らず、川添に、上へ上へと登つてゆく。二条《ふたすじ》三条《みすじ》の流れが、また一条《ひとすじ》になつたところで、三太はざぶりと川に飛込んだ。そして渡つたところが鎌倉街道の百草《もぐさ》丘陵《をか》。そこから更に二十町。飄《へう》と訪《おとづ》れたのが、榾玉の瀬降だつた。

榾玉親分は、太い眉を動かして、

『汝《うぬ》ア三太ぢやねえけ。何ツ、兄哥《あにい》が刑事《きたかぜ》に――そ、そりや大変《てえへん》だ。』

と云ふが早いか、壁に吊した、生無垢《きむく》の軍道紙《ぐんだうがみ》の包みを取り下した。

四

軍道紙《ぐんだうがみ》といふのは、秋川の軍道村で出来る楮《かうぞ》の生無垢だ。布のやうに強いので、榾玉は『秘密通信《むすび》』には、こればかり使つてゐる。

『おあさ、明礬《みやうばん》を解け。』

おあさもおどろいて、すぐ竹の筒で明礬を解いた。

榾玉は、大工の墨さしとは違ふが、それによく似た、木楊枝《きやうじ》みたいな竹筆を取り出すと、たつぷり明礬の汁を含ませて、へのへのもへのを一枚書いた。

このへのへのが、山窩の秘密暗号《ひみつあんがう》である。

『兄哥《あにい》のこつたから、何も彼も、自分一人でひつ冠《かぶ》るつもりに違えねえ。さうでなきや、さうまでだらしのねえ、風ツぴき（検挙）には遭はねえ筈だ。近頃の風の吹つぷりはどうも気に喰はねえと思つてゐたんだ。』

さういひながら、榾玉はまた一枚書いた。

『それでなア三太、お前は東の「西行《さいぎやう》」だ。おあさは西の「西行」だ。どつちも命かぎりの「早駈《かけまく》」だ。』

さういつて、一枚づつ渡したへのへのは、最早《もはや》、乾いてしまつて白紙だつた。

これが山窩《さんくわ》独特の、炙り出しである。

雨に濡れてよし、途中でつかまつて、調べられても、白紙に見えるから安全である。これをもつて連絡に飛ぶ密報者を、西行と呼ぶのだ。

またへのへのは、逆《ぎやく》書、本《ほん》書、左《ひだり》書、右《みぎ》書、横《よこ》書などの種類があるが、中には逆書のへなしといふのもある。これは『逆戻《どんでん》の場越《ばごし》』といつて、一応さつと散らばつて、すぐあと戻つて来る。また本《ほん》書のへなしは『親分《やぞう》のこりの身内越し』と言つて、親分《おやぶん》だけが残るといふやうに、いろいろに分れてゐる。

三太の受取つたのは、本書のへなしで、おあさのは、左書へなしの『頭目呼《おさきよ》び』と言ふのだつた。頭目呼びといふのは、一味は遠くに散つて、頭目だけが親分《おやぶん》のところへ駈けつける。

これを受取つた者は開くときは、必ず北に向つて開かねばならぬ。するとおあさの方のは筆《ふで》さきがすべて左向、つまり西に向くやうに書いてある。だから輩下《こぶん》一同には（はゝア西に逃げるんだな）とすぐ判る。

それにへの字があべこべに上を向いてゐるので、頭目《おさき》には、（はゝア命令聞きに親分《やぞう》が来いといふのだな）とすぐ判る。

三太は息を吐く間もなく、東の東京目ざして走り出た。

おあさも、すぐ走り出た。母に早く死別して、父の側で、親分《やぞう》の女房代《きやはんがは》りをしてゐるおあさのことだ。五里の川下に走るぐらゐは、隣ほどにも思つてはゐなかつた。

百草、一ノ宮、大丸《おほまる》から、矢野口、登戸と、風を切つて飛んでゆく。漸く暮れはてた野道の蛍が、飛礫《つぶて》のやうに顔に飛んで来る。おあさはそれをちよいちよいつまんでは、蕗《ふき》の葉に包んで、『振り火』をつくつた。そして訳なく宇奈根まで飛んで来た。

おあさは、そんな大要をかいつまんでから、

『これだけ。』

と、縁結びみたいに、帯揚《おびあげ》に結びつけてゐた、へのへのを英磨に渡した。英磨は消え残りの火で炙《あぶ》つた。忽《たちま》ち現れた樺色の画面《ぐわめん》は、まるで描き損《そこ》なひの西瓜の絵みたいなへのへのだつた。だが英磨一味の者達は、笑ふどころか、目の色を変へた。

『亀？』

英磨の声は凛《りん》とひゞいた。二十歳《はたち》を少し出たばかりの『魚捕《うをとり》の溝亀《みぞかめ》』が、一座の真中から、

『へえ。』と、這ひ出した。英磨は、

『お前《でえ》は川尻まで西行だ。ほかの奴らはすぐ場越しだ。』

と言ひつけた。溝亀は、川筋の、久地、小向、川崎と川下さして走り出た。

『宿河原《しゆくがはら》の坊主？　手前《てめい》は俺《おいら》と高幡まで大早駈《はやまく》だ。』

英磨が言ふと、宿河原に瀬降つてゐる禿頭《はげあたま》の鰻の坊主が前に出た。

これが魚捕自慢の坊主だ。朝から晩まで、川につかつてゐるので、頭の毛がぬけたと、自分でも言つてるとほりの丸坊主、坊主の故か五十位な顔である。それでも、『禿げてるから川にもぐるのが楽ぢやねえか。』と言ふほど、水にもぐるのが上手だ。両掌両足に魚を摑んで尚足らず、口にも啣へて浮んで来る。宿河原で川につかると川崎まではつかり切りで、魚を売るにも、川の中から河岸の魚屋に渡すといふ河童のやうな男だ。

坊主は、おあさと行動を共にするので嬉しくなつた。

ところが、泣力《なきりき》だけは膨《ふく》れ面《つら》になつた。

五

泣力は、泣き真似にかけては日本一である。山窩は必ず一芸一能をもつてゐるが、泣力は如何なる場合でも、泣いて難関を切り抜けるといふ変り種である。それを知つてゐる英麿は用心し乍ら、

『皆は行つてしまつたのに何をぐづ〱してるのけ。』

と、叱つた。と側から坊主が調子に乗つて、

『ゆけ。』

と呶鳴りつけた。それが、おあさの前だけに、血の気の多い三十前の泣力を怒らせた。

『この「禿頭《なでこて》」め。』

泣くかと思ひのほか、泣力の見幕は凄かつた。

『喧嘩《でいつ》てゐるときか。早くゆけ。』

英麿がたしなめても、泣力はゆかうともしない。

『ゆかねえのけ?』

英麿が呶鳴ると、泣力は漸く豆粒みたいな涙をぼろ〱とこぼしはじめた。

『頭目《おさき》についてゆくのは俺《おいら》の方が順当ぢやねえけ。それを、俺《おいら》の男ツ振りがいゝもんだから、おあさちやんをとられると思つて、徳利みてえな「坊主《なでこて》」を連れてゆくんだろげ。あゝ口惜《くや》しい。』

いよ〱泣力の本性が現れた。英麿は、(その手に乗つてはなるものか)と、

『この野郎。俺《おいら》の偉《えれ》えのを知らねえけ。』

と威丈高になつた。泣力は後へ退《さが》り乍ら、

『偉かつたのは、死んだお前《でえ》さんの父の平助《ぺえすけ》親分《やぞう》ぢやねえけ、御殿峠で、悪事《わる》をしねえことを自慢にして、威張つてゐなすつた親分《やぞう》さんだ。でもお前《でえ》さんはまだ子供《びく》で、何も偉かねえぢやねえけ。偉くもね

えくせに、美しいおあさちやんに惚れやがつて、年の多い俺《おいら》に相談をするのも忘れて、坊主《なでこ》を連れてくたア何ごとけえ、俺《おいら》ア「不承知《がんきねえ》」よ。』

さう言つておいて、おい〳〵と泣くのだ。

『この野郎、逃《ふけ》ながら、俺の悪口を云やがるか。』

英麿は、つひに怒つてしまつた。

『何も悪口ぢやねえぢやねえけ。誰が見たつて、この泣力兄哥は、お前さんより男ツ振りがいゝぢやねえけ。それでおあさちやんが俺《おいら》に惚れたら困ると思ふから俺《おいら》を連れてゆかねえんぢやねえけ。』

泣力は口汚く罵りながら泣くのだ。英麿はかん〳〵に云ひ負かされて言葉もない。

『何もお魚のお葬ひぢやあるめえし、坊主《なでこ》を連れてくにや及ぶめえ。よ、英公のちやんりん。』

『な、なにツ。お、頭目《おさき》に向つて、英公のちやんりんた何だ。』

英麿はかんかんに怒《いか》つた。それでも泣力は、

『頭目《おさき》が何でエ、俺《おいら》は、関東兄哥を、「監獄《よせば》」にやりたくねえから泣いてるんぢやねえけ。』

と妙なことを云ひ出した。

『何ツ?——。』

英麿はちよつとつまつたが、

『嘘《ほけなす》を云ふな、兄哥はにこ〳〵笑つて行つたんだ、かまはねえ。』

と、一蹴した。

しかしおあさは真顔になつた。それを見てとつた泣力は、

『かまはぬと云つたな。関東の大親分《おおやぞう》の兄哥のことを——一千七百もゐる俺《おいら》の仲間の大親分《おおやぞう》のことを、お前《でえ》さんはかまはぬと云つたな。』

と、泣き乍ら云ふのだ。

英麿はおどかされてゐるとは知り乍らも、（これは飛んでもねえことを云つた）と後悔した。

おあさは、兄哥思ひの泣力に、つい同情したのである。泣力はそれと知ると、いよ〳〵攻勢に転じて来た。

『やい頭目《おさき》さん。仲間の悪共の、身代りにひつ冠りをやつた関東兄哥を、俺《おいら》は助けようといふんだぜ。それをお前《でえ》さんは頬冠りをしようといふんだね。』

英麿は窮した。

『頬冠りをするつもりけ?』

『誰がすると云つたえ。』

英麿は叫んだ。

おあさは、ほつとした顔になり、二人を等分に見分けた。泣力は、

『それぢやアどうなさる心算《つもり》か云つてくだつせえ。』

『そ、それは――。』

英麿はまた詰つた。

『俺《おいら》にや、うめえ考へがあるんだぜ。』

泣力が云ふと、英麿も、

『俺《おいら》にもあるぞ、こん畜生。』と云つた。

『ぢやア云つてくれ。』

泣力の言葉につれて、おあさも英麿の顔に見入つた。

六

英麿は、おあさに頭目《おさき》の貫禄を見せたいが、相手が狡智《かうち》にたけた泣力だけに、うつかりしたことが云へないのだ。すると、今まで黙つてゐた鰻の坊主が、そつと耳に口寄せて、

『うつかり泣力に乗せられちや不可ねえよ、しつかりしてゐなせえよ。』

と云つて、

『俺は、瀬降をかじめて来るげ。』

と逃げてしまつた。英麿は、一層心細くなつた。

泣力は、そこが付目だつた。

『さあ、関東兄哥を、どうして救ひ出すか、うまい方法を聞かせておくんなせえ。俺は、それが気になるんだ。楢玉親分が、お前《でえ》さんを呼ぶのも、つまりはその相談《はなし》ぢやねえけ。今から臍の緒をくゝつて貰はねえと、多摩山窩《たまもの》の名折れになるといふもんだ。どんな返答をされるのか、それを思ふと、俺《おいら》はぢつとしてゐられねえ。あゝどうしようぞいのオ――。』

木に竹をついだみたいにおい〱と泣くのだ。英麿は、いよ〱不安でたまらない。

『何かい、考へがあるか?』と問はれて、『何も考へてゐません。』と云つたら、『それで頭目《おさき》がつとまるか。』と、気味のわるい声で叱られるにちがひない。それも、相手がおあさの父だけに、叱られたくないのである。

『さあ、どういふ返答をしなさるけ? 俺《おいら》がかうして意見をするからにや、ちやんと心にきめた言種《いひぐさ》があるんだよ。頭目《おさき》思ひの俺《おいら》の腹で、ちやんときめてゐることを、そのまゝ楢玉親分の耳に入れて見なつせ

え、年は子供《びく》でも、偉えもんだ、さすがは、死んだ平助の悴だけあると、親分《やぞう》からどんなにほめられるか知らねえよ。ついでに、このおあさちやんを、気に入つたから、女房《きやはん》にくれるといはれたら、お前《でえ》さんはどうするけ？』

　泣力は、ぢいつと英麿の顔をのぞいて、

『これまで云つてるのが判んねえのけ。あゝ残念《がんきねえ》。』

　と、また、おい〳〵と泣くのだ。泣き乍ら、

『この崖《がけ》ツ崩《くづ》れのてつぺん野郎――。』

　と毒づいた。崖ツ崩れのてつぺんといふのは、頭の中が崩壊してゐるといふ意味なのだ。

　何と云はれても、英麿には言葉がなかつた。英麿は、おあさの顔を、そツとのぞいた。おあさは、ぷるんと剝《む》けたみたいな唇に、英麿に頼り無ささうな表情《いろ》をうかべてゐた。泣力は、ますます猛り立つた。

『年嵩《としかさ》の云ふことを、泣き虫の云ふことだと思はずに、ようく聞きなさるがいゝ。お前《でえ》さんは、父親《ちやん》の平助《ぺえすけ》親分《やぞう》の跡をついで、やがては多摩川筋の親分《やぞう》さんだ。その親分《やぞう》さんが、武蔵親分《やぞう》の榴玉親分《やぞう》から腑《ぼけ》抜《なす》だの、独活《うど》だのと云はれて見なつせえ。瀬降を並べてゐる俺等《おいら》多摩山窩《たまもの》は泣くに泣けねえ恥ぢやねえけ。』

　泣力は、胸のあたりを搔きむしる。

　ぢいつと首を傾げてゐたおあさは英麿に顔を向けた。

『英公？　連れてゆかれんけ？』

　親分《やぞう》の娘《つる》は、頭目《おさき》を呼捨にする。英麿は、容易に返事をしないのだ。

　そこへ、かじめた瀬降を、うづ高く背負つた坊主が、にゆツと現れた。絵で見る山賊そつくりである。山窩は、どこへ移るにも、かうして蝸牛《かたつむり》みたいに瀬降を背負つてゆくのだ。

『力《りき》の野郎、まだぐづツてゐやがんのけ。場越しにぐづつく野郎は、「掟《はたむら》破《やぶ》り」だ。』

　坊主は満面に朱《しゆ》をそゝいで、両掌で虚空を摑んだ。どこかの山門で、金網の中に納まつてゐた仁王様が、暴れ出したみたいだ。

　泣力は、揉手《もみて》であとに退り、

『は、掟《はたむら》を、おいらが、い、いつ破つた？』

　と、へつぴり腰。

『油紙に火をつけたやうに、ぺら〳〵と、いつまで「饒舌《ぐちうま》」るつもりけ。』

坊主はわしと摑みか、つた。

七

『きやッ。』と叫ぶ声がしたと思つたら、泣力が、二間ほどの崖から落ちて、磧《かはら》に蹲《しやが》んでゐた。

『口ほどもねえ。』

坊主は吐きつけて、英麿の瀬降をかじめか、つた。瀬降はボロをつぎはぎした市松模様の天幕《テント》だ。隅々を器用に外して、それを地面にひろげて、その中に食器や箕づくり道具を包んだ。

食器は、鍋と釜。それに欠けた茶碗が二つ三つ。

道具は、薄い刃物のコベル。それに片ツ方が錐《きり》で、片ツ方が鑿《のみ》になつてゐたゲジ。尖《さき》が輪になつた竹透《たけすかし》のシツピキ。その他サンシヨ玉の類だつた。サンシヨ玉と云ふのは 鋸《のこぎり》 のことだ。——坊主は、くるみ終ると、

『今夜は早駈《かけまく》け?』

と云つた。早駈《かけまく》となれば、例へ《(ママ)》頭目《おさき》と云へども、自分で荷物を背負ふのが、山窩《なでし》の 掟《はたむら》 である。

『さうよ。荷物は俺《おいら》がひつ背負《しよ》ふよ。』

英麿は、荷物を受取つて『頭《てつぺん》』よりもうづ高く背負つた。

『力《りき》をおいてゆくのけ?』

おあさが崖際《がけぎは》から云ふのだ。英麿は淋しさうな顔をして、

『お前《でえ》さんは、泣虫が好きけ?』

と云つた。おあさは耳朶《みみたぶ》を赤くして、首を横に振つた。

『親分《やぞう》を待たせちやいけねえからさ、早く帰らうぜ。』

英麿が、おあさの手をとると、

『ま、まつてくらつせえ。』

と、磧から泣力が飛んで来た。相も変らずしやくり泣いてゐる。

『また来やがつた。』

坊主が片足あげて蹴つけると、泣力は、さつとその足を掬《すく》つた。坊主は、泣力と入り替はつて、みごとに崖から転げ落ちた。

『こ、この野郎。』

英麿は、さつきからの鬱憤を、いつぺんに爆発させて泣力に飛びか、つた。

泣力は、丁度い、塩梅《あんばい》に、英麿の腰に手をやつて、提げてゐた山刃《うめがい》を引き抜いた。山窩《さんくわ》が命より大切に

する山刃《うめがい》を、不意にとられた英麿は、

『あつ。』と驚いて、腰を押へたが遅かつた。泣力は、奪つた山刃《うめがい》を、自分の喉《のど》に、ぷすりとあてたのだ。

『あれツ。』

おあさの叫びは、川面にひゞいた。

『な、何するけ、り、力《りき》よ。』

おあさは、その手に取り縋《すが》つて、喉を突かせまいと必至（ママ）になつた。

『俺《おいら》は死骸《おろくじ》になりてえんだ。さ、離してくらつせえよ。』

泣力は、山刃《うめがい》を離さない。

『は、はやく英公。この山刃《うめがい》をとらんけ。』

おあさは力《ちから》の限りしがみついて、英麿の助けをもとめた。

泣力は、その実、喉を突く気は毛頭ないのだ。それに、どんとぶつつかつて、柔かく押し揉んで来る絹毬《きぬまり》のやうな、おあさの肌を、心の底でにやりにやりと楽しんでゐるのだ。それでも、声だけは泣き声である。

『輩下《みうち》の者を、見殺しにするつもりけ？』

おあさは、英麿に腹を立てた。英麿は、渋面をつくつて、

『つれてゆくから山刃《うめがい》をおけ。』

と云つた。泣力に、おあさはまんまと一ぱい食はされたのだ。

『う、嬉しい。俺《おいら》の心が判つてくれて、こんな嬉しいことはない。これこの通りよな。』

泣力は英麿とおあさを拝んだ。そしてけろりとした顔で、

『英親分《ひでやぞう》は、このお娘《つる》さんを、女房《きやはん》にしたいだろげ。それなら俺《おいら》の云ふことを聞かいけ。』

と云ふのだ。英麿とおあさは、顔をまた赤くし合つた。

八

英麿はそこまで考へてゐた訳ではない、だがさう云はれて見ればそんな気もするのだ。

泣力は、その耳もとに口を寄せて、

『つまり関東兄哥を救ひ出せば、その腕前のとつぽさに、楢玉親分が惚れ込んで、このお娘《つる》さんを女房《きやはん》にくれるといふもんだ。』

と、ぽんと英麿の背中を叩いた。英麿は甘い靄《もや》に包まれたみたいな気がした。

英麿は、

『それぢやアお前《でえ》は惚れちやゐねえのけ。』

と、泣力に聞いた。泣力は、

『丹波戻りのお前様《でえさま》と、親分《やぞう》の娘《つる》を、争ふやうな俺《おいら》と思ふのけ。』

と言ふのだ。英麿は、うん〳〵と頷《うなづ》いた。

『それぢやア、どうして兄哥《あにい》を救ひ出せといふのけ?』

『丹波戻りの頭目《おさき》ぢやねえけ。透破《すかし》に軽身《かるみ》に早駈《かけまく》に、戸切《とぎれ》に押入り、鼠鳴《ねずなき》と、何でもござれの腕前ぢやねえけ。ゲジやサンシヨ玉を使ふのも、お前様《でえさま》の得意ぢやもん。』

『ゲジにサンシヨ玉?』

『さうよ、土蔵《むすめ》の腰壁《おこし》を切破《まく》るには、ゲジとサンシヨ玉がいらあね。』

泣力は、あたりに気を配り乍ら言ふのだ。初夏の夜の多摩川縁に吹く微風《かぜ》が、頬を撫でるだけだつた。

『見なせえ東の「天空《あの》」を。あんなに赤く燃えてゐるぢやねえけ、あれは東京の街の火が、「天空《あの》」に赤く映つてゐるんだね。街の火が、こんなに空に映る夜は、「朝《つゆ》」までに、「星《しほつぶ》」一つ出やしねえよ。「金持《みもち》の土蔵《むすめ》」を狙ふのは、今夜のやうな晩にかぎらアね。』

泣力は、また英麿の肩をぽんと叩いた。

『金持《みもち》の土蔵《むすめ》?』

『昨日、箕《み》の修繕をした、彼の恋ケ窪の、黒い腰壁《おこし》を締めた土蔵《むすめ》よな。』

（あ、、あれか）英麿は頷いた。

国分寺村一帯は、多摩山窩《たまもの》の『縄張《たちば》』である。昨日、泣力と英麿はその国分寺村に箕直しに出かけた。そして泣力が取りあつめて来たのを、英麿は、恋ケ窪の地主の本田某の土蔵《むすめ》の軒下で日の暮れるまで修繕した。

『あの土蔵《むすめ》の腰壁《おこし》はよ、ぺら〳〵の薄壁《うすもの》よ。切破《まく》るには造作《ざうさ》はいらねえげ。――あれをうまく切破《まく》つて見なせえ。当局《おもや》の係官《おつさん》も、真犯《くろほし》は団平《どてら》ぢやねえ、ほかにゐる証拠だと忽ち兄哥を釈放にするにきまつてらア。』

『なアるほど。』

漸く英麿は頷いた。

『そいぢや、ゆきがけの駄賃に、ちよつくら切破《まく》らうけ。』

『俺《おいら》は、その間に親分《やぞう》に会つて、頭目《おさき》の英ちやんは、これ〳〵しか〴〵と、事情《ことすじ》をくはしくお話申し上げて、親分《やぞう》を感心させておくがね。』

『それぢやア、お前《でえ》は、お娘《つる》さんといつしよにゆくのけ?』

英麿は、少し淋し気だつた。

『まだ年の若けえお前《でえ》さんが、今からお娘《つる》さんを気にしてると判つたら、添《そ》はせてえと思ふ親分《やぞう》さんが、急に気を変へねえとも限らねえ。わるいやうにやしねえから、年嵩《としかさ》の俺《おいら》にまかせておきなせえ。』

英麿は、無言で頷くと、ひよいと身を跳ねて、空気の中に溶け込んだ。

『おや?』

さすがの泣力も魂消《たまげ》た。

『坊主《なでこて》はどうするのけ?』

おあさは虚空に向つて叫んだ。だが英麿は応へない。

『英公?』

と、もう一度声を、ひゞかせると、

『何け?』

と英麿が、ふはり宙から下て来た。向ふから飛んで来たのが、さう見えた。

『俺《おいら》、もう坊主《なでこて》は連れてゆかねえ。力《りき》の方が、頭《てつぺん》が涼しいもん。』

英麿は、(わるく思ふなよ)といふやうに、わざと膨れ面をして、(ひい)と首をちゞめると、またふはりと消え去つた。

九

『やあい禿頭《なでこて》め。』

泣力は、憮然とした顔で、しかたなく一団のあとを追つてゆく、鰻坊主に悪たれた。失意の入道は、背後の悪罵を甘んじて受けるつもりか、振り返りもせず、黙々と相模野さして消え去つた。

『さあおあさちやん。』

泣力は、さも得意気におあさの先に立つた。

『関東兄哥が、ほんとに釈放《どてら》になられるけ?』

おあさは泣力に念を押した。だが泣力は、

『さあ。』

と言つて、含み笑ひをした。

『まさか、頭目《おさき》に欺言《ほけなす》を云つたんぢやあるまいね。』

『そげなことどうでもいゝぢやねえけ。好きなお娘《つる》さんと、間道《ながれ》をいつしよに歩きてえ俺《おいら》のことよ。何を云ふか判るもんけ。』

『な、何だつて――。』

おあさの喉がかすれた。

『これが親分《やぞう》に判つたらどうするけ？』

それでも、泣力は笑つてゐる。

『気を揉むにやあたるめえ。天下の泣力が、一声泣けば済むことよ。いらぬ文句《たんか》は抜きにして、さツ、仲よく早めるぜ。』

泣力はおあさの手を摑んで、川上へ向つた。

登戸までが約一里、それから西菅、矢野口までが更に一里で、大丸《おほまる》までが、都合三里の道だけど、二人はわづか一時間足らずで歩いた。

二人は大丸の三叉路《みつまた》で立どまつた。左は関戸道だし、右は府中を経て恋ケ窪への往還である。

『英公は、これを行つたのけ？』

おあさは、右の白い道を見やつた。折柄、向ふの大国魂神社《おくにさま》の森に、袂《たもと》で拭いたやうな月が出て、もく〳〵とした森がよく見えた。

『力い。お前さつき何と云つた。今夜は、「払暁《あけば》」まで、「星《しほつぶ》」一つ出ないと云つたぢやねえけ？』

おあさは睨《にら》みつけた。泣力は、首筋を撫で乍ら、

『へゝツ。』と笑ふのだ。

『こんな美しい、星月夜《しほひ》になるのに、あんな嘘《ほけなす》を云つて――これでも闇夜《からす》け？』

おあさは急に垂《うなだ》れて、（あの坊主《なでこ》だつて可哀さうだ）と思ふのだつた。泣力は、

『大《だい》の虫《むし》と、小《せう》の虫《むし》を取り替へるためには、嘘方《ほけなすほう》便《べん》といふ掟《はたむら》だつてあるんだげ。それにさ、こんな美《にく》い娘《つる》がゐるんだもん。』

と、おあさの肩を強く抱き寄せた。おあさはつるりと抜けて、

『なにするけ。』

と、ぽんと胸を突き飛し、膝のあたりに月の光りをあびせて、宵待草の花の上を蝶のやうに逃げ去つた。

薄の中に押し倒された泣力は、

『待たんけ。』

と、これも風をおこして追つかけた。

薄の野《すゝきの》、楢の林、荻の野も、水鳥が、あとに水を搔くやうに、二人はつい〳〵と、それこそ宙を走つ

た。
大丸《おほまる》の三叉路《みつまた》から、高畑までは二里だけど、『大《おほ》早駈《のり》』以上で逃げるおあさと、追ふ泣力は瞬く間に檜玉親分の檜の杯の瀬降に来てしまつた。

おあさが息せき切つて、瀬降にどんと駈け込むと、入れ替りに、中から飛出した者があつた。それは、さつき相模野さして悄然《せうぜん》と消え去つた、大入道の鰻坊主だ。坊主は手拭の両端を握つて盲目滅法飛んで来て、泣力をがつきり抱きとめた。

『この気違ひめ。』

腰を抜かしたのは泣力だつた。

『親分《やぞう》さんが、英兄哥の来るまでこの杉の木の梢《てつぺん》で、涼んで居れと云はしやつたぞ。』

坊主は、泣力に、手拭の猿轡をかませると、両手両足を拝み合せて縛つた。そして弓なりに、枝折らせてあつた若杉の梢に海老釣にして、ぽんと放した。

『まるで釣れた章魚《たこ》ぢやねえけ。ぷら〳〵してやがらはゝゝゝ……。』

坊主の笑ひ声が合図だつたのか、そこへ現れたのは、背の小さな、檜玉だつた。檜玉は、手に青竹を握つてゐた。

一〇

月が出たので英麿の意気は沮喪《そさう》した。それでも土《ど》蔵《ざう》に忍び寄り、

(泣力が、この腰壁《おこし》は、薄壁《うすもの》だから、ゲジさへあればすぐ切破《まく》れると云つたが……)

と、思ひ乍ら、かゝらうとすると、自分の影が壁に映つた。(どうも『月影《がす》』は気味がわるい)また月光をさけて、隅の方をさぐつて見た。指で押して見ると、わりに楽にやれさうだつた。

そこで、錐鑿《ゲジ》と鋸《サンシヨダマ》を取り出した。ゲジで壁土《かべつち》を削つて、鋸《サンシヨダマ》で木舞を切らうといふのだが、ゲジの刃尖《はさき》を拇指で撫でて見ると、何だか気味がわるかつた。

誰かが、すぐ後から、(こら?)と声をかけさうな気がした。

(どうもいけねえ)

またあと戻つて桑畑に隠れた。

朧夜《おぼろよ》の東の空はまつ赤だ。

(あの空の下で、東京の山窩《なでし》たちも、今頃は兄哥の監獄《よせば》ゆきを騒いでゐるだらう。それを思ふと一仕事

みごとにやつて、名にし負ふ関東兄哥を救ひ出したい）

と思つた。

（思ひ切つて切破《まく》らう）

また立ち上つた。だが、土蔵《どざう》の黒い腰壁に近寄ると、妙に足がふるへた。

（俺《おいら》は気が小せえのけ?）

また桑畑に隠れた。どこからともなく、猫の声が聞える。ぎやおと泣く声は、妙に神経をひつ掻き廻す。時間は刻々に過ぎて、月は西にめぐつた。

（今度こそやつてやる）

下腹に力を入れて腰壁に手をかけた。瞬間、目の前の土蔵の角に、忽然《こつぜん》と人の姿が浮んだ。

（いけねえ）

どきんとした英麿は、ゲジとサンシヨ玉を懐に、ぴたりと地に伏した。と、

『どろぼう。』

と女の大きな声だつた。

（いけねえ）後へ這ひ乍ら、（騒いだら殺《あや》めてくれる）と、荷物を手早く背負ふと、また、

『泥棒。』

と女が叫んだ。寝巻に細いしごきを結んだ寝起きの女が、手拭を冠つてゐるのだ。藁草履を穿いた美しい足が、だん〳〵近寄つて来る。

英麿は、そツと山刃《うめがい》を抜いて、後に隠した。女は、月影を透しながら近寄つて来る。

『うぬう。』

山刃《うめがい》で斬りつけると、女はくるりと背を見せ乍ら、英麿の手を摑んで背負ひ投げた。英麿は、

『失敗《おどつ》た。——山刃《うめがい》を奪られた。』

と思つた瞬間、仰向けに投げられてゐた。ひらりと飛びおきて見ると、もう女は十間も向ふを歩いてゐた。

『待てツ。』

ひよいと飛びつくと、女はひよいと逃げて行く。

（おや?）と追ひかけると、また女も逃げる。逃げる。追ふ。逃げる。追ふ。つひに、内藤新田から谷《や》保《ほ》まで追つたが、その一里の間女は背を向けたきりだつた。谷保から真直に半道ほど行くと、浅川と多摩川が流れ合つた四ツ谷の川端に出た。

女はくるりと向き直つて、

『英公!』

と笑つた。英麿は、

『あれツ。』

と立すくんだ。

『お前《でえ》は、おあさちやんぢやねえけ！』

英麿の驚きを、おあさはくつ〳〵と笑つて、袂《たもと》を口にあてた。

『親分が、英に腰壁《こしまき》なんぞ切破《まく》らせちやいけねえ。平助《べえすけ》が、草葉の蔭で泣くぢやねえけ。早く行つて連れて来うと云つたがね。』

『親分《やぞう》がけ。』

英麿はすぐ目の前の高幡の、榾の林を茫然と見遣つた。

『俺《おいら》の大切な英ぢやねえけ、何故とめなかつたと、俺《おいら》叱られたげ。』

おあさはさう言つて顔をまつ赤に染めたのである。

（これは明治三十五年のことだつた）

＊「多摩の英麿」を含む連作『緑蔭の漂浪者』は、『山窩血笑記』（大日本雄辯會講談社、一九三七年）に収録されたのち、『山窩の女』（蒼生社、一九四七年）に再録された。今回は『山窩血笑記』による。
復刻にあたり漢字は常用漢字を用い、かな遣いは原文のままとした。また、原本は総ルビであるが、復刻にあたっては適宜付した。

三角寛サンカ小説の魅力と魔力

サンカ小説、成立の構図

朝倉喬司

三角寛における固有名詞の特異性

ひゅ、ひゅ、と口笛のような音を立てながら川太郎《がわ》が斜面を下っていく。


「あれが、がわ太郎な?」

私は怖いような見たいような気持で聞きました。

「がわ太郎はな、春の彼岸になると川にくだり、秋の彼岸には山に戻る。今日がお彼岸の入りだから、墓の背をくだってゆく」

「見たいなあ」

私が申しますと、母親は
「見ることができるものか。夜と昼との境目を見はからって、誰の目にもかからないように、暗闇《くらやみ》とあかりとの境をとおってゆくものを、どうして見ることができるものか」

「それじゃあ、お母さんも見たことはないの?」

私は聞きました。

「山から川へくだるところは見ないが、下の谷の甲石《かぶといし》の上で、背中を干《ほ》しているのを見たことがある。それから向田《むこうだ》の堰下《せきした》で、角力《すもう》をとっているのを見たことがある。頭の上に皿《さら》があって、……」

三角寛『菜花峠の山女』の出だしの部分からの引用。

ここのところで、きわめて効果的に用いられているのが「墓の背」という語である。墓地の「背後の尾根筋」を指すのだろうこの言葉が、川太郎の行進という日常を超えた事態の記述に組み込まれることによって、ある格別なイメージを喚起している。

ひゅ、ひゅ、と音は聞こえているのだから、たしかにいま、そこにいるに違いない川太郎を、しかし私たちは、見ることなどできないのだという。

なにしろ彼らは、私たちが経験しえないような時間、昼でもなければ夜でもない、光でもなければ闇でもない、その「境目」を通過しているのだから。そのような、彼らのえたいの知れない経験の地平を、ここでさりげなく言い表わした言葉が「墓の背」ということになる。

三角は、おそらくはこの小説の舞台になった九州山地ではごくふつうに使われていたのだろう「……の背」といういい方を、何の〝加工〟も加えずに小説の空間に生かしている(人物の会話は、ずいぶん標準語寄りに〝加工〟されているにもかかわらず)。意味の通りのよさを考えて、これを「……の後ろ」とか「向こう側」とかやったら、日常に遠近が確定された空間の明るみに、川太郎たちは、異様ではあるがよくみればみすぼらしい姿をさらすハメになってしまうだろう。ぶち壊しとはこのことであり、三角の熱心な読者だったらすでに気付かれたことと思うが、ここに用いられた

「墓の背」

は、彼ならではの一種の隠語なのである。語そのものの意味というよりはむしろ用法の脈絡において、日常にさりげなく張り出している「異空間」の存在を暗示するための隠語。

ところが、さて、川太郎たちは一方では、彼岸から彼岸へ循環する時間にしたがって動いてもおり、こちらは私たちに経験しえないような時間ではない。近代化、都市化された生活に慣れ過ぎた私たちには縁遠くなってしまったが、季節のめぐりに順応しなければ成り立たない農耕の共同性を、かつて強く律していたのは時間のこの形態だった（現在の私たちの経験を構成する過去から果てしない未来に直線的に展開する時間ではなく）。

そこからみると川太郎たちは、律儀に共同体の生活リズムに呼応して、山と川を往復しているようにもみえる。そして、「私」の母親は何と、自分で「見えない」と断定した川太郎を、実は二度ほど見たのだという。

子どもとしては、

「へえ、どこで?」

と、母親の言いようが少々矛盾していればその分、強い好奇心にかられて身を乗り出さずにはいられないだろう。この場合、子どもの心には、そんなえたいの知れないものを「見ることのできた」母親への畏敬も頭をもたげているはずである。

下の谷の甲石《かぶといし》の上と、向田《むこうだ》の堰下《せきした》。この二ヵ所で川太郎は、こちらの視界にとらえられたとのこと。

この二つの固有名も、三角の文脈においてある独特の役割を果たしている。

こちらはもちろん隠語ではない。共同体＝村の空間と、そこで生活する人々との親和を保証すべき命名の産物。村の外に一般化できる「地名」ほどの波及力はもちえないが、その分、村の内側では、生まれては消える噂話や、昔から人々の口から耳へめぐりつづけている説話、伝説に限りない真実味をもたらす、いわば言葉の依代《よりしろ》。

そうした名を三角はここで、見えないはずのものを可視化する触媒として、えたいの知れない経験の地平の片鱗をこちらへ示す、まさしく依代として使っているのである。

ここで、本稿で述べようとしている基本項目のひとつを提示しておくと、三角の「サンカ小説」の魅力は、以上に述べたような（意味を広くとった）隠語と、依代としての地名（あるいは物の名）の組み合わせ、照応にその源泉があるというのが筆者の考えなのである。

もう少し、例にあげた作品に即して、この提示を補強しておこう。

「それから何年かたちまして、私が中学校に入った年の四月のはじめでありました」

「私」には姉が一人いて、これが女学校の三年生。自分が背伸びしたいあまりに、弟を、ただ年下だからという理由で子ども扱いしてやまない年ごろである。今日も今日とて、

「墓の尾跳《おばね》に行って化粧草《けしょうぐさ》を取ってきて頂戴」

と、きわめて一方的な命令。この「尾跳」について三角は、ふつうの小説だったら略すか、単なる地名として処理されるだろうところを、わざわざ四行ほどさいて説明している。

「この墓の尾跳でありますが、ここは馬の背を見たように、北側の丸山が馬の尻尾の形になって南に走っていて、そこに共同墓地があるので、墓の尾跳というのであります。ここからは、南に阿蘇の噴煙が見えるかと思うと、北には久住《くじゅう》の霊峰がそびえ、その他、四方八方どこまでも見ゆる、まことに景色のいい野原であります」

私たちはふつう、たとえば「石狩」という地名を口にするとき、それがもともとはアイヌ語で「川の曲がりくねり」を意味した言葉であることなど全く意識しないだろう。「尾跳」はここで、かつてアイヌ民族が「イシカリ」の語を使っていたのと同じ流儀で使われている。

つまり、地形の特徴の言い表わしが、そのまま特定の場所の指示になだらかに連続しているような使い方。だから「尾跳」は厳密にいえば土地の固有名、すなわち地名ではない。

もうひとつ例を出してみよう。仮に私たちが街で誰かに道を訊ねられたような場合、「○○町×丁目△番地」といったぐあいに地名を示したりしないだろう。そもそも訊ねる人はその地名の所在位置が分からないのだろうから。「ここを真っすぐ行きますと、高い塔のある教会が左側にありますから、そこの角を曲がって……」といったぐあいに、町並みのある形態的な特徴を指示することを心掛けるだろう。こういう、人と人とのコミュニケーションの具体性をあくまで中心にした指示のあり方、それがそのまま固有名のように使われているのが「尾跳」であり、先ほどの「甲石」「向田の堰下」なのである。

むろん、例にあげた「教会の高い塔」は固有名的な使用になど変化しようもない。人と人の一回だけのコミュニケーションが終わればそれきりである。それきりにならないためには何らかの共同性の介在が不可欠であり、「尾跳」や「甲石」等が、共同体の内をめぐる時間の累積あってこその「地名」であることはいうまでもないだろう。共同体の内側に醸成され、それゆえ、たとえば「尾跳」であれば、馬の走る姿に自らを似せた地形への何らかの感情移入を、かすかな呼びかけを伴わずにはいられないような「地名」。だが、共同体の外の、社会の一般性には通用しそうもない、そうした「地名」に、三角はあるこだわりを示している。

そしてこの「地名」を通して遠望された、はるかに山々の連なる「四方八方どこまでも見ゆる」原野こそ、〝彼の〟サンカが縦横無尽に活躍する空間なのである。

さて、姉に命令された「私」は、シャクではあったが

「オキナ草のことだろ。女学生のくせに化粧草なんて、ほんとの名を知らないのか」

との悪態をもって、了承に代えた。ここにも名へのこだわりが顔を出している。

「私は墓地をとおりぬけ、その傾斜の尾跳を歩きながら、小犬の耳のようにぐんにゃりと垂れ曲がった、柔《やわら》かい毛の生えたオキナ草を見つけては摘《つ》みました。外側が白くて内側はまっ赤な、ほんとに犬ころの小耳をつまぐる感じの花辨《はなびら》は、どこまでも女学生好みの花でありました」

と、ここで弟のほうも背伸びをしている。オキナ草は「女学生好み」なのではなく、「私」が好んで犬ころと遊びまわる幼児のような気分になって、現にそこで「どこまでも、花を追っかけ」たりしているのである。

夢中になり、いつの間にか

真菰《まこも》の原
という、高台の平地へ出ていた。すると
地神様の森
にいる「真ッ黒な烏」の群れが地に降りて
「ガウウ」
とか
「ガガア、ガウガウ」
とか、ふつう人の姿をみれば警戒して鳴くはずなのに、いっこうに声もたてない。
こいつら「僕を馬鹿にしてるな」と、とっさに思った「私」は、彼らを手づかみにしかかって、当然のことながら見るもバカバカしい追いかけっこが始まる。
と、目前に
「ひょこんと突ったたった異様な者がありました。
(あっ、がわ太郎)
私は立ちすくんでしまいました」
赤みを帯びた顔、ちぢれているが、あのガウガウどもの羽よりなお黒い髪。目はくるくるっとして、
唇はオキナ草の花弁のように濃い紅色。
「がわ太郎は私の顔をじいっと見つめていましたが、
『何をしちょんのかよォ?』

と申します。私は（がわ太郎にものをいわれた、さあ困った）と心配をしはじめました」

スキをみて逃げるつもりでいると、何とがわ太郎は、

「お前《でえ》は〝上《うえ》ン段《だん》〟の子供《ひと》じゃなぁ」

と、「私」の身許を親しげな口調で言いあてるではないか。


この「上ン段」も、彼の家が村の高台にあるという空間配置と、家とその一族を同時に示す、共同体の内側ならではの名。


がわ太郎は、先ほどからの「私」の狂態を眺めていたものらしく
「鳥はつかまれんわん」

と、にこにこ笑っていう。

どうもこいつは女のようだ、と見当はついたものの、母親の言葉が強く体にしみついている「私」の目に、相手はがわ太郎としか見えず、身を翻して逃げる。

逃げながらも、そこは中学生、

「まてよ、お母さんはまことしやかに、あんなことをいったけど、あれは頭が古いから、あるものと思いこんでいて、幻影を追っているのかもしれない。中学生ともあろうものが、妖怪変化を信じてはならぬと、博物の先生はたしかにいった。それじゃあ正体を見届けてやるかな？」

と、気を取りなおした。

ここに出てくる「博物の先生」と「母親」との対比の関係。これも三角のサンカ小説と時代との係りをみる上での、ひとつのポイントになるのだが、それについて述べるのはもう少し後にしよう。

気を取りなおし、引き返した「私」は、見通しのきく場所を求めて

一本松

のところから下をのぞくと、崖の下に

「竹を組みかけて、それにボロ布を縫《きれ》い合わせた天幕」

が張られているのを発見する。ずっと昔、道普請があったとき、土を取った跡が大きな洞穴をなした場所。

「うまいところにかくれるものだ」

と眺めていると、先ほどの女がわ太郎が四十年輩の男の体を支えながら天幕から姿をあらわした。男はケガをしている様子。不自由な体で、助けを借りながら草陰で小用を済ますと、また天幕の中へ。しばらくすると、今度は女がわ太郎が一人、樽を手にして出てきた。どこかへ行くらしい。「私」はその後を追う。

「赤い茜《あかね》のお腰の下から白い二本の足が、青草の中にぽっかり浮きました」

女がわ太郎は

腰原尾跳《こしばるおばね》

という見晴らしのいい野原を通り、川のほうへ下りていく気配。ひゅうひゅうと口笛を鳴らしている。

「ほうら、お母さんのいったことがほんとうだ」

そんなことを考えながら、さらに追跡。

川原に出たがわ太郎は、するすると帯を解いてすっ裸になる。そして、手拭いで髪を包み、樽を抱いて川へ入る。あの甲石《かぶといし》が流れの中ほどに突き出している地点である。裸になった体を見る限り、ふつうの女の子とどこといって変わりはない。

「たしかに人間だ（が…）」

と、目をこらしていると、がわ太郎だか人間だかどうもよく分からなくなった、ともかくその「彼女」は、水にもぐり、大きなあま鯉をつかんで浮上した。岸に上がって、獲物を樽に入れ、体を拭いて着物を着ると、川縁《かわべり》の傾斜を上り始める。上りながら観音草をひきちぎって樽に入れている。観音草は食用になるのである。そして彼女が七葉樹《とちのき》の堰下《せきした》のところでコウビナ拾いに精出し始めたのを見て、「私」は思い切って声をかけた。

「おい、がわ太郎」

彼女はびっくりして、危うく足を滑らせそうになる。

「上ン段の兄《あに》さじゃねえけ、ああ、たまがった。私《おいら》はがわ太郎じゃねえがえ。そげんこといわんでおくれ」

「私」は、この可愛いがわ太郎のために、コウビナ拾いを手伝ってやる。コウビナは淡水貝の一類。茹《ゆ》でて食べると「これがまた、なかなか美味しい」のだそうである。

「私」は彼女から、歳は十四、母親はとっくに亡くなって父親と二人暮らし、その父親がケガで満足に動けず、味噌も買えないで「弱っちょる」というような話を聞いて帰宅。

姉から「どこほっつき歩いてたのよ！」くらいの怒声がやってくることは先刻承知していたから、軽くそれを受け流して、母にがわ太郎の正体探検の逐一を報告する。姉は
「なあにをいってるのさ。だから中学なんかゆくのをやめなさいっていったんだよ」

と、例のごとくの反応だったが、母親は「がわ太郎」と聞いて驚くかと思いきや
「それはお前、箕作りの子じゃないかい」

との返事。姉は
「あんたぐらいの時には、そんなことにやたらに興味がわくものよ」

姉さんくらいの歳になると、そんな話は「いとわしい」だけ。母さん、まともに相手するのなんかおよしなさいよと、なおも言いつのる。

母親はそれを制して、大意、次のように二人に言う。

「学校で学ぶ身であったとて、がわ太郎話を一概に迷信だと否定してはならない。話のどこがホントでどこがウソなのか、一つ一つ知っていくことが学問というものじゃないか。その箕作りのことに

しても、昔の人は山の者とも川の者とも言った。山の者のことを山和郎《やまわろう》ともいうし、それらがごちゃごちゃになって、話上手な昔の人が、がわ太郎というものを作り上げたのかも知れない。また、親というものは子どもに間違いを犯してもらいたくないから、むやみに川遊びなどさせまいとして、がわ太郎の話を利用したりもする。そういうことをいろいろ取り集めて、ここはこう、これはこれとはっきりさせるためにこそ、人は学問をするのではないか」

眠りから醒めたばかりの床で「ほら、がわ太郎が行くよ」と、子どもの心を異《い》なる空間への畏怖(とそれに交じり合った憧憬)でくるんでしまったのも母親なら、年ごろになった子どもに、こうして〝父親的〟にふるまうのも母親。

「なつかしさ」の構造

小説が、父親のいない家族として設定されているがゆえの、この母親像なのだろうが、同時にここに、三角のサンカ小説の成立構造が問わず語りされている。

三角はつまりは、共同体のあくまで内側の人間としての前者、つまり「まだ小さく、自ら社会と関係など結びようもない子どもの母親」の立場に作家としての表出の基軸をおきながら、しかし「おとぎ話」ではなく、「年ごろの」読者に通用するような「話」の仮構の表出点を「サンカ研究家」としての自分に置いたのだと考えられる。「私」の、がわ太郎探検をめぐる「母」と「博物の先生」との〝対立〟をこうやって表出に生かしたのだと。

彼の作品から放出される、理屈ではどうにも摑みきれない「なつかしさ」の構造的根拠がここにあり、と同時に、作品構成上の、さまざまな難点（筋立てのズサンさや、展開の不均斉などの）もここから生じているように思われる。

つまりは共同体の内側に環流する時間が織りなした物語の喚起力を、近代の時空への適合をその成立要件とした「小説」という形式に引き入れたがゆえの効果と無理。

さて、見てきたように、説話の空間にのみ息づきながら、しかも目の前にいる川太郎が、次第に「箕作り」に概念転化されていくポイントポイントのところで、「依代としての名」は絶大な効果を発揮している。

尾跳に始まって
真菰の原
地神様の森
「名」をあえて伏せられた黒い鳥
上ン段
一本松
腰原尾跳
甲石
七葉樹の堰下

これらはすべて、説話の空間と共同体の日常との境界のシルシであり、双方への入り口であり出口であり、そこを通らない限り、川太郎は「箕作り」として、こちらに現出しえないのだ。こうした、依代としての名が共同体の外にも点綴された例を、三角のサンカ小説から拾い出すのに苦労はいらない。中野・等閑《とうかん》の森。多摩川縁《べり》の分倍の河原。堀ノ内・お祖師さまの裏。池上の本門寺の裏。砧村の宇奈根河原……。

いずれも、都市ないしその周辺の、〝見えない〟サンカの集住地とされている。

そして、名は、ある必然の成りゆきにせかされるように板橋の根村、新宿・南町、下谷・万年町と、当時のいわゆる貧民窟へと連鎖していく。

ここでひとつ余談に及ぶと、筆者はかつて本書にも原稿をよせている佐伯、今井両君と一緒に、例にあげた「中野・等閑の森」がどこにあるのか、「私」が川太郎探検をやったのと同じような意気ごみで捜し歩いたことがある。そして、等閑の森がやはり〝見えない〟のを確認するという、カクカクたる成果を上げたものだった。

で、さて、三角が共同体の外に見出している名の多くは、公的に使用されているレッキとした地名でもある。

それを彼は、かつてアイヌ民族が「イシカリ」に託しただろう表示の多義性を帯びた名、あるいはゆっくりまわる水車のような村の時間がつむいだコスモロジーの表徴である名、そうした名の系列に置きかえようとする。「……河原」とか「……裏」といった地形ないし、固有名と対をなした（相対的な）場所の表示が多用されているのも、そのための工夫だろう。そして、この作業をテコにして、都市を舞台とし、サンカを主人公としたフィクショナルな空間が紙上に形成される。村の空間では「箕作り」であったのが、「サンカ」に変換される。

当然のことながら、このような名が示す場所の様相は、クリアな位置関係や、権力の視線に均質に浮かび上がるべき「明るみ」を本位とした近代の空間の物陰のようにならざるをえない。公的な空間構成とは微妙にズレた、そう、あの「墓の背」のような、あるかなきかの空間のメタファーとのみ指示の連関が構成される態《てい》の。

三角寛の隠語のもつ説得力

彼の小説に隠語との親和性が生じるゆえんがここにある。

掟《はたむら》、親分《やぞう》、宴会《ふくろあらい》、太陽《あの》、疾風《あおち》、微風《いぶり》、人別調べ《おめんなら》、大逃亡《おおのり》、大疾駆《かけまく》、伝達《さいぎょう》、警察《おもや》、交番《いっぽんまつ》、巡査《さんま》、自在鉤《てんじん》、両刃の短刀《うめがい》、親族《うがら》、婚礼《うきあぶら》、女房《きゃはん》、子供《びく》、正系《はらこ》のサンカ、一般人のサンカへの流入《ばぼおち》、サンカの一般社会への定着《けこみ》、サンカの秘密結社《しのがら》、葬儀《しなどおくり》、野営（地）《せぶり》、蝮《たじひ》、挨拶《つなぎ》、遊芸《とえら》、汽車《むかで》、土蔵《むすめ》、火事《もあか》、天幕《ゆさばり》、放尿《ゆまり》、接吻《よつめ》、オッチョコチョイ《わきあがり》、お前《でえ》、結構《やなぎむし》・幸福《やなぎむし》、女陰《ほっと》、馬鹿野郎《ぼんくれ》、女郎《びりっこけ》、土蔵破り《ひめころし》、辻淫売《ふんばり》、泥棒《のび》、遊里《とんねる》、財布《なまいれ》、美人《にく》、一斉検挙《にひゃくとうか》、ウドン《ながしゃり》、……。

多くはきっと三角の創作であり、近世期の非人層や盗賊集団香具師のそれがいくらか交じっているこれらの隠語の〝学術的〟な真偽を詮索しても始まらない。

驚嘆すべきは、彼が、こうした隠語を作中に網の目のようにめぐらすことによって、「異場所」と、そこを根拠とする集団のリアリティを人々に納得させてしまったことである。

そうした事態がなぜ生じたかを、少しく検討してみようというのが、本稿のひとつの目的なのだが、まず言えることは、三角がこれらの隠語を、小説構成上の単なる工夫である以上に、ある異様な情熱をもって〝創出〟したフシのあることだ。

隠語というのはふつう、香具師のそれにしてもある種の犯罪集団のそれにしても、通常の言葉の逐次的な置きかえによって成り立っている。香具師の場合だったら「倒着」をチャクトウ、「場所」をショバ、といったぐあいに、語の転倒が置きかえの主軸をなしている。だが、三角におけるサンカの隠語群は、置きかえの域を超え、全体として、かなり整然と、サンカならではの集団性の構成へ向けて体系をなしている印象なのである。

たとえば「トケコミ」「ザボオチ」「シノガラ」などの語は、社会一般の生活圏には生じようのない（意味をあらわす）語であり、これらの語の内容を「ヤゾウ」にその執行権が属する「ハタムラ」が規定しているといった次第。

「研究家」でもある三角は、サンカを種族として打ち出しているのだから、これはまあ、当然のことといえばいえる。その立場からすれば、これらの語は隠語などではなく、集団のアイデンティティに密接につながった〝民族〟語ということになる。

だがここで問題になっているのは「研究」の内容ではない（一言だけいっておけば、三角は種族という言葉を、はなはだあいまいな規定のもとに使っている）。繰り返しになるが、着目すべきは、彼の「情熱」であり、おそらくはそれを起因とするのだろう、隠語群の抜群の説得力、これである。

小説『菜花峠の山女』は、この後、件《くだん》の箕作り父娘が村人たちから追い立てをくらう場面になる。「箕作りどもは山の桜の皮を勝手に剥いでおる。山が荒れて困る」という声が村に上がり、大森新兵衛という因業を絵に描いたような区長を先頭に、三角のいわゆるサンカ狩りが始まるのである。

「私」は母親に指示されて、父娘を逃がそうと走るが、時すでに遅く、二人は村人に取り囲まれ、暴行を受ける。

人の輪のまん中に坐り、村を出るのを三日間待ってくれと懇願したが容れられなかった父親は「さあ殺せ。俺は動けぬ体《からだ》。うぬたちは大勢。さあおせん、ここにきて殺してもらうんだ」と叫ぶ。娘の名はおせんといった。

いよいよ村を出るとき、父親は周りに誰もいないのを見定めて「私」に「……どうぞな、お母さんにな、おせんの親父が泣いちょったとゆうちょくれ」と、言伝てを頼む。「私」はとぼとぼと家へ戻る。ところがその後に事件が起こった。区長の新兵衛と、追い立てのとき父親につらく当たった茂佐吉という者の、それぞれ年ごろの娘二人が〝神かくし〟にでもあったように姿を消してしまうのである。

「がわ太郎にさらわれたんじゃ」

というのが村の統一見解。各戸総出の捜索が繰り返されたが、二人の行方は杳《よう》として知れない。そしてある日、「私」と母親は、村から四里ほど遠方の長源寺というお寺の大法要に詣でるために山道を歩き

菜花峠《なのはな》を少し過ぎたところで、ばったりおせんに出会う。菜花峠は山女が出るという噂の絶えない場所だった。母親はおせんに小遣い銭を与えながら、失踪した娘二人のことを話し、「もしどこかで出会ったら、皆が心配しているからすぐ戻るように言っておくれ」と言い渡す。ぺこりと頭を下げたおせんは

「矢のように」どこかへ消え、「私」たちが寺へ着いて和尚の法話を聴いていると、早くも、「こないだがわ太郎に連れてゆかれた」娘さん二人が無事帰ってきた、とのニュースがもたらされる。

以上で終わるこの小説を、三角は「医学博士黒田佐一氏が提供してくれた話」の態《てい》で書き進め、作中、黒田氏に「ねえ三角さん（彼らは）やっぱり、山窩族でございましょうな」といわせ、欄外に「もちろん、右は山窩である」との註釈を付している。説明するまでもないだろうが娘二人はサンカという卓抜な行動力と規律をもった集団にさらわれたことがここで暗示されているのである。そして、ナレーターとしての「黒田氏」に「共同体内存在」としての「母親」が入れ子状態になっており、つむぎ出される言葉の輻輳の「整流装置」として、作家であると同時に「研究者」でもある三角が介在する構造が、ここに示されている。

「黒田氏」の少年時のこのエピソードを、説話の空間と日常との接点を経めぐった体験と規定すれば、これは、かつての、共同体として一定の完結性を保っていた村で生まれ育った人なら、何らかの形で共有している体験のはずである（形はそれぞれ異なり、子ども心が受けたインパクトの度合いには当然大小があるにしても）。

少年は、あるかなきかの接点の向こう側の世界の消息に、さまざまな思いをはせ、あれこれ幼い推理をめぐらせながら成長するやがて、進学、就職で村を離れる。この過程で、かつて彼の心を惹きつけていた「向こう側」は、いわば「解説不能性」のレッテルを貼られて心の奥底にしまい込まれる。下意識に宙吊りされるといったほうがいいのかもしれない。宙吊りされた「解読不能性」は、記憶像としては次第にぼやけ、あるいはすっかり忘れ去られるだろう。

三角の小説は、つまりは、解読などなされようはずもなく、その必要も別にないにしても、「未解決」であるがゆえに、心底に色濃く残存した「向こう側」への思いに、出口を与えたのだと考えられる。そう、サンカという解読のキーワードを縦横に駆使して。

数々の隠語によって（まるで、がわ太郎が話すだろう言葉と人間のそれの中間にあるような言語群によって）、向こう側に構成された、驚くほど広大で、整然たる組織性に律せられた世界。

先にあげた数多くの隠語のひとつひとつが、心の底にわだかまった「不能性」に、能動的な指向性をあたえ、向こう側への扉を次々に開ける鍵というわけである。

三角のくり出す隠語群が強い説得力を持ちえた理由がここにあるように思う。

そして、隠語の〝創出〟へ向けた三角の情熱の大本《おおもと》をたどっていけば、例にあげた小説中の「私」に勝るとも劣らない活発な好奇心を「向こう側」にさしむけて原野を駆けつづけている、彼における「少年」に行きつくはずなのである。そう、作家としての三角に、まさしく入れ子状態になった「少年」。やがて彼の小説を愛読するだろう人たちの体の底にまどろんでいる「未解決」を、鳴かない黒い鳥にやみくもにつかみかかりでもするように、激しくゆさぶってやまない「少年」。

ガウ、ガウウと声が上がれば、そこに

「何をしちょんのかよォ」

と、愛すべきサンカの群像が立ち現われるという段取り。

三角寛・報道スタイル文体の巧妙さ

三角のサンカ小説の多くは、ジャンル的性格という点からみれば、事件ストーリー風の筋立てに「伝奇」の要素をオーバーラップさせて成り立っている。それに、ほんの少し「推理」の色合いが、そして適宜、「活劇」「艶笑」「人情噺」「義俠譚」の要素がつけ加わる。

四谷大木戸の米屋で、酒屋を兼業してゐる甲州屋石井藤吉方に、昨夜強盗が押し入つて、藤吉夫婦を針金で縛りあげて猿轡《さるぐつわ》を嚙ませ、……（中略）その上番頭の小野田喜八を、土間に引《ひき》ずり出して斬殺してしまつた。そして、銀行に入れ残りの七百圓《えん》ばかりの金を盗まれたのであるが、この強盗は、黒い覆面の二人連れで、その押入りの方法《てくち》が非常にかはつてゐた。

『文藝春秋オール讀物號』昭和十二年十二月号に発表された「東京の山窩狩」の出だしである（原文は総ルビ）。一読して分かるように、新聞の報道スタイルを踏襲した文体であり、かつて朝日新聞の社会部記者だった三角の経験がここに反映されている。とくに、事件の成りゆきの記述をあっさりとやって、ただちに犯罪手口の特異性に話をもっていくあたり。

記者として、刑事的な視線から出来ごとの解読に当たってきた三角ならではの語り口である。そして、この手口への言及が、新聞の「社会面的現実」から伝奇の空間への（先ほどから述べてきた文脈に沿っていえば、「少年」の身体の説話的領域への）通路としてしつらえられている。

「何時頃ですか？」

お咲が藤吉に、かすかに笑ひかけた。

「二時を打つたばかりだ。」

藤吉が柱時計に目をやつた時だつた。


場面は、強盗に入られる直前の藤吉夫婦の寝室。

まるで夢のやうに、夫婦の寝床が、床下からふわりと持ち上げられるやうな気がした。と思つたら、すうツと一陣の風が部屋の中に這入《はい》つて来た。妙に黴《かび》臭い床下の風だな、と思つてゐると、枕もとの畳が、ふわアツと持ちあがつて、その下から、真ツ黒い二ツの人影が、にゆうツと湧きあがつた。


強盗は「異場所」がそのまま市民の生活空間にせり出してきたような気配で紙上に登場する。湧き、あ、が、っ、た怪異が、犯罪という、「解決」を要し、いずれは解決されるはずの事態と重ね合わせられる（読者の、内に眠った「不能性」がここで活性化する）。

「……ときにどうだい？　やつぱり撫師《なでし》（山窩）の仕業《しわざ》と思ふのかい？」

「さあ――、この忍び込みの手口は、いつたいどんな種類の手口と思ひますか？」

「床下から現れたといふから、やつぱり土台掘ぢやあるまいか？」

現場へやってきた、警視庁の大河内刑事と、警察の「諜者」、小束国八《こづかくにはち》の対話である。

諜者というのは、「密偵」とも称せられた、民間人でありながら専一に警察の捜査に従事した人たちのこと。市井の「物陰」の事情に通じ、官僚制として成立している警察機構の、それゆえの不備を補うために雇われていた。三角が記者だった昭和初年には、このやり方はすでに廃止されていたはずなのだが、現場の刑事が、すでに引退している彼らの「お知恵」を拝借する、といったケースは結構多かったのかもしれない。

一篇は、サンカ事情に精通している国八が、「上司に取入ることは誰よりも上手だが、捜査にかけてはさほどの腕」でない大河内刑事に、親方が弟子に対するようにものを教え、勘違いをたしなめ、自分のアドバイスを聞き流したが故の失敗を怒り、といったぐあいに進行していく。おそらくここには、記者時代の三角のある心情が投影されている。現場にくらいつくことをモットーにした事件記者だった三角が、かく〝大河内的〟な「社内エリート」に我慢ならない思いをしていたらしいことを示す、彼じしんのいくつかの文章が残っている。そんな彼が、諜者、あるいは第一線でひたすら地道な捜査を続ける職人タイプの刑事にシンパシーを抱くのは、いわば自然の成りゆき。三角の他のいくつかの作品でも、諜者「国八」は、主軸をなすキャラクターとして、さらにはナレーターとして活躍する。

「何だい?」

(大河内)刑事は振り返った。

「ここが『侵入口《いりぐち》』でござんすぜ。」

国八は足でこんこんと踏んでみせた。なるほどそこだけが空胴《うつろ》の響きをする。

（中略）

……国八は、隙目に手を入れて石を引剥《ひっぱ》いだ。

「そうら見なさい。」

そういふ敷石の下は、土が一尺ほど掘れて、床下に向って横穴になっている。

こうして、強盗殺人犯の（と同時に、都市の日常から「異空間」への）通路を明らかにし、さらに国八は、

「ほうら、こんな大切なものを落してありますぜ。これはきつと拾ひに来ますぜ。」

と、床下から、桜の皮で作った山刃《うめがひ》の鞘を捜し出す。

「きつと来ます。それも今晩来る。」

だが、そのことも含め、犯人がサンカであることを誰にも口外するなと、国八は大河内に釘を刺す。ここで国八は、ウメガイという隠語（暗号）の解読者である。ところが大河内は、上司に口をすべらせ、その結果、抜けがけを計ってサンカ集住地へ踏み込んだ二人の刑事が、斬りつけられて重傷を負う。床下にひそんで犯人を捕まえる算段だった国八は、事の次第を大河内から聞かされ、詫びの言葉とともに、あらためて捜査に乗り出すよう頼まれるが、断乎拒絶。警察の威信が地に落ちかねないと

か言われて
「威信が地に落ちようが木に登ろうが、私はてんで知りません。勝手に御指示をなさるがいい。」
と、タンカを切る。言われて大河内は〝勝手に〟、知る限りの集住地に警官をさしむけ、片っぱしから、ムリョ二百人ほどのサンカを逮捕する。すなわちサンカ狩りであり、その中の若い二人、孝七孝八という兄弟が、やたらきっぱりと犯行を自供。しかし国八は、すぐに彼らがハタムラに従って、誰か（多分親分《ヤゾウ》の団平）の罪をかぶっていることを見抜く。多数の同朋の釈放を願って自供したことも手に取るように分かった。そして、兄弟に、本当のことを自供した上で、藤四郎《トウシロウ》すなわち、集団から抜けて一般人としての人生を送れと諭《さと》す。だが、兄孝七の返事たるや
「でも、大河内の旦那にわるいぢやねえか。あゝして、よく自白《げろ》した、お前は偉い、さすがは山窩《なでし》だと、大切にしてくれるもの、わるいよなア八」
呼びかけられた孝八のほうがまた、それに輪をかけて
「そうよ。毎日、あんころ餅や、煎餅や、親子丼を食はせてくれたりするのになア。」
といったありさま。お前たちは間違いなく死刑になるのだぞと聞かされても
「一生に一度は誰でも死ぬんだ。それに好きなことをしたんだもの。」
と、淡々とした口調。

「馬鹿ア。」

国八は、われ鐘のような声で呶鳴《どな》ると、ぴしりと、その横面《つら》を撲《なぐ》つた。そしてその目から、ほろ〳〵と涙を流した。


世間一般の常識からすれば愚かとしかいいようはないが、恩や義に対する、この悲しいまでの一途さ。孝七孝八兄弟ほど極端ではないにしても、三角の小説に登場するサンカたちは、ほぼ例外なく、このような、生一本な心性の持ち主である。仮に彼が犯罪に身を染めていたとしても、仲間うちの信義は決して裏切らず、受けた厚意には命を賭してでも応えようとする。しかし、いったん理不尽な扱いをされたり、信を裏切られたとなると話は別。ターゲットになった人間は、おそるべき復讐を覚悟しなければならない（本篇でも、真犯人の団平親分《やぞう》は甲州屋に何らかの怨みがあったことがほのめかされている）。

どちらの方向をたどっても度外れな様相を呈する彼らの心性。それと、走り、跳び、忍び込み、突破する、上に超の字のつく彼らの身体能力がシンクロして、三角ならではの〝サンカ・ワールド〟が織りなされる。

「東京の山窩狩」は、兄弟を思うがゆえの団平の自供があって彼らの嫌疑は晴れ、大河内刑事も実はこのことは充分予測した上で事を運んでいたことが明らかにされ、国八と手をとり合うところで結末。

この小説を前出の『菜花峠……』と比べてみると、サンカ狩りが引き起こした「難題」を彼らへの情をもって解決するという点で、「私」の母親と諜者・国八は構成上、同一のポジションに位置することが分かる。母親は「村に環流する時間がつむぎ出す説話」の語り手でもあったのだが、この点でも両者は重なり合っていることを如実に示す、三角の次のような文章がある。

> 「いままでに、山窩の話を聞かせろなんて、訪ねて来なすった方はひとりもなかった。来たのは物ずきなお前さんだけだ。知ってることは、みな話すよ……」
> といって、酒を呑みながら、何でもかんでも話してくれた。歯切れのいい江戸弁に山窩語をまじえた話し上手《うま》さは、七十六歳の老人とは思えない。記憶も正確で、スリルと怪奇に包まれたこの人の昔話は、さながら昨日のことのように眼前に展開して、私はもう面白くて面白くて、ノートするのももどかしく、祖父の話をむさぼりせがむ幼童のように、夢中で聞いたのである。（傍点引用者）

『怪奇の山窩』（徳間書店、昭和四十一年七月）序文のひとクダリ。サンカの調査に「憑かれたように飛びまわっていた」記者・三角がたずねていった、斯界の生き字引のような元諜者の老人の名が、ここに小塚国八と記されている。

筆者じしん、記者の経験があるからよく分かるのだが、こんなぐあいに、こちらの知りたいことを「何でも話してやろう」などと言ってくれる人ほど有難い存在はない。言われたとたん、よそよそしい他人の群れのなかに、肉親の姿を発見したような気分になるものなのである。そして、筆者が傍点を付した字句に注目していただきたい。いみじくも三角は、サンカの「昔話」を「幼童」が胸躍らせて聞くように吸収したのだと書いている。

とっくに成人し、相当な修羅場もくぐってきた記者・三角は

「ほら、がわ太郎が川へくだっているよ」

と、耳元で言う母の声を床の中で聞く子どものような位相で、サンカの「昔話」に夢中になったのだと思われる。そして、国八老人の肉声をもってする語りから直接に、ある肌ざわりを帯びた言葉で「向こう側」の消息を知ることのできた体験こそが、おそらく三角のサンカ小説の（表現上の）起点になっている。「語り」を「文字」に移すにあたって、その肌ざわりを保持すべき装置が隠語であり、先に述べた、依代としての「名」というわけだ。先ほど述べたことの繰り返しになるが、こうして成立した三角の小説は都市に幻視された共同体の内側で「語られる」物語という性格をもっていると考えられる。

三角寛サンカ小説にみる「義」の世界

三角の国八老人に対する、並々ならぬ敬愛は、『東京の山窩狩』における「小東国八」の扱いをみれば分かるし、彼の一人称的語りの態によるサンカ小説も、いくつか発表されている。

しかし断わっておきますが、わたしは諜者をしている現職の時でも、これから先はあかすまい。話せばあいつらの迷惑になる。そう思ったことは、どんな人にも話さなかった。（中略）第一、彼らに対して、わたしの義がすたるじゃありませんか。そう思って相手の秘密たるべき所は守って来

ました。

だからいまだに撫師の者が、国八国八と云ってわたしを懐かしがって、山の物や、川の物を携えて、ちょくちょく訪ねて来ますよ。

物の多少にかかわらず、手土産をもって、わざわざやって来るということは、取りも直さず、彼らが義理に固いからですよ。

彼らのかたさというものは、近頃の人間にはちと解しかねるところがある。


と、こんな語りで始まる『丹波の大親分《おおやぞう》』（『三角寛サンカ選集、第三巻』）も、そのひとつである。人と人とを、無償の動機で結ぶ「義」。ときにある種の欲望が介在する「情」より、ひょっとしたら大切なものかもしれない義が、時代とともにすたれていく、という思いは三角のものでもあったように思える。

孝七孝八兄弟に、過剰でグロテスクなまでの義を体現させたあたりにも、それがうかがえるし、この一篇でも国八老人に
「わしは丹助を見る度に、近頃の人たちは、時代がすすみ過ぎた故《せい》か、老人になるのが少し早すぎるとおもいます」

と言わせている。丹助というのは、昔、国八の父親に世話になった恩義を忘れず、毎年一回は、尾張・犬山の瀬降《せぶ》りから東京まで、何とテクテク歩いて土産を届けにやってくるサンカ衆。

この丹助の若かりしころの、彼をめぐるサンカ社会の一大変事を描いたのが『丹波の大親分《おおやぞう》』なの

だが、まずは、作中、何分にも印象的な、大親分来臨による「分倍河原の人別調べ《おめんなら》」の場面を紹介しよう。

ときは明治十九年。

「当時日本全国の山窩は二万を少し越していた。それを統御していた丹波の大親分《おおやぞう》、つまり百十八代乱破道宗《らんばみちむね》が、突然関東山窩の人別調べ《おめんなら》をすることになり、その西行《さいぎょう》が、関東の親分菊井ノ団平《だんぺい》の瀬降りに飛んで来た」

サンカ社会は、この代々道宗を名のる大親分を頂点に、各地方の親分《やぞう》、その下に（関東だったら三十六人の）突破《とっぱ》の親分《やぞう》、さらにその下に（同、七十二人の）頭目が成員を統御していた。そして十年か二十年に一度だという人別調べ《おめんなら》だというので、全関東約二千七百人のサンカが分倍河原に結集した。

その顔ぶれは

「箕《み》づりも居れば簓削《ささらけず》りも居るし、鋳掛屋《いかけや》も居れば飴屋も居る」

というぐあいだった。

ずらりと並んで大親分を迎え、家族単位で御下問に答え、訴願《たんか》したいことがあれば申し述べることができる。これが彼らの人別調べ《おめんなら》で、この時に限り、ふだんは掟《はたむら》で禁じられている、血統《すじ》違いの相手との結婚《ちゃづき》、普通人《とうしろ》への転出等が、願いに応じて大親分が「よし」と言えば、その場で許されることになっている。

このことを現場で団平親分から聞かされた当時十七歳の丹助は

「ありがてぞよォ」

と思わず躍り上がった。丹助には、お鹿という傀儡子《くぐつ》の娘、すなわち血統《すじ》違いの恋人がいて、彼女と何が何でも夫婦《つるみ》になりたかったのだ。

ほどなく行事が始まる。

「ええ、この左が、祭文読《きんしょう》の金八でごぜえます」

紹介役の新宿・南町の親分、常吉の呼びあげに応じ、大親分は

「そうけ。夫婦《つるみ》の仲はヤナギムシに行っとるけ?」

と訊ねる。

「へへぇ――」

金八先生、じゃなかった、夫婦はひたすら恐縮。次の箕作りの万蔵には

「これは子供《びく》が少ねえじゃねえけ。どうした女房《きゃはん》、お前《でえ》、万蔵と仲よくやっとるけ?」

と、やや立ち入った御下問。

女房の答えというのが、いえいえ「食べていいものなら……」頭から足の先までムシャムシャやってしまいたいくらい好きで好きで、という、まあ開けっぴろげというか、ごちそうさまとでもいおうか、そうした返事。

このように、一般社会だったら「はしたない」とか「年甲斐もなく……」とか言われそうな、天真ランマンな感情表現も、三角の描くサンカ女性の一特徴。彼の小説の魅力のポイントのひとつである。

「そうけ。ヤナギムシヤナギムシ」

と、大親分も違和感全くなしに夫婦を祝福する。

ヤナギムシの語義は、先ほどあげた隠語群のなかにあるとおりだが、この場合、使う人が使う人だから「あっぱれ」とか「でかした」といったニュアンスもこもっているのかもしれない。

「この馬鹿野郎《ぼんくれ》。このようななさけねえことを、女房《きゃはん》に云われて、それでも男《あまり》と云えるけ？　たかが女一人じゃねえけ、それをヤナギムシに出来ねえような者が、何で女房《きゃはん》をもちゃがった」

そんなこっちゃ生きてる甲斐もないだろう、早よ死ね、とこっぴどく叱られた男もいた。

女房が、この時とばかりに　亭主への不満をぶちまけたのに対する答えがこれ。

うーん、耳が痛い（誰が？）。

漂泊の生活から定住《いつき》の身になりたいと願い出た者も四、五人いて、掟《はたむら》に照らせばいろいろ面倒なはずのその訴えを、大親分は鷹揚にすべて許した。東京・金杉の下駄屋のせがれで、こちらは普通人《とうしろう》からサンカになりたいという変わった野郎がいるが、入れてやっていいかという訴えにも「ヤナギム《OK》シ」。娘を百姓の家に嫁にやっていいかという、石神井山窩《しゃくじいもの》の箕作り琴吉《こときち》の願いも許された。

こんな人別《おめんなら》調べを何百人とこなしていくのだから大親分もなかなか大変だが、さて期待に胸ふくらませている丹助の番になった。

第百十八代・乱破道宗は、丹助の父親・佐七にまず息子の歳を聞いた後、

「女房《きゃはん》はどうしたけ？」

と質問する。喜んだ丹助は
「まだでごぜえます。大親分《おおやぞう》さま――」

と、息弾ませて答える。が何としたこと、大親分はむっと不機嫌な顔になり

「お前《でえ》に聞いてはいねえ」

と、そのまま行き過ぎようとする。それまでの様子とは一変した、丹助にとっては意外というしかない反応。

あわてて佐七が呼びとめ、息子の結婚について訴願する。

ところがところが
「お前は、この年になるまで、掟《はたむら》を知らねえけ」

と、親父は叱り飛ばされ
「聞けば、人形回しの女などに、尻《おまる》を追われているというが、金輪際《こんりんざい》ゆるさねえ。人形回しは昔から、傀儡子《くぐつ》の者ときまっている。クグツと撫師《なでし》は、おっそろしい座ちががいじゃ」

ならねえならねえと、非情な御裁可。

三千人近いサンカ衆のなかで、こんな目にあったのは丹助父子だけだった。

丹助は半狂乱。

「死罪《おろくじ》になりてえけ?」

と、その場はおさえられたが、心中は怒濤の大嵐。ちっとやそっとでヤナギムシ状態に戻れるようなものではない。

人別調《おめんなら》べが終わると、集団はすばらしい早さで陣馬峰《ばごし》に移動。そこで大宴会《ふくろあらい》が始まった。山のような料理、竹徳利で注ぎ合う酒、縁起物の豆僧《まめぞう》節の独唱に始まり、土蔵破《むすめくどき》(なぬ! 引用者)の甚句、尼僧《びくに》踊り、山刃《うめがい》踊り、道祖神まいりと続いて、宴もたけなわ。

ついと飛び出して、大疾駈《かけまく》踊りなる、まるで地球の引力を離脱したかのように自由自在に宙を飛んで、パッと地に膝をつく、また飛び、また膝をつくという、サンカならではの凄い舞踏を始めたのが丹助。並みいるサンカ衆を圧倒する勢いで踊りながら丹助は電光石火の早技で、大親分を刺す。

これが、つまりは丹助の起こした大変事。しかし、とっさに変事に気付いたのは大親分のとなりに座っていた跡取り息子、サンカ社会のクラウン・プリンスたる道嗣《みちつぐ》だけだった。あまりの手ぎわのよさと、皆の衆ほぼ総へべレケ状態だったという状況も手伝って、何の騒ぎにもならず、踊りはそのまま続いた。大親分・道宗も、瀕死の重傷を負いながら、何ごともなかったように坐っている。道嗣が山刃《うめがい》を手にして踊り出す。外見はやさ男の道嗣だったが、踊りっぷりは丹助に負けなかった。

「うわい。若《わけ》え大親分の大疾駈踊《かけまくおどり》だ」

「すげえぞすげえぞ」

満座の熱狂、興奮はとどまるところを知らず。

道嗣は丹助を取っ捕まえようとしているのであり、丹助はスキを見て逃げるつもりで踊っているのだから、迫力が加わらないはずはない。サンカの歴史が続く限り、世々語り継がれ、やがて神話と化していくのだろう空前絶後の大舞踏。そうこうするうちに、道嗣は丹助の手をぐいとつかみ、飛んだり泳いだりを続けながら、大親分の瀬降りに引っ張りこんだ。それを見て、道宗も、用を足すふりで瀬降りに戻り、

「丹助を、殺《あや》めちゃ不可《いけ》ねえ」

と、道嗣に命じる。何にせよ、大親分の言葉は絶対である。

道宗はもはや虫の息だったが、言うべきことを言わずに死ぬわけにはいかないと、声を励まし、丹助の結婚のことは許可するつもりでいたのだが、はたの人間に、あれこれうるさく言葉を並べられて仕方なしに「心にもねえことを口にしてしまった、丹助を赦してやれ」と言う。遺言が道嗣に伝わるまでに、かなりの時間がかかった。その間、丹助は何度も腹を切ろうとして、クラウン・プリンスに、肘、肩胛骨、と、次々骨を外されてしまう。タコのような体になりながら、丹助は、必死で大親分の傍へ這いより、号泣し、

「済まねえ、済まねえ大親分《おおやぞう》、若エ大親分《おおやぞう》、早う、早うおいらの首を刎《は》ねて下っせえ。おいらは大《おお》親分《やぞう》のお供をするげ」

と、わめく。ぐったりして目を閉じ、すでに亡くなったかと思われた大親分が口を開き、俺について来るにゃ及ばねえ、生きて「お鹿を可愛がってやれ」と言う。丹助としては身の置きどころもない。死なせてください死なせてください、首を刎ねてもらえねえなら、他の親分さんにやってもらいます、そうだ

「団平親分さあん」

と大きな声を出し、やかましい野郎だと、道嗣に今度は顎の骨を外され、ついにものも言えなくなった。道宗は、ごくごく短い言葉で、道嗣に「これからの世の中に、サンカが適応していくための基本方針」を言い残して、あの世へ旅立つ。

丹助は、何度殺されても仕方のないようなことをやりながら、大親分の絶対の命令で罪に問われることもなく、恋人と一緒になり、いまやいい歳なのに元気一杯、国八老人のところへ年一回は歩いて

やってくる。その丹助にしゃべらせた話を、国八が三角に面白おかしく物語っている、という形で『丹波の大親分《おおやぞう》』のストーリーは進行し、終わる。

フクロアライに熱狂するサンカ衆のざわめきが彼方から聞こえ、ひょっとしたら丹助老はいまも、愛知県の犬山から東京までの道をてくてく歩いてるんじゃないかと思いたくなるような読後感である。疾走する新幹線を横目で見、「わしは汽車なんぞ好かんわい。世の中進んで、みんなヤナギムシになったのけ、本当に」とかいいながら。

三角寛と一君万民のイデオロギー

サンカ社会の君主たる道宗が、横一列に並んだ「民」の一人ひとりに言葉をかけ、皆はその言葉に元気づき、訴えたいことを率直に訴えている。分倍河原から陣馬峰に至るシーンのありさまは、社会の片隅、あるいは下層に形成された神話的王国の趣である。そう、都市に幻視された共同体が神話にくるまれて〝再浮上〟したような。

ここには、戦前の日本の庶民社会を広くとらえた、一君万民のイデオロギーないしイメージが鈍く投射されているようにもみえる。

一君万民というのは、君主の名による人民の平等（の観念、理想）を、標語的に言い表わした言葉である。戦後に常識化した価値観からすれば、これは、皇国史観の一派生態くらいにしかみえないだろう。

だが、この一君万民、たしかに支配層にとって便利なイデオロギーではあったにしても、反面、かなり危険な要素を含んでもいた。君主が保証しているはずの平等が、〝何か〟に阻害されていると感じられたようなとき、この観念は、下層からの政治的エネルギーを先鋭化させる、恰好の触媒になりやすかったのである。

本篇で、瀕死の道宗が丹助に、自分は「はたの人間」に入れ知恵されて、心にもないことを言ったと述べているのに注目していただきたい。

この「はたの人間」を、たとえば「君側の奸」という言葉に入れかえれば、一君万民的イデオロギーが基底になった、戦前のいくつかの要人テロ、クーデターをめぐる政治図式にそのままつながる。丹助は、何と過激なことに「君主」を殺《や》ってしまったのだったが、「はたの人間」、すなわち平等の阻害要因としての「君側の奸」をターゲットにしたのが、一連のテロ、クーデターだった。つまり、君主の名において、ほんらいなら人民の一人ひとりに、あまねくふりそそがれているはずの光（政治、経済的な諸利益）を、暗雲のように、欲得ずくでさえぎっている為政者、支配階級の代弁者を除いてしまえ、という次第。

かく、危険な一君万民イデオロギーは、一方では庶民の素朴な倫理を規定してもいた。人間のやることなすこと「お天道《てんと》様はお見通し」といった倫理感情における「天道様」と天皇がダブルイメージされて
この側面において、三角が一君万民イデオロギーに何らかのシンパシーを抱いていたことを示すのが、前出「東京の山窩狩」の中の、国八の次のような台詞である。

「……この兄弟も、無籍の民ではあるが、それでも日本の臣民だ。罪もない、立派な臣民を、二人

も殺すことは、この国八が断じて許しませんぞ。こんなことが、世間に知れたら、世の中は暗黒だと騒ぎますぞ。世間に耳目《じもく》のあることを知りませんか」

いうまでもないだろうが、大河内刑事にこう詰め寄っているのである。この言葉を、官僚制のそれこそ物陰のような場所にいる国八が「神のような態度」で上司に叩きつけているあたりに、当時の世の中に対する三角の思いが感じられる。

三角の小説が世に出、人気を博した昭和十年前後は、日本という国家の、いわゆる総力戦体制への移行が本格化した時期である。

明治以来、世界史に類例をみないような速度をもって進行した日本の近代化の、強制的な総仕上げ。それが「総力戦体制」だった。

近代化への、あきらかな反動形成としてあらわれた農本主義、あるいは庶民の屈折した共同性希求のあらわれでもあった一君万民イデオロギー、それらが過激な政治エネルギーに転化する回路を断ち切り、社会民主主義的な政治潮流を内に巻き込んで進行したのが総力戦体制への過程だった。

近代化の速度こそが、その領域に伝奇的色彩を帯びさせ、物陰と化し、「隠語」化した共同体的説話の空間、あるいは都市の下層社会。

そうした領域への愛着、さらには哀惜の情なしには成立しえなかったのが三角の小説であり、その感情はまた、彼の小説に熱狂した読者のものでもあったはずである。

東京《とうきやう》の山窩狩《さんくわがり》〈復刻〉

『文藝春秋オール讀物號』（昭和十二年十二月号より）

三角　寛

山窩《さんくわ》秘話《ひわ》

東京《とうきやう》の山窩狩《さんくわがり》

三角寛

宮本三郎畫

枕許《まくらもと》からにゆッ

四谷大木戸《おほきど》の米屋《こめや》で、酒屋《さかや》を兼業《けんげふ》してゐる甲州屋《かふしうや》石井《いしゐ》藤吉方《とうきちかた》に、昨夜《ゆうべ》強盗《がうたう》が押《お》し入《い》つて、藤吉夫婦《とうきちふうふ》を針金《はりがね》で縛《しば》りあげて猿轡《さるぐつわ》を嚙《か》ませ、十九の娘の小夜子《さよこ》と、その妹《いもうと》で十八の福子《ふくこ》といふのに暴力《ばうりよく》を加《くは》へて、その上番頭《うへばんとう》小野田《をのだ》喜八を、土間《どま》に引《ひき》ずり出《だ》して斬殺《ざんさつ》してしまつた。

そして、銀行《ぎんかう》に入《い》れ残《のこ》りの七百圓《ゑん》ばかりの金《かね》を盗《ぬす》まれたのであるが、この強盗《がうたう》は、黒《くろ》い覆《ふく》面《めん》の二人《ふたり》連《つ》れで、その押入《おしい》りの方法《てくち》が非常《ひじやう》

にかはつてゐた。

その夜《よ》藤吉《とうきち》が便所《べんじよ》に起《お》きて、再び寝床《ねどこ》に戻《もど》つたのは、丁度午前《ごぜん》二時《じ》。もう五十の坂《さか》を越《こ》した藤吉《とうきち》のことではあるし、途中《とちう》で目《め》がさめると、若《わか》い者《もの》のやうに、すぐ寝《ね》つくことも出《で》來《き》ないので、暗闇《くらやみ》の中《なか》で隣《となり》に寝《ね》てゐる妻《つま》のお咲《さき》の寝顔《ねがほ》を、それとなく見《み》てゐた。

お咲《さき》は、漸《やうや》く四十。云《い》はゞ女《をんな》盛《ざか》りといふ年増だし、『大木《おほき》戸《ど》の米屋《こめや》のおかみさん』と云《い》へば、界隈《かいわい》で誰《だれ》知らぬ者《もの》のない美人《びじん》である。しかし藤吉《とうきち》にとつては、人《ひと》が羨《うらや》むほどにも思《おも》つてゐないし、それに、十九にもなる娘《むすめ》もある仲《なか》であれば、別《べつ》に寝顔《ねがほ》を見《み》てゐるからと云《い》つて、(いい女房《にようばう》だ)

とも何《なん》とも思《おも》つてゐなかつた。たゞ寢《ね》つかれないまゝに、しかたなしに、その顏《かほ》を見《み》てゐたのだが、お咲《さき》も寢返《ねがへ》りを打《う》つて目《め》をあけた。

「何時頃《なんじごろ》ですか？」

お咲《さき》が藤吉《とうきち》に、かすかに笑《わら》ひかけた。

「二時《じ》を打《う》つたばかりだ。」

藤吉《とうきち》が柱時計《はしらどけい》に目《め》をやつた時《とき》だつた。まるで夢《ゆめ》のやうに、夫婦《ふうふ》の寢床《ねどこ》が、床下《ゆかした》からふわりと持《も》ちあげられるやうな氣《き》がした。と思《おも》つたら、すうツと一陣《ぢん》の風《かぜ》が部屋《へや》の中《なか》に這入《はい》つて來《き》た。妙《めう》に黴臭《かびくさ》い床下《ゆかした》の風《かぜ》だな、と思《おも》つてゐると、枕《まくら》もとの疊《たゝみ》が、ふわアツと持《も》ちあがつて、その下《した》から、眞《ま》ツ黒《くろ》い二《ふた》ツの人影《ひとかげ》が、にゆうツと湧《わ》きあがつた。

藤吉《とうきち》も膽《きも》を潰《つぶ》したが、それよりも驚《おどろ》いたのはお咲《さき》だつた。夫婦《ふうふ》以外《いぐわい》には、娘《むすめ》たちでさへ絕對《ぜつたい》に來《こ》させないことにしてあるこの寢室《しんしつ》に、こともあらうに、床下《ゆかした》から這入《はい》つて來《く》る者《もの》があらうなどとは、それこそ夢《ゆめ》にも思《おも》つたことがない。お咲《さき》は聲《こゑ》も出《だ》せなくなつて、ぶるぶる顫《ふる》へながら、藤吉《とうきち》に抱《だ》きついた。と覆面《ふくめん》は、ぱたりと疊《たゝみ》を伏《ふ》せて、

「仲《なか》のいいところをお邪魔《じやま》申《まを》して相濟《あひす》まん。しかし俺《おれ》たちがかうして狙《ねら》ひをつけて來《き》たからには、只《たゞ》では歸《かへ》らないと承知《しようち》してくれ。」

疊《たゝみ》の下《した》から湧《わ》きあがつただけあつて、あり觸《ふ》れた强盜《がうたう》とは大分《だいぶ》臺詞《せりふ》が違《ちが》つてゐる。それに態度《たいど》もなかなか落《お》ちついてゐるのだ。

「別《べつ》に騷《さわ》ぎもしないだらうが、若《も》しも騷《さわ》がれては手間《てま》がかかるから、誠《まこと》に、濟《す》まねえが、俺《おれ》のするやうになつてくれ。」

一人《ひとり》がそう云《い》つて、針金《はりがね》を懷《ふところ》から取《と》り出《だ》し、二人《ふたり》がかりで夫婦《ふうふ》に猿轡《さるぐつわ》を嚙《か》ませ、後手《うしろで》に縛《しば》りあげ、向《むか》ひ合《あは》せに縛《しば》り合《あは》せ、頭《あたま》にかつぷと蒲團《ふとん》を冠《かぶ》せた。

このとき、お咲《さき》は縛《しば》られながら、

「私《わたし》はどんな目《め》に遭《あ》はされてもかまはぬが、一間距《まへだ》てた隣《となり》の部屋《へや》に寢《ね》てゐる娘《むすめ》たちだけは縛《しば》らないで下《くだ》さい。」

と哀訴《あいそ》した。だが、二人《ふたり》がそれを聞《き》く筈《はず》はない。二人《ふたり》は全《ぜん》然聞《ぜんきこ》えぬ振《ふ》りをして夫婦《ふうふ》の始末《しまつ》をつけると、音《おと》もさせずに娘《むすめ》たちの部屋《へや》に行《い》つてしまつた。

そして、姉娘《あねむすめ》の小夜子《さよこ》に金庫《きんこ》を出《だ》させ、有金《ありがね》をそつくり懷《ふところ》に入《い》れて妹《いもうと》の福子《ふくこ》の姉妹《ふたり》に大變悲《たいへんかな》しいことをした。

この物音《ものおと》を聞《き》いてゐたのが帳場《ちやうば》に寢《ね》てゐた番頭《ばんとう》の小野田喜《をのだき》八であつた。喜《き》八は、（また姉妹《きやうだい》で喧嘩《けんくわ》をしてゐるな。どうして、あの姉妹《きやうだい》は、ああまで仲《なか》がわるいのか知《し》ら。宵《よひ》にも、

妹《いもうと》の白粉《おしろい》を姉《あね》が使《つか》つたと云《い》つて喧嘩《けんくわ》をしてゐたが、そのつづきをやつてゐるのか知《し》ら？）と思《おも》ひ乍《なが》ら、ぢツと耳《み》を澄《すま》してゐると、何《なん》だか手荒《てあら》い喧嘩《けんくわ》をしたらしく嗚咽《をえつ》の聲《こゑ》さへ聞《きこ》へて來《く》る。

（これは放《ほ》つてはおかれない。主人夫婦《しゆじんふうふ》はどうして目《め》がさめないのか知《し》ら？）

と思《おも》つて、蒲團《ふとん》を跳《は》ねて飛《と》びおきた。大黒柱《だいこくばしら》のところを曲《まが》つて、部屋《へや》の外《そと》の廊下《らうか》までゆくと、ぱつたり前《まへ》に立塞《たちふさ》つた者《もの》があつた。（姉娘《あねむすめ》の方《はう》かな？）と思《おも》つて顏《かほ》を見《み》ると、それが黑《くろ》覆面《ふくめん》の一人《ひとり》だつた。あまりの意外《いぐわい》さに、喜《き》八は、

「泥棒《どろぼう》。」

と叫《さけ》んだ。瞬間《しゆんかん》、その黑覆面《くろふくめん》は、喜《き》八の胸倉《むなぐら》を摑《つか》んで、どしんと突《つ》き飛《と》ばした。喜《き》八は不意《ふい》を喰《く》つて、頭《あたま》の方《はう》から先《さき》に土間《どま》に轉《ころ》げ落《お》ちた。そこへ二人《ふたり》の覆面《ふくめん》が走《はし》り寄《よ》つて、土間《どま》の隅《すみ》で、喜《き》八の首《くび》を簡單《かんたん》に刎《は》ねてしまつた。

そのやり方《かた》は、電光石火《でんくわうせつくわ》で、鬼畜《きちく》よりも非道《ひど》いやり方《かた》だつた。娘姉妹《むすめきやうだい》は思《おも》はず部屋《へや》から兩親《りやうしん》の寢《ね》てゐる奥廊下《おくらうか》の方《はう》へ走《はし》り出《で》たが、拍子《ひやうし》に廊下《らうか》の曲《まが》り角《かど》に積《つ》んであつた、空徳利《からどくり》にぶつつかつた。徳利《とくり》は大《おほ》きな音《おと》を立《た》てて轉《ころ》げた。覆面《ふくめん》は、その音《おと》をほかの者《もの》が大勢飛出《おほぜいとびだ》して來《き》たのかと思《おも》つて、そのまま、表《おもて》のくぐりを開《あ》けて逃《に》げてしまつた。

土龍《もぐら》から考案《かうあん》

その夜警視廳《よけいしちやう》の當直刑事《たうちよくけいじ》は大河内刑事《おほかうちけいじ》であつた。大河内刑事《おほかうちけいじ》は誰《だれ》よりも早《はや》く現場《げんぢやう》に駈《か》けつけたが、容易《ようい》に覆面《ふくめん》の正體《しやうたい》を摑《つか》めそうもなかつた。そこで部下《ぶか》の小東國八《こつかくに》諜者《てふじや》を翌朝《よくてう》になつて呼《よ》んだのである。

甲州屋《かふしうや》は大通《おほどほ》りに面《めん》した大《おほ》きな店《みせ》で、木口《きぐち》も立派《りつぱ》な店構《みせがま》へで、三方《はう》の軒下《のきした》は石疊《いしだたみ》を敷詰《しきつ》め、土臺周圍《どだいしうゐ》を固《かた》く疊《たた》んである。だが、今日《けふ》ばかりは大戸《おほど》をおろして忌中札《きちうふだ》さへさがつてゐる。

そこへ後《おく》れ走《ば》せについた國《くに》八諜者《てふじや》は、先着《せんちやく》の刑事連《けいじれん》が額《ひたひ》を集《あつ》めて、祕策《ひさく》をめぐらしてゐる奥《おく》の一間《ひとま》に這入《はい》つた。そして以上《いじやう》の始末《しまつ》を聞《き》くと、大河内刑事《おほかうちけいじ》に目《め》で合圖《あひづ》をして表《おもて》に連《つ》れ出《だ》した。

そして、表《おもて》から南側《みなみがは》の露路《ろぢ》まで來《く》ると、大河内刑事《おほかうちけいじ》が、

「おい國《くに》八？　あの姉妹《きやうだい》は別嬪《べつぴん》だらうが。」

と云《い》つた。國《くに》八は、

「おやかたはすぐそれだから不可《いけ》ません。」

とたしなめ乍《なが》ら、土臺《どだい》から土臺を見《み》て歩《ある》く。

「でもお前《まへ》、大《おほ》きな聲《こゑ》ぢや云《い》へないが、お嫁入《よめい》り前《まへ》の娘《むすめ》だよ。氣《き》の毒《どく》と思《おも》はないのか。」

といふ。

「あつしが、すぐ出《で》て來《き》たのも、實《じつ》はそれなんです。皆《みな》さんこそ、あんなに根掘《ねほ》り葉掘《はほ》り被害《ひがい》の狀況《じやうきやう》を聞《き》いてゐるけど、相手《あひて》は、傷心《しやうしん》の娘《むすめ》ですぜ。あんなに聞《き》く必要《ひつえう》がどこにありますかね。悲《かな》しい心《こゝろ》も汲《く》んでもやらないで、材料《ねた》さへ摑《つか》めばいいツて云《い》ふ手《て》はもう古《ふる》うござんすぜ。あの聞《き》き方《かた》と云《い》つたらない、まるで面白半《おもしろはん》分《ぶん》だ。あれまで聞《き》かなくたつて、こうして現場《げんぢやう》を見《み》さへしたら、どんな野郎《やらう》の仕業《しわざ》かぐ

らね、一目《ひとめ》で見當《けんたう》がつきさうなもんだ。」

「さうかい?」

さう云《い》ふ大河内《おほかうち》刑事《けいじ》も、實《じつ》は胸《むね》を突《つ》かれてゐるのだつた。

「さうかいは心細《こころぼそ》い。さう云《い》ふおやかたにや見當《けんたう》がつきませんか?」

「つかない。正直に云《い》ふと、あの娘が氣の毒だと思《おも》ふばかりで胸《むね》が一ぱいになつてゐるんだ。ははは、ときにどうだい? やつぱり[illegible]師(山窩《さんくわ》)の仕業《しわざ》と思《おも》ふのかい?」

「さあ——、この忍《しの》び込《こ》みの手口《てぐち》は、いつたいどんな種類《しゆるゐ》の手口《てぐち》と思《おも》ひますか?」

「床下《ゆかした》から現《あらは》れたといふから、やつぱり土臺掘ちやあるまいか？」

「私《わたし》もそう思《おも》ひます。それで私《わたし》は先《ま》づ『侵入口《いりぐち》』から調《しら》べてみたいのです。」

國《くに》八は先《さき》に立《た》つて、土臺《どだい》に添《そ》つて、家《いへ》の南側《みなみがは》にめぐつた。更《さら》に裏口《うらぐち》に曲《まが》り尙北側《なほきたがは》の露路《ろぢ》に曲《まが》つた。そこで國《くに》八は異狀《いじやう》を發見《はつけん》した。

軒下《のきした》の土臺際《どだいぎは》に敷詰《しきつ》めた三尺角《じやくかく》の敷石《しきいし》が只《たゞ》一枚《まい》、かすかに動《うご》いてゐるのだ。だが、大河内《おほかうち》刑事《けいじ》は氣《き》づかずに行《ゆ》き過《す》ぎた。それは不《ふ》なれな者《もの》には容易《ようい》に見分《みわ》けにくいからであつた。

「おやかた？」

國《くに》八は呼《よ》びとめた。（これが判《わか》らんやうでは、しようがないなア）と思《おも》つてゐる。

「何《なん》だい？」

刑事《けいじ》は振《ふ》り返《かへ》つた。

「ここが『侵入口《いりぐち》』でござんすぜ。」

國《くに》八は足《あし》でこんこんと踏《ふ》んでみせた。なるほどそこだけが空胴《うつろ》の響《ひゞ》きをする。

「ここがかい？」

刑事《けいじ》もこんこんと踏《ふ》んで見《み》る。

「夜明《よあ》け方《がた》に降《ふ》つた雨《あめ》が吹《ふ》き込《こ》んで、すつかり敷石《しきいし》を洗《あら》つたので、一寸《ちよつと》見分《みわ》けにくゝなつてきますが、この石《いし》を持《も》ちあげてこの下《した》を掘《ほ》つてもぐり込《こ》んだにちがひない。」

そう云《い》ひ乍《なが》ら國《くに》八は、隙目《すきめ》に手《て》を入《い》れて石《いし》を引剥《ひつぱ》いだ。

「そうら見《み》なさい。」

そういふ敷石《しきいし》の下《した》は、土《つち》が一尺《しやく》ほど掘《ほ》れて、床下《ゆかした》に向《むか》つて横穴《よこあな》になつてゐる。

「なアるほど。それにしても、掘《ほ》つた土《つち》はどこにやつたらう？」

大河内《おほかうち》刑事《けいじ》は頭《あたま》をひねつた。

「ねえおやかた、掘《ほ》るときにここに茣蓙《ござ》を敷《し》くんです。そして、茣蓙《ござ》の上《うへ》に掻《か》き出《だ》して、そつとこぼれないやうに、ちやんと、ほかの所《ところ》へ運《はこ》ぶんです。そうして、その茣蓙《ござ》を冠《かぶ》つて蓑蟲《みのむし》みたいにつるりとこの土臺《どだい》の下《した》から向《むか》ふの床下《ゆかした》に辷《すべ》り込《こ》むんですよ。」

「なあるほど、そう云《い》へば、茣蓙《ござ》のあとが穴《あな》についてるぢやないか。」

「茣蓙《ござ》の筋目《すぢめ》まではかくせません。ほうれ、すぐそこの、根太《ねだ》のところに茣蓙《ござ》を捨《す》てゝあるぢやござんせんか。」

云《い》はれて刑事《けいじ》も穴《あな》を覗《のぞ》いた。

「まるで、土龍《もぐら》みたいぢやないか。」

「これは、中國《ちうごく》の撫師が考《かんが》へ出《だ》した、『お塀掘《へいぼり》』といふ忍《しの》び込《こ》みの術《て》で、元《もと》はと云《い》へば、土龍《もぐら》から考《かんが》へついたことですから。」

「そうか。それぢやア、二人組《にんぐみ》は撫師に相違《さうゐ》ないんだね。」

「先《ま》づ、あつしの睨《にら》んだ見當《けんたう》に外《はづ》れつこはありますまい。」

「有難《ありがた》い。」

刑事《けいじ》は、さう云《い》ひ捨《す》てゝ、どこかへゆきかけた。

「どこへゆきます。」

「どこつてきみ、係長《かゝりちやう》に報告《はうこく》する。」

「そ、それは一寸待《ちよつとま》つて下《くだ》さい。」

國《くに》八は慌《あわ》てて押《お》しとめた。

「どうしてだい？」

「どうしてつて、うつかりそんなことを云《い》はないで下《くだ》さい。素人《しろうと》が、普通《ふつう》の犯人《はんにん》を考《かんが》へる調子《てうし》で、ことを運《はこ》ばれたら飛《と》んでもないことになる。手柄《てがら》を立《た》てたくはありませうが、もう暫《しばら》く辛棒《しんばう》しておくんなさい。不馴《ふな》れな人《ひと》に騷《さわ》がれたら、あぶいはち取《と》らずになつてしまふ。落《お》ちついて、もう一寸《ちよつと》そこにゐておくんなさい。」

國《くに》八は、そう云《い》ひ乍《なが》らも、ぢいつと床下《ゆかした》を覗《のぞ》いてゐたが、（おや？）と中《なか》に足《あし》を突《つ》つ込《こ》むと、櫻《さくら》の皮《かは》でつくつた『山刄《やまがひ》』の鞘《さや》を拾《ひろ》ひ出《だ》した。

「ほうら、こんな大切《たいせつ》なものを落《おと》してありますぜ。これはきつと拾《ひろ》ひに來《き》ますぜ。」

さう云《い》ふ顔《かほ》には、危氣《きき》が充満《じうまん》した。

「きつと來《き》ます。それも今晩來《こんばんく》る。このことは口《くち》が切《き》れても口外《こうぐわい》しないで下《くだ》さいよ。固《かた》く云《い》つておきますが、おやかた以《い》外《ぐわい》の刑事《ひと》に知《し》られたら、それこそ手《て》に負《お》へぬことになりますよ。」

「判《わか》つた。」

とは云《い》つたが、この大犯人《たいはんにん》について、少《すこ》しでも端緒《たんちよ》の摑《つか》めたことは、大河内《おほかうち》刑《けい》事《じ》としては得意《とくい》でたまらなかつた。

それに、固《かた》く口止《くちと》めするところを見《み》ると、國《くに》八には絶對自《ぜつたいじ》信《しん》があるに相違《さうゐ》ないと思《おも》つた。とすればちよんびりでもいいから、そつと上司《じやうし》の

耳《みゝ》に入《い》れておきたいと思《おも》つた。國《くに》八は、

「では、いゝい、あつしは、今晩《こんばん》この床下《ゆかした》に先廻《さきまは》りをして、奴《やつ》の來《く》るのを待《ま》つてゐなきやなりませんから、家《いへ》に引《ひき》とつて、夕方《ゆふがた》まで一寢入《ねい》りさせて貰《もら》ひます。」

と、云《い》つて、いつたん拾《ひろ》つた『山刄の鞘《さや》』を、また床下《ゆかした》に投《な》げ込《こ》んで、さつさと麻布《あざぶ》の狸穴《まみあな》に歸《かへ》つた。大河内《おほかうち》刑事《けいじ》は、その後姿《うしろすがた》を見《み》へなくなるまで見《み》てゐたが、姿《すがた》が見《み》へなくなると、いそいで中《なか》に飛込《とびこ》んだ。

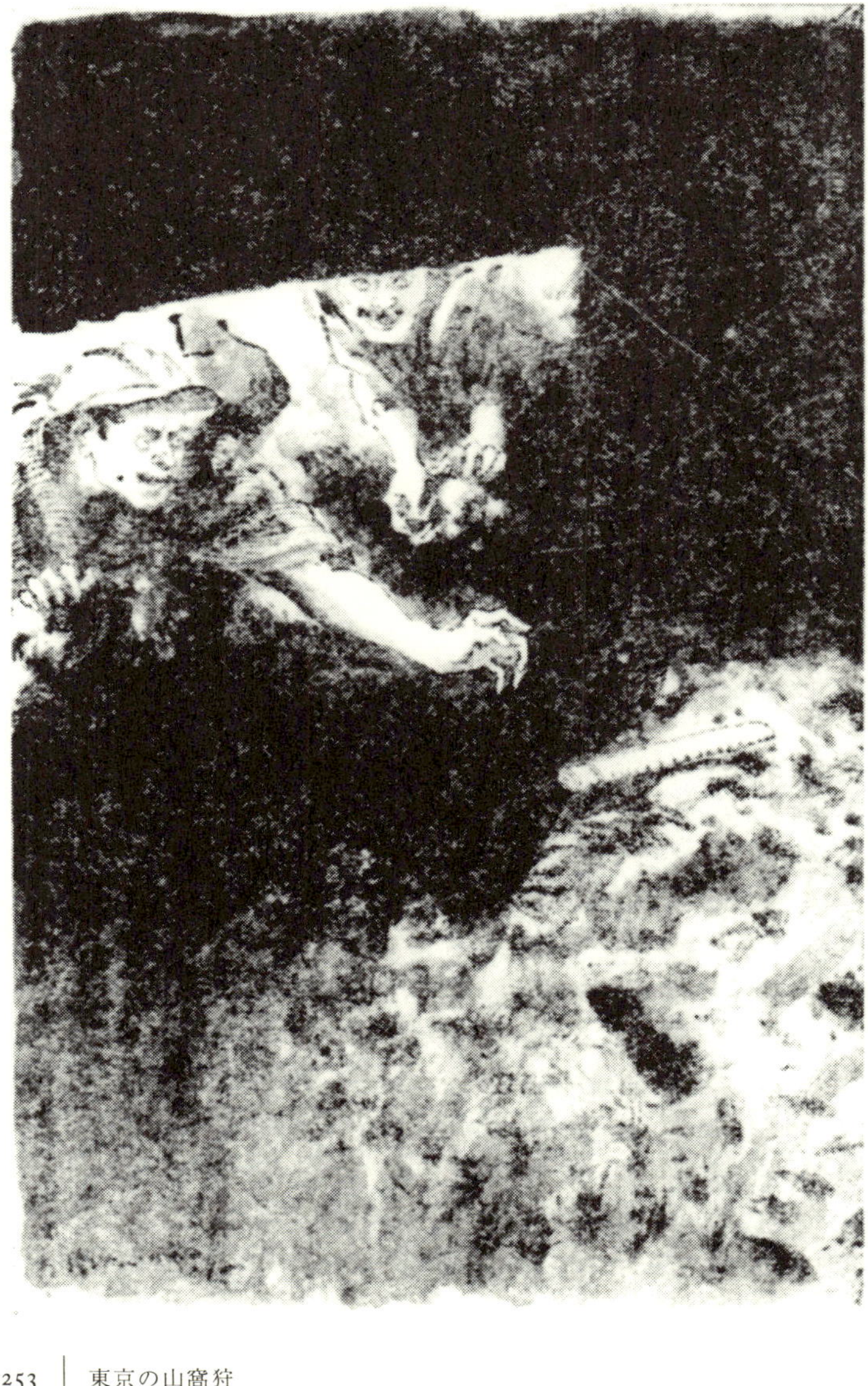

諜者《てうじや》の娘《むすめ》は山窩《さんくわ》の子《こ》

その日《ひ》の夕方《ゆふがた》だつた。國八《くに》諜者《てうじや》が養女《やうぢよ》の徳江《とくえ》に水《みづ》を取《と》らせて顏《かほ》を洗《あら》つてゐると、そこへ息《いき》せき切《き》つて飛《と》んで來《き》たのは大河内刑事《おほかうちけいじ》だ。

「お、お父《とつ》さんはゐるかい。」

まだ十四歳《さい》だが柄《がら》の大《おほ》きな徳江《とくえ》は、只《たゞ》ごとならぬ顏《かほ》をした大河内刑事《おほかうちけいじ》の慌《あわ》て方《かた》に返事《へんじ》も出來《でき》ない。

「どうしたんです。そろそろ出《で》かけようと思《おも》つて、今起《いまお》きたところですよ。」

國八《くに》は、滴《しづく》のたれる顏《かほ》を拭《ふ》きながら云《い》つた。

「た、大變《たいへん》なことになつてしまつた。」

「大變《たいへん》ツて何《なん》です？」

「申《まを》し譯《わけ》ない。」

「云《い》つて下《くだ》さい、譯《わけ》を。」

「實《じつ》は、實《じつ》は、平田《ひらた》の金《きん》さんと、元木《もとき》の貞《てい》さんが斬《き》られた。」

二人《ふたり》とも刑事《けいじ》だ。平田金藏《ひらたきんざう》、元木貞吉《もときていきち》、共《とも》に殺人係《さつじんがゝり》として名探《めいたん》の名《な》のある刑事《けいじ》である。

「どこで？」

「平田《ひらた》の金《きん》さんは萬年町《まんねんちやう》で、元木《もとき》は關口町《せきぐちちやう》の大瀧《おほたき》のところで。」

「どうしてそんなことになりました。」

「俺《おれ》がわるいんだ。云《い》ふまい云《い》ふまいと思《おも》つたが、つい口《くち》を辷《すべ》らして、國八《くに》の見込《みこみ》はこれだと、お前《まへ》さんが山窩《さんくわ》にかけては目《め》の利《き》くことを說明《せつめい》したんだ。そしたら、生《なま》ツ嚙《かじ》りに瀬降《せぶり》を知《し》つてゐる金《きん》さんと貞《てい》さんが、こつそり抜《ぬ》けがけの手柄《てがら》をしようと思《おも》つて、二手《ふたて》に分《わか》れて萬年町《まんねんちやう》と江戸川《えどがは》にこつそり走《はし》つたんだ。そして、金《きん》さんは萬年町《まんねんちやう》で一人《ひとり》の怪《あや》しい箕《み》づくりを不審訊問《ふしんじんもん》してゐると、突然山刄《とつぜんやまがひ》で顎《あご》を刺《さ》されるし、貞《てい》さんも、關口町《せきぐちちやう》の大瀧《おほたき》の、水車《すゐしや》の裏《うら》で、風呂敷包《ふろしきづゝ》みを背負《せお》つて赤《あか》い腰卷《こしまき》をしてゐる女《をんな》を連《つ》れてゐた箕《み》づくりを見《み》かけて、一寸待《ちよつとま》てと呼《よ》びとめて、懷《ふところ》を探《さぐ》らうとしたら、さつと顏《かほ》を撫《な》でられた。と思《おも》つたら、たらたらと血《ち》が流《なが》れて、何《なん》だか熱《あつ》いなアと思《おも》つたときは、鼻《はな》を斬《き》られてゐたんだなア。」

「だから云《い》はんことぢやない。それは『コペル』と云《い》つて、薄《うす》い刄物《はもの》を指《ゆび》の間《あひだ》に挾《はさ》んでゐたのです。『コペル』で顏《かほ》を撫《な》でられちやたまつたものぢやありません。それで鼻《はな》は滿足《まんぞく》についてゐますか？」

「ぶらぶらだ。醫者《いしや》の云《い》ふには、そツと半月仰向《はんつきあふむ》けに寢《ね》てゐたら、うまくゆけばくツつくかも判《わか》らない。ひどい目《め》にあつたもんだ。」

「氣《き》の毒《どく》な事《こと》をされましたなア。でもねえおやかた、それは私《わたし》の知《し》つたことぢやありませんよ。それで、相手《あいて》はどうしました。」

「勿論《もちろん》逃《に》げられてしまつたのさ。どうも、その二人《ふたり》が、甲州《かふしう》屋《や》の犯人《はんにん》らしい。それで非常召集《ひじやうせうしふ》で一齊《せい》に山窩《さんくわ》狩りをすることになつた。それで、さつそくだが足勞《そくらう》願《ねが》ひに來《き》たんだよ。」

「私《わたし》が行《い》つてどうするんです。」

「市内外《しないぐわい》の瀬降のある個所《かしよ》を、皆《みな》にをしへて貰《もら》ひたい。このままにしておけば、それこそ警察《けいさつ》の威信《ゐしん》が地《ち》に落《お》ちる。」

「でも御免蒙《ごめんかうむ》ります。威信《ゐしん》が地《ち》に落《お》ちようが木《き》に登《のぼ》らうが、私《わたし》はてんで知《し》りません。勝手《かつて》に御指示《ごしじ》をなさるがいい。」

國《くに》八は、憤然《ふんぜん》として、寢床《ねどこ》の中《なか》にもぐり込《こ》んだ。

「そんなことを云《い》はねえで、俺《おれ》のわるかつたところは重々謝《あやま》るから、どうか氣《き》を直《なほ》してくれないか。」

「治《なほ》るものなら治《なほ》しもしませうが、どうにも治《なほ》りかねるこの氣《き》ではねえ。」

「いくら頼《たの》んでも聽《き》き容《い》れてはくれないか。」

「駄目《だめ》ですなア。」

「それでは止《や》むを得《え》ん。そのかはり、少《すこ》しでも氣《き》が治《なほ》つたら頼《たの》むから出《で》かけてくれ。これは車賃《くるまちん》だ。」

大河内刑事《おほかうちけいじ》は、紙入《かみいれ》から、若干《いくら》かの金《かね》を出《だ》し、鼻紙《はながみ》に包《つゝ》んで立《た》ちあがつた。

出《で》てゆく姿《すがた》を、蒲團《ふとん》の中《なか》から釜首《かまくび》もたげて見《み》てゐた國《くに》八は、

「徳江《とくえ》?」

と娘《むすめ》を呼《よ》んだ。この徳江《とくえ》は、國《くに》八諜者《てふじや》が、麻布《あざぶ》の二ノ橋《はし》で拾《ひろ》つた捨子《すてご》なのだ。三田《た》に殺人事件《さつじんじけん》があつて、そこからの歸《かへ》りがけに、蜂須賀邸《はちすかてい》から澁澤邸《しぶさはてい》の横《よこ》を通《とほ》つて、この橋《はし》にかか

外傷に
靴ずれの豫防に
その他一般外傷用に
最非一個!
御出征に
御家庭に
◎全國藥店にあり

る細《ほそ》い近道《ちかみち》にかかると、二ノ橋《はし》の少《すこ》し上手《かみて》の古川《ふるかは》の川端《かははた》で、夕暮《ゆふぐれ》だのに、一人《ひとり》の女《をんな》の子《こ》が泣《な》きもせずぽつんと立《た》つてゐた。着《き》てゐる着物《きもの》や、立《た》つてゐる川端《かはばた》の場《ば》所柄《しよがら》などから、(これは山窩《さんくわ》の子《こ》に相違《さうゐ》ない)と思《おも》つたので、そツと拾《ひろ》つて來《き》て育《そだ》てた。やつと、歩《ある》く程度《ていど》の子《こ》だつたが、何年《なんねん》經《た》つても、親《おや》らしい者《もの》が出《で》て來《こ》ない。そこで拾《ひろ》つてから三年目《ねんめ》に、自分《じぶん》の子供《こども》として出生届《しゆつしやうとゞけ》を出《だ》した。だからほんとうは十四だが、戸《こ》籍面《せきめん》では八歳《さい》である。

　不思議《ふしぎ》に、拾《ひろ》つた日《ひ》から、一度《ど》も親《おや》を尋《たづ》ねるでもなければ悲《かな》しそうな泣《な》き方《かた》もせず、むくむく育《そだ》つて、物覺《ものおぼ》えもいいので、諜者《てうじや》はいろはをおしへたり、數《かず》をおしたり、今《いま》では女《をんな》としては丁度《ちやうど》いいくらゐな敎養《けうやう》も出來《でき》てゐる德江《とくえ》なのだ。

　山窩特有《さんくわとくいう》のまるい目《め》、下《しも》ツ膨《ぶく》れのした顏《かほ》、野性的《やせいてき》な骨格《こつかく》、體《からだ》の白《しろ》さ。そうした血統的《けつとうてき》なものは、近年《きんねん》めきめきはつきりとなつて來《き》た德江《とくえ》なのだ。

「お前《まへ》なア、今日《けふ》はお父《とう》さんと一緒《しよ》に出《で》かけるんだよ。だからすぐ着物《きもの》を着替《きか》へるんだ。」

「どんな着物《きもの》を着《き》るの。」

「茜《あかね》のお腰《こし》をして、そこにかかつてゐる萬筋《まんすぢ》の着物《きもの》を着《き》るんだ。そして、髪《かみ》も結《ゆ》ひ代《か》へるんだ。どれどれ――」

　諜者《てうじや》は立《た》ちあがると、壁《かべ》にさしてあつた、竹《たけ》でつくつた銀《ぎん》南《なん》の薬形《はがた》の笄《かうがい》をとつて、

「これでなア、お母《かあ》さんがいつも結《ゆ》ふ櫛卷《くしまき》みたに結《ゆ》ふんだ。一寸來《ちよつとき》てみな。」

　諜者《てうじや》は鋏《はさみ》をとつて、桃割《もゝわれ》に結《ゆ》つてゐる德江《とくえ》の髪《かみ》を、ぶツぶツと壞《こは》してしまつた。

「ながい髪《かみ》の毛《け》だの。これをかういふ風《ふう》に結《ゆ》ふんだ。」

竹《たけ》の笄卷《かうがいまき》――。なかなか乙《おつ》な恰好《かつかう》だつた。

「お父《とう》さんは下手《へた》だから、お前《まへ》が一人《ひとり》でよく卷《ま》きな。」

　そう云つて自分《じぶん》も、着物《きもの》を着替《きか》へ、雪駄《せつた》の鼻緒《はなを》がゆるんでゐないかよく調《しら》べたりして、德江《とくえ》の支度《したく》を待《ま》つてゐた。

犯《は》人《し》は擧《あが》つたぞ

鍛冶橋《かぢばし》の警視廳《けいしちやう》。東京監獄《とうきやうかんごく》を兼《か》ねてゐる警視廳《けいしちやう》に、德江《とくえ》を連《つ》れた國《くに》八諜者《てうじや》は、吸《す》ひ込《こ》まれた。それは、とつぷり暮《く》れた夜《よる》の八時《じ》過《す》ぎだつた。それと知《し》つた大河内刑事《おほかうちけいじ》は、

「やつぱり來《き》てくれたか。おや？娘と一緒かい？」

と手《て》を握《にぎ》つた。

そこらでは、大勢《おほぜい》が手分《てわ》けして狩《か》りたてて來《き》た瀬降《せぶり》の者《もの》た

ちを手荒《てあら》く調《しら》べてゐる。ぴしり〳〵と掌《て》が肉《にく》にあたる音《おと》が部《へ》屋中《やちう》を壓《あつ》してゐる。

「少《すこ》し思《おも》ふところがあつて、娘《むすめ》を連《つ》れて來《き》ました。」

「そうか。しかし犯人《はんにん》はつかまつたぞ。」

大河内刑事《おほかうちけいじ》は、あたりに聞《きこ》へないように、そツと耳《みゝ》もとで云《い》ふのだが、いささか昂奮《かうふん》してゐる。しかも（お前《まへ》のお世話《せわ》にはならんぞ）と云《い》ふ口吻《くちぶり》であつた。

「犯人《はんにん》がですか？」國《くに》八諜者《てうじや》はいささか驚愕《きやうがく》した。

「お前《まへ》が瀬降《せぶり》をおしへてくれんから、どんなに苦勞《くらう》したか知《し》れないぞ。それでも、どうにかこうにか、二百人《にん》ばかり引張《ひつぱ》つた。池上《いけがみ》の本門寺《ほんもんじ》の裏《うら》と、板橋《いたばし》の根村《ねむら》とで彼《か》れこれ百二十人《にん》ばかり、あとは新宿《しんじゆく》の南町《みなみまち》と大森《おほもり》だ。」

「その中《なか》に犯人《はんにん》がゐたのですか。」

「大勢《おほぜい》引張《ひつぱ》つたものだから、自首《じしゆ》して來《き》たのだ。犯人《はんにん》は自分《じぶん》だから、ほかの者《もの》を釋放《しやくはう》してくれと云《い》つて、犯行《はんかう》を明白《めいはく》に『自白』した。」

大河内刑事《おほかうちけいじ》は、口《くち》では何氣《なにげ》なく云《い》つてゐるが、腹《はら》の中《なか》では（昔《むかし》と違《ちが》つて今《いま》の俺《おれ》は、お前《まへ》のお世話《せわ》にならなくても、一人《ひとり》で山窩《さんくわ》を扱《あつか》へるぞ。）といふ顏《かほ》である。

「名前《なまへ》は何《なん》と云《い》ふのです？」

「孝七《かうしち》孝八《かうはち》といふ兄弟《きやうだい》だ。」

「兄弟《きやうだい》？」

國《くに》八は首《くび》をかしげた。大河内刑事《おほかうちけいじ》は、その顏色《かほいろ》を見《み》てとつた。

「何《なん》か一言《こと》ありたい所《ところ》らしいが、心配《しんぱい》しなくてももう大丈夫《だいぢやうぶ》だ。早速《さつそく》檢事《けんじ》さんが調《しら》べてゐるが兄弟《きやうだい》とも至極《しごく》落ちついたもんだ。まるで他人《ひと》ごとのやうな顏《かほ》ですらすら自白してゐるよ。どうしてあの甲州屋《かふしうや》に押《お》し入《い》つたかと聞《き》いたら、あの米《こめ》屋《や》は箕《みの》の修繕《しうぜん》をさせておき乍《なが》ら、代金《だいきん》をきびしく値切り倒《たふ》すから、癪《しやく》に障《さは》つて押《お》し入《い》つたと云《い》つてゐる。それから、娘《むすめ》の問題《もんだい》も、兄《あに》の方《はう》が姉娘《あねむすめ》を、弟《おとうと》の方《はう》が妹娘《いもうとむすめ》を、それぞれ手《て》込《こ》めにしたことも申《まを》し立《た》てた。それで、あの甲州屋《かふしうや》の姉妹《きやうだい》を呼《よ》んで、首實檢《くびじつけん》をさせたのだが、姉妹《きやうだい》もどうもそうらしいと云《い》つてゐる。」

「へえ。覆面《ふくめん》をしてゐたのに、顏《かほ》が判《わか》りますかなア？」

「覆面《ふくめん》と云《い》つても、頰冠《ほゝかむ》りを深《ふか》くしたくらゐだもの、それに顏《かほ》と顏《かほ》とを合《あは》せてゐるぢやないか。」

「そうですか？」

國《くに》八は少《すこ》しも頷《うなづ》かなかつた。

「そうですかツて、それに相違《さうゐ》ないよ。本人《ほんにん》は、俺《おれ》たち二人《ふたり》がやつたんだから、早《はや》く死刑《しけい》にしてくれ。と云《い》つてるぢやないか。」

「さうですか？」

「さうだよ。電光石火《でんくわうせきくわ》に、仲間《なかま》を引《ひ》ツ張《は》られて、その責任感《せきにんかん》から自首《じしゆ》したんだもの、どこに不審《ふしん》があるものか。」

「平田《ひらた》さんや元木《もとき》さんを斬《き》つたのもその兄弟《きやうだい》ですか？」

「さうだよ。それぞれ別行動《べつかうどう》で『高飛』をしようと思《おも》つてゐるところへ『刑事』が追《お》つかけて來《き》たので、しかたなく斬《き》つたと云《い》つてゐる。その兇器《きようき》も持《も》つてゐる。平田《ひらた》も元木《もとき》も重傷《ぢうしやう》で、今顔《いまかほ》を檢《しら》べさせる譯《わけ》にはゆかないが、斬《き》つた場所《ばしよ》も、時《じ》間《かん》も、方法《はうはふ》も自白《じはく》と事實《じじつ》と一致《ち》した。」

大河内《おほかうち》刑事《けいじ》は、山窩《さんくわ》狩りの成果《せいくわ》について、鼻高々《はなたかだか》である。

「番頭《ばんとう》の小野《をの》出喜《でき》八を斬《き》つたことも自白《じはく》しましたか？」

「きみは、疑《うたが》つてゐるのか？」

大河内《おほかうち》刑事《けいじ》は、むつと膨《ふく》れた。

「出鱈目《でたらめ》でなければいいと、心配《しんぱい》してゐるのです。」

「出鱈目《でたらめ》——きみは他人《ひと》のやつたことにけちをつけたがる癖《くせ》がある。」

「でも、この國《くに》八は、若《も》しもそれがほんとなら、何年間《なんねんかん》も頂《ちやう》戴《だい》した俸給《ほうきふ》を、いつしよに取纏《とりまと》めて、利子《りし》をつけて返上《へんじやう》しな

Saburo M. 37

ければなりません。」

　ぴしりと、腦髓《なうずゐ》を押《おさ》へるやうな一言《ごん》だつた。

　大河内刑事《おほかうちけいじ》は、あんぐりと口《くち》を開《あ》けたまゝ暫《しばら》く言葉《ことば》が出《で》なかつた。（何《なん》といふ強情《がうじやう》な男《をとこ》だらう。自分《じぶん》がすねてゐた意地《いぢ》を突《つ》つ張《ぱ》つてやがる。）と、諜者氣質《てふじやかたぎ》を呪《のろ》ふ顔《かほ》つきで、

「小束。」

　と云《い》つて、

「云《い》ひたいことを云《い》ふのもいいが、こんな亂暴《らんばう》なことは、僕《わし》以外《いぐわい》の刑事《もの》には云《い》はない方《はう》がいい。事件《こと》は重大《ちうだい》な殺人事件《さつじんじけん》だ。しかも強盗強《がうたうがう》○殺人《さつじん》。おまけに、公務執行《こうむしつかう》を妨害《ばうがい》して、二人《ふたり》の刑事を傷害《しやうがい》した大犯罪《だいはんざい》だ。それも、無理無態《むりむたい》の誘導訊問《いうだうじんもん》や拷問《がうもん》で、でつちあげた犯人《はんにん》とは違《ちが》ふのだ。仲間《なかま》に無實《むじつ》の嫌疑《けんぎ》をかけるのが申《まを》し譯《わけ》ないから、自分《じぶん》から名乘出《なのりで》て、自分《じぶん》のやつたことは、のこらず申《まを》し上《あ》げるから、罪《つみ》のない仲間《なかま》だけは釋放《しやくはう》してくれと、正直《しやうぢき》に申出《まをしで》た犯人《はんにん》だ。これが普通《ふつう》の犯罪者《はんざいしや》なら他人《たにん》に罪《つみ》をなすりつけるかも知《し》れないが、そこが仲間《なかま》同志《どうし》の固《かた》い掟《おきて》に縛《しば》られてゐる山窩《さんくわ》だ。仲間《なかま》の大勢《おほぜい》がこの兄弟《きやうだい》のために迷惑《めいわく》をしたとなると、二人《ふたり》は仲間《なかま》の私刑《リンチ》で、この世《よ》に生《い》きてはゐられないのだ。」

　國《くに》八は、大河内刑事《おほかうちけいじ》が言葉《ことば》に力《ちから》を入《い》れて云《い》ふのがおかしかつた。（聞《き》いたやうなことを得意《とくい》になつて云《い》つてるが生兵法《なまびやうはふ》で大怪我《おほけが》をしてゐることを知《し》らないものだから）と、腹《はら》の中《なか》ではせせら笑《わら》つてゐる。

　それといふのも、大河内刑事《おほかうちけいじ》が、上司《じやうし》に取入《とりい》ることは誰《だれ》よりも上手《じやうず》だが、捜査《そうさ》にかけてはさほどの腕《うで》ではないことを知《し》つてゐるからだ。その上《うへ》、友達《ともだち》の手柄《てがら》を横取《よこど》りしたり、諜者《てふじや》のあげて來《き》た材料《ざいれう》を、自分《じぶん》が命《めい》じてやらせたやうに云《い》ひ觸《ふ》らしたり、兎角《とかく》、要領《えうりやう》ばかりで狡猾《かうかつ》に泳《およ》いでゐる大河内刑事《おほかうちけいじ》だ。だからもとより山窩《さんくわ》のさの字《じ》も知《し》つてはゐなかつた。それをここまで判《わか》るやうになつたのも元《もと》はと云《い》へば國《くに》八のお蔭《かげ》である。にも係《かかは》らず、宛《あだか》も自分《じぶん》が國《くに》八に、山窩《さんくわ》のことを指導《しだう》してゐるかのやうなことを平氣《へいき》で云《い》ふのだから國《くに》八は、（馬鹿《ばか》なことを云《い》ひなさい。お前《まへ》さんが、山窩《さんくわ》の犯人《はんにん》を擧《あ》げ得《え》たなら、國《くに》八のお臍《へそ》が茶《ちや》を沸《わか》さあ。）といふ顔《かほ》である。

「それでは、どうせ仲間《なかま》に殺《ころ》されるものなら、いつそのこと自首《じしゆ》して仲間《なかま》を迷惑《めいわく》から救《すく》はうと云《い》ふのが自首《じしゆ》の理由《りいう》ですな。それではほかの者《もの》は皆釋放《みなしやくはう》するのですか？」

「そうはゆかない。こんないい機會《きくわい》はないから、全部身許調《ぜんぶみもとしら》べをして、山窩《さんくわ》のカードをつくつておいて、誰《だれ》でも捜査《そうさ》の出《で》來《き》るやうにしておきたいと思《おも》つて手分《てわ》けをして調《しら》べてゐる。」

「なるほど。そうなつたら、山窩専門《さんくわせんもん》の諜者《てふじや》は、段々《だん〳〵》お暇《ひま》になりますな。でもねおやかた、いくら調《しら》べても絶對本音《ぜつたいほんね》は吐《は》きませんよ。」

「お前《まへ》さんぢやあるまいし、云《い》はせずにおくものか。」

大内内刑事《おほかうちけいじ》は昂然《かうぜん》とのしかかる。

「そんなことより殺人犯人《さつじんはんにん》の顔《かほ》でも見《み》ておかないか。しつかりした若僧《わかぞう》だぜ。」

「拜ませて貰《もら》ひませうか。」

國《くに》八もにツと笑《わら》つて、大河内刑事《おほかうちけいじ》について、徳江《とくえ》を連《つ》れて隣《となり》の調室《しらべしつ》にはいつた。

そこには弟《おとうと》の孝八《かうはち》だけが、手錠《てじやう》を嵌《は》められて、一人《ひとり》の巡査《じゆんさ》に張番《はりばん》をされてゐた。

三人《にん》が這入《はい》つてゆくと、顴骨《ほほぼね》の張《は》つた顔《かほ》を、幅廣《はゞひろ》い肩《かた》の上《うへ》に逞《たくま》しく見《み》せてゐた孝八《かうはち》が、ふツと視線《しせん》を向《む》けて來《き》た。その視線《せん》は、大河内刑事《おほかうちけいじ》でもなければ國《くに》八にでもなく、一番《ばん》あとから這入《はい》つた徳江《とくえ》にだつた。

孝八《かうはち》の目色《めいろ》はひどく徳江《とくえ》に燒《や》きついた。つゞいて兄《あに》の孝七《かうしち》もはいつて來《き》たが、孝七《かうしち》もぐツと胸《むね》のつかえたやうな表情《へうじやう》で立止《たちど》つた。

娘《むすめ》を貸《か》してくれないか

それから二週間經《しうかんた》つた。國《くに》八が、自宅《じたく》に引《ひ》き籠《こも》つてゐると、大河内刑事《おほかうちけいじ》が人力《じんりき》でやつて來《き》た。

「やア國《くに》さん。今日《けふ》は折《を》り入《い》つての願《ねが》ひがあるんだ。」

孝七《かうしち》孝八《かうはち》の自首《じしゆ》以來《いらい》、一躍名《いちやくめい》をあげて、飛《と》ぶ鳥落《とりおと》す大河内《おほかうち》刑事《けいじ》だ。

「實《じつ》はね、あゝして、孝《かう》七孝《かう》八も、手數《てすう》をかけず自白《じはく》したので、いよ〳〵送局《そうきよく》だが、證據《しようこ》もはつきりして居《ゐ》るし、どつちに轉《ころ》んでも死刑《しけい》はきまりものなんだ。それで昨夜《ゆうべ》何《なに》か云《い》ひ殘《のこ》すことはないか、あるなら云《い》へ、と、お別《わか》れを云《い》つてやつたんだ。そしたら、たつた一目《め》でいゝから、となひだの娘《むすめ》さんに會《あ》はせて貰《もら》ひたいと云《い》ふんだよ。」

大河内《おほかうち》刑事《けいじ》は、しんみり云《い》ふのだ。

「徳江《とくえ》に會《あ》ひたいといふんですか。」

「そうだよ。こんなことを儂《わし》の口《くち》から頼《たの》む譯《わけ》にはゆかないと思《おも》つたが、死刑《しけい》になる人間《にんげん》だと思《おも》ふと、氣《き》の毒《どく》でたまらない。どうか徳江《とくえ》さんを貸《か》してくれまいか。」

「どつちが云《い》ふんです。」

「兄弟揃《きやうだいそろ》つてそう云《い》ふんだ。どうして一度《ど》しか會《あ》はない娘《むすめ》にそう會《あ》ひたいのか？　と聞《き》いたら、譯《わけ》は判《わか》らないが、女《をんな》の見納《をさ》めに見《み》ておきたいといふのだ。氣持《きもち》を察《さつ》してやると無理《むり》もない。濟《す》まないが、このまゝいつしよに出《で》かけて貰《もら》へまいか。」

國《くに》八は、いつもの强情《がうじやう》さに比《くら》べて、

「承知《しようち》しました。」

と氣《き》よく承諾《しようだく》して、

「徳江《とくえ》。」

と娘《むすめ》を呼《よ》んだ。

「大河内《おほかうち》の旦那《だんな》がな、となひだの箕《みの》づくりの孝《かう》七のことについて手傳《てつだ》つてくれと仰言《おつしや》るんだ。となひだの恰好《かつかう》と、少《すこ》しも違《ちが》はない支度《したく》をしてお供《とも》申《まう》しな。」

徳江《とくえ》も素直《すなほ》に座《ざ》を立《た》つた。大河内《おほかうち》刑事《けいじ》は、

「いやどうも相濟《あいす》まん。それから、このことは上司《じやうし》にも内密《ないみつ》なんだ。そこで萬《まん》一問題《もんだい》になることもあるまいが、こちらは大切《たいせつ》な娘《むすめ》だし、向《むか》ふは殺人暴行《さつじんばうかう》の犯人《はんにん》だ。變《へん》な疑《うたが》ひを受《う》けても困《こま》ると思《おも》ふが、ついでにお前《まへ》さんも同席《どうせき》して貰《もら》へまいか。」

と云《い》つた。

「お供《とも》をいたしませう。」

國《くに》八は、軈て支度《したく》の出來《でき》た娘《むすめ》を連《つ》れて、警視廳《けいしちやう》に出《で》かけた。

旣《すで》に退廳《たいちやう》後の廳舍《ちやうしや》は、がらんとして、どこかで鳴《な》いてゐる蟋蟀《こほろぎ》の聲《こゑ》も物淋《ものさび》しい。刑事《けいじ》は、

「奥《おく》の調《しら》べ室《しつ》にしようぢやないか。」

と、川端《かはばた》に一番近《ばんちか》い調室《しらべしつ》にはいつた。そこが、、强盗殺人《がうたうさつじん》などの兇暴者《きようばうしや》を取調《とりしら》べる部屋《へや》だ。薄冷えのする廊下《らうか》をとほつて、そこの火鉢《ひばち》の側《そば》に國《くに》八父娘《おやこ》は坐《すわ》つた。

まだ外《そと》の明《あか》りで、充分顏《じうぶんかほ》は見《み》へる。そこへ大河内《おほかうち》刑事《けいじ》は、廊下《らうか》つゞきの留置場《りうちぢやう》から、孝《かう》七を連《つ》れて來《き》た。二週間《しうかん》の留置《りうち》場生活《ぢやうせいくわつ》とも見《み》へない元氣《げんき》な顏《かほ》で、頰《ほゝ》も剃刀《かみそり》をあてさせたと見

へて立派《りつぱ》に剃《そ》つてゐる。

「約束《やくそく》どほり美人《にく》を連《つ》れて來《き》た。」

大河内《おほかうち》刑事《けいじ》は、急《きふ》に覺《おぼ》えた山窩《さんくわ》の隱語《いんご》で、通振《つうぶ》つたことを云《い》ふ。孝《かう》七は、國《くに》八と徳江《とくえ》の顏《かほ》を、一目《め》見《み》たきり、ぱつと顏《かほ》を赤《あか》らめた。

瞬間《しゆんかん》、てれ臭《くさ》い狀景《じやうけい》が、相方《さうはう》の間《あひだ》にわだかまつたが、國《くに》八が、

「孝公《かうこう》。お前《まへ》いよ〳〵死骸《おろく》になるのかい?」

と云《い》つた。それで、孝《かう》七も、へいと頷《うなづ》いて坐《すわ》つたが、どうも首《くび》を刎《は》ねられる運命《うんめい》にある人間《にんげん》とは思《おも》はれない落《お》ちつきがあつた。

そして孝《かう》七は、まぶしさうに、赤《あか》い娘《むすめ》の徳江《とくえ》を見《み》てゐたが大河内《おほかうち》刑事《けいじ》を振《ふ》り返《かへ》ると、

「弟《おとうと》は出《だ》してくれねえんですか?」

と催促《さいそく》した。

「今《いま》出《だ》してやるよ。それおや國《くに》さん頼《たの》むぞ。これの弟《おとうと》を出《だ》してくるからな」

刑事《けいじ》は孝《かう》七の見張《みは》りを頼《たの》んで、また留置場《りうちぢやう》に引《ひき》かへした。

刑事《けいじ》がゐなくなると、孝《かう》七はいつそう固《かた》くなつて、きちんと坐《すわ》つた膝《ひざ》ツ頭《かしら》に兩掌《りやうて》をぎゆうツと突《つ》つ張《ぱ》つて、疊《たゝみ》を見《み》つめたまゝだつた。

「孝公《かうこう》?」

國《くに》八が云《い》ふと、一寸《ちよつと》頷《うなづ》いたきりだ。

「もつと前《まへ》に寄《よ》れしよ。今《いま》お茶《ちや》を入《い》れてやるからな。徳江《とくえ》、その茶舟《ちやぶね》を貸《か》せ。さう〳〵お前《まへ》が入《い》れてやるといゝ。」

さう云《い》つて、にと〳〵とうつむき勝《がち》の孝《かう》七の顏《かほ》を見《み》た。

「おい孝公《かうこう》ほんとうのことを云《い》はないか。俺《おれ》は、お前《まへ》が仲間《なかま》の罪《つみ》をひつ冠《かぶ》つて死《し》んでゆかうとしてゐることをちやんと知《し》つてるぞ。」

「えツ?」

孝《かう》七の表情《へうじやう》がさつと變《かは》つた。しかし直《す》ぐ元《もと》にかへると、

「そげなことがあるもんけ。」

と、強《つよ》く唇《くちびる》を嚙《か》み合《あは》せ、握拳《にぎりこぶし》できゆつととすつた。

「嘘を云《い》ふな。お前《まへ》たち兄弟《きやうだい》が、どんなにうまく引《ひ》つ冠《かぶ》つても、この俺《おれ》の目《め》だけは誤間化《ごまくわ》せない。しかし、仲間《なかま》の掟《はたら》を守《まも》つて、立派《りつぱ》に死《し》んでゆく決心《けつしん》は感心《かんしん》だが、そんな死《し》に方《かた》は犬死《いぬじに》だ。」

うつ向《な》いてゐた孝《かう》七は、はつと顏《かほ》をあげた。だがすぐうつ向《む》いて、上目《うはめ》遣《づか》ひに、ちらりと徳江《とくえ》を見《み》た。

「どうしてこの娘《こ》の顏《かほ》を見《み》たくなつたんだ?」

「どうしてか判《わか》んねえ。」

孝《かう》七は顔《かほ》に手《て》をあてた。

「孝公《かうこう》？」

「何《なに》け？」

「お前《めえ》さんは九人兄弟《にんきやうだい》だつたな？」

孝《かう》七は、またぎくりとなつた。

「なんぼ隠《かく》しても駄目《だめ》だ。孝一《かういち》孝次郎《かうじらう》孝三《かうざう》孝四郎《かうしらう》、それから孝《かう》五郎《らう》に孝六《かうろく》、その次《つぎ》がお前《めえ》が孝《かう》七で八番目《ばんめ》が孝《かう》八、その弟《おとうと》にもう一人孝九郎《かうくらう》といふのがあらうが。それからお前《めえ》さんが二十三で、弟《おとうと》が二十一の筈《はず》だ。どうだ？」

「年《とし》はそんとほりだが兄弟《きやうだい》は二人《り》きりだよ。」

「それならそれでもかまはぬが、お前《めえ》はむざ〳〵と死《し》んでゆきたいのか？馬鹿《ばか》につける薬《くすり》がないと昔《むかし》の人《ひと》が云《い》つたが、ほんとにしようのねえ奴《やつ》だ。大福《だいふく》でも食《く》へ。徳江《とくえ》出《だ》してやれ。」

徳江《とくえ》は、途中《とちう》で買《か》つて來《き》た大福餅《だいふくもち》に、お茶《ちや》を出《だ》してやつた。

孝《かう》七は、徳江《とくえ》のはち切《き》れさうな指《ゆび》の短《みじか》いまるい手《て》を、惚《ほ》れぼれと見《み》てゐたが、しまひにはその顔《かほ》から目《め》を放《はな》さなかつた。

「孝公《かうこう》？ お前《まへ》は、この娘《こ》が、腹子《はらこ》であることを知《し》つてるのかい？」

「知《し》らねえ。」

「美《うつく》しいかい？」

「美《にく》いねえ。」

孝《かう》七はつくづく云《い》つた。

鰻《うなぎ》は食《た》べたくないのかい

そこへ弟《おとうと》の孝《かう》八が、大河内《おほかうち》刑事《けいじ》に連《つ》れられて來《き》た。兄《あに》よりも細面《ほそおもて》で眉毛《まゆげ》が濃《こ》ゆくて、耳《みゝ》が大《おほ》きい。背《せ》も少《すこ》し高《たか》い。

「もつとそつちにゆけ。火鉢《ひばち》の側《そば》に寄《よ》つてお茶《ちや》を貰《もら》へ。兄哥《あにき》と顔《かほ》を合《あは》せるのも今夜《こんや》限《かぎ》りだ。未決《みけつ》にゆけばこんな風《ふう》に會《あ》はせて貰《もら》へるかどうか判《わか》らん。それに、どうせ死刑《あれ》なんだから、話《はな》したいことがあるなら心《こゝろ》のとりなく存分《ぞんぶん》話《はな》すがいいぞ。」

大河内《おほかうち》刑事《けいじ》は、少《すこ》し感傷的《かんしやうてき》になつてゐた。これまでいろんな犯人《はんにん》を扱《あつか》つて來《き》たが、この兄弟《きやうだい》ほど手數《てすう》のかゝらない、男《をとこ》らしい自白《じはく》をした者《もの》はなかつた。それだけに重大犯人《ぢうだいはんにん》ではあるが、人情《にんじやう》が移《うつ》つて、今更《いまさら》死刑《しけい》などに會《あ》はせたくないのだつた。

「どうだ、何《なに》か特別《とくべつ》に食《た》べたいやうなものはないか。徳江《とくえ》さんにも折角《せつかく》來《き》て貰《もら》つたんだから、何《なん》でも遠慮《ゑんりよ》なく云《い》つたがいいぜ。ゆつくりお茶《ちや》でも淹《い》れて貰《もら》つて、みんなで食《た》べようぢやないか。」

大河内《おほかうち》刑事《けいじ》は、（これが死刑《しけい》になる兄弟《きやうだい》か）と思《おも》ふと、自分《じぶん》が首《くび》でも斬《き》られるやうに胸《むね》が迫《せま》つて來《き》た。

「濟《す》みません。この大福《だいふく》で澤山《たくさん》だ。八、貰《もら》つて喰《た》べろい。」

孝《かう》七は、弟《おとうと》にも押《お》しやつた。刑事《けいじ》は、

「徳江《とくえ》ちやん、八公《こう》にもお茶《ちや》をやつてくれませんか。」

と云《い》つた。その目《め》には涙《なみだ》さへ溜《た》めてゐる。

「お前《まへ》たちも、若氣《わかげ》の至《いた》りだつたんだ。それもよ、あの姉妹《きやうだい》娘にいたづらをしたり、番頭《ばんとう》を斬《き》つたりしたからだよ。」

（俺《おれ》を怨《うら》むな。）といふやうな、大河内《おほかうち》刑事《けいじ》の慰《なぐさ》め方《かた》だつた。

「それに平田《ひらた》の旦那《だんな》や、元木《もとき》の旦那《だんな》まで斬《き》つてるんだ。觀念《くわんねん》してらあね。」

孝《かう》七は、さつぱりした口調《くてう》だつた。

「一生《しやう》に一度《ど》は誰《だれ》でも死《し》ぬんだ。それに好《す》きなことをしたんだもの。」

孝《かう》八も、兄《あに》にまけない淡々《たんたん》さだつた。

「それはさうだ。だけどお前《まへ》らは諦《あきら》めがいい。これだけの度《ど》胸《きやう》をほかに向《む》けたら、隨分役《ずゐぶんやく》に立《た》つたらうなア。ねえきみ。」

刑事《けいじ》は國《くに》八に云《い》ふのだ。國《くに》八は、ふんふんと頷《うなづ》くだけで何《なに》も云《い》はない。

「それぢやア何《なに》を喰《た》べる？ 今日《けふ》は儂《わし》が、自分《じぶん》で買《か》つて來《き》てやる。鰻《うなぎ》はどうだ？」

「結構《けつこう》だねえ八。」

孝《かう》七が笑《わら》つた。

刑事《けいじ》は、この兇暴な兄弟《きやうだい》を、國《くに》八一人《ひとり》にあづけてゆくのは不《ふ》安《あん》なのか、逃《に》げたりされないやうに窓《まど》に掛金《かけがね》をかけて、

「それぢやア國《くに》さん頼《たの》むよ。」

と、云《い》ひおいて雪駄《せつた》をちやらつかせて出《で》て行《い》つた。兄弟《きやうだい》は、

（すみません）と一寸頭《ちよつとあたま》をさげる。

國《くに》八諜者《てうじや》は、しばらく默《だま》つてゐたが、刑事《けいじ》の雪駄《せつた》の音《おと》が消《き》えると、

「おい兄哥《あにい》、さつきのつゞきを話《はな》さう。」

と孝《かう》七に云《い》つた。孝《かう》七は默《だま》つてゐたが、孝《かう》八の方《はう》が、

「何《なん》の話《はなし》け？」

と兄《あに》の顔《かほ》を見《み》た。

「お前《でえ》さんたち兄弟《きやうだい》が、引《ひ》つ冠《かぶ》りをやつて、むざむざと死《し》んでゆくのを止《と》めてゐるんだ。」

「さうか。でも、もうきめちやつたものしかたがねえや。どうせ一度《ど》は死《し》ぬんぢやないか。」

孝《かう》八は、にやにや笑《わら》ふのだ。

「ほんとにいい度《ど》胸《きやう》だ。度《ど》胸《きやう》に惚《ほ》れて、俺《おれ》が一言《ひとこと》云《い》つてやることがある。」

「何《なに》をけ？」

孝《かう》七が、まづ膝《ひざ》を乘《の》り出《だ》した。

「お前《でえ》さんたちは、『山刄《うめがい》』を親分に返《かへ》して、『藤《とう》四郎《らう》』になれ。」

「藤《とう》四郎《らう》にけ？」

孝《かう》八が前《まへ》に出《で》た。『藤《とう》四郎《らう》』といふのは常人《じやうじん》といふことだ

つまり普通人《ふつうじん》になれといふことだ。

「さうよ、この徳江《とくえ》のやうに、立派《りつぱ》な『藤《とう》四郎《らう》』にならないか。まだ〳〵五十年《ねん》やそこらは生《い》きのびることが出來《でき》る二人《ふたり》だよ。『親分《おやぶん》』が大切《たいせつ》なことは知《し》つてゐる。しかし、『山刄《うめがい》』さへ返《かへ》したら、お前《めえ》たちは、この徳江《とくえ》と同《おな》じやうに、俺《おい》らと附《つき》合《あひ》が出來《でき》るんだぜ。それに、稼《かせ》ぎようでは、どんな大金持《おほがねもち》にもなれるし、兵隊《へいたい》にもゆけるし、お前《めえ》たちが考《かんが》へたことも、見《み》たこともない面白《おもしろ》い世《よ》の中《なか》を渡《わた》ることが出來《でき》るんだよ。」

「へへえ。うめえことを云《い》ふなよ。」

孝《かう》八は、額を叩《たた》く。

「それはほんとだ。お前《めえ》たちは、箕《みの》づくりの子《こ》は七生《しやう》たつても箕《みの》づくりより出來《でき》ないと思《おも》つてゐるんだろ。そんな馬鹿《ばか》なことはない。箕《みの》づくりでも、笊《ざる》つくりでも、俺《おい》らと、どこにも變《かは》つたところはねえんだよ。自分《じぶん》たちのことはよく知《し》つてゐるだらうが、山窩も、昔《むかし》は偉《えら》い者《もの》が澤山《たくさん》ゐた。中《なか》には立派《りつぱ》な武士《ぶし》になつたものも居《ゐ》たんだ。お前《めえ》の先祖《せんぞ》は、どこの馬《うま》の骨《ほね》か知《し》らねえが、その面構《つらがま》えは、そんなにまづくは出來《でき》てゐねえんだぞ。どうだ、『山刄《うめがい》』を返《かへ》して、藤《とう》四郎《らう》にならねえか。」

兄弟《きやうだい》は顔《かほ》を見合《みあは》せた。

「考《かんが》へることはあるめえ。誰《だれ》にこの引《ひ》つ冠《かぶ》りを云《い》ひつかつたのか、俺《おれ》にだけ云《い》へ。云《い》はなきや俺《おれ》の方《はう》から云《い》つてやらうか。」

兄弟《きやうだい》はまた顔《かほ》を見合《みあは》せた。

「團平《だんぺい》に云《い》ひつかつたことを知《し》つてるぞ。」

「な、なにを云《い》ふ。そ、そんな者《もの》は知《し》らねえよ。」

孝《かう》七が慌《あわ》てて打消《うちけ》した。

「嘘を云《い》ふな。となひだ團平《だんぺい》の野郎《やらう》が、うつかりとゝに掠《さら》はれたので、それをどてらいゝ(釋放《しやくはう》)にするために、仲間《なかま》に因果《いんぐわ》を含《ふく》められて來《き》たんぢやねえか。それをお前《めえ》らが何《なん》ぼ頑張つても、俺《おれ》が團平《だんぺい》を引《ひ》つ縛《しば》つて來《く》りや、お前《めえ》たちが、逆立《さかだ》ちたして死刑《しけい》になりてえと云《い》つても、死刑《しけい》にはしてくれねえよ。」

兄弟《きやうだい》はまた顔《かほ》を見合《みあは》せた。

どうしても死刑《しけい》になりてえのか

「まだ判《わか》らんか。お前《めえ》たちが、ここに引《ひ》つ冠《かぶ》つて來《き》たことはもう充分《じうぶん》役《やく》に立《た》つたんだ。二百何《なん》十人《にん》を『釋放』にしたし、その中《なか》にゐた團平《だんぺえ》親分《おやぶん》まで、甲州《かふしう》まで逃《に》げさせてしまつたんだから、これ以上《いじやう》義理立《た》ては要《い》るめえが。それともお前《めえ》たちが死刑《しけい》になると云《い》ひ張《は》るなら、俺《おれ》は意地《いぢ》になつても、させないぞ。罪《つみ》もねえ人間《にんげん》の、大切《たいせつ》な命《いのち》を、むざむざと捨《す》てさせてなるものか。さあどうだ?」

「どうしてお前《めえ》さんはそんなことを云《い》ふのけ?」

孝《かう》七は、(少《すこ》し勝手《かつて》が違《ちが》ふ)といふ顔《かほ》になつた。

「譯《わけ》か。俺《おれ》はな、お前《めえ》たちをよ、山窩《なでし》の者《もの》を、折《をり》のある度毎《たびごと》に、藤《とう》四郎《らう》にする決心《けつしん》をしてゐるのだ。籍《せき》のないのをいいことにして、雲《くも》みたいに飛《と》び廻《まは》つて、わるいことばかりしやがる奴《やつ》を、一人《ひとり》でも多《おほ》く『藤《とう》四郎《らう》』にして、もつと役《やく》に立《た》つことをさせてえんだ。誰《だれ》に云《い》ひつかつたか知《し》らねえが、親《おや》でもねえものの罪《つみ》を引《ひ》ツ冠《かぶ》つて、命《いのち》を捨《す》てる馬鹿《ばか》があるものか。どうだ?『素人《とうらう》』になる氣《き》はおこらねえのか。」

「でも、大河内《おほかうち》の旦那《だんな》にわるいぢやねえか。あゝして、よく自白《げろ》した、お前《めえ》は偉《えら》い、さすがは山窩《なでし》だと、大切《たいせつ》にしてくれるもの、わるいよなア八。」

孝《かう》七は弟《おとうと》に云《い》ふのだ。八も、

「そうよ。毎日《まいにち》、あんころ餅《もち》や、煎餅《せんべい》や、親子《おやこ》丼《どんぶり》を食《く》はせてくれたりするのになア。」

と云《い》ふのだ。

「馬鹿《ばか》ア。」

國《くに》八は、われ鐘《がね》のやうな聲《こゑ》で呶鳴《どな》ると、ぴしりと、その横《よこ》面《つら》を撲《たた》つた。そしてその目《め》から、ほろ〱と涙《なみだ》を流《なが》した。

「馬鹿《ばか》野郎《やらう》。馬鹿《ばか》野郎《やらう》。どうして手前《てめえ》らは、そうまで馬鹿《ばか》なんだ。これが、普通《ふつう》の人間《にんげん》に考《かんが》へられることか。噫《あゝ》歯痒《はがゆ》い奴《やつ》だ。それしきの親切《しんせつ》がうれしくて、自分《じぶん》は首《くび》をちよん斬《き》られて死《し》にたいのか。人殺《ひとごろ》しの犯人《はんにん》は、手前《てめえ》らに限《かぎ》らず、誰《だれ》でも大切《たいせつ》にされるんだ。一人《ひとり》の犯人《はんにん》を、立派《りつぱ》に罪《つみ》に落《おと》せば、刑事の腕《うで》が認《みと》められるといふことを知《し》らんからだ。云《い》つて聞《き》かせても判《わか》るまい。判《わか》つてくれないのが俺《おれ》は歯痒《はがゆ》いんだ。こら、孝《かう》七、孝《かう》八、何故《なぜ》きさまらは、俺《おれ》の云《い》ふことが判《わか》らんのだ。こら、これでも判《わか》らんのか。」

國《くに》八は孝《かう》七の耳《みゝ》を掴《つか》んで捻《ね》ぢ伏《ふ》せた。

「待《ま》ちねえよおぢさん。」

八がその手《て》を押《おさ》へた。

「それぢやアどうすればいいんだね。」

「正直《しやうぢき》に云《い》ふんだ、正直《しやうぢき》に。これツぽちも嘘を云《い》つちや不可《いけ》ねえんだ。ほんとのことを云《い》ふか。」

國《くに》八は、孝《かう》七をぎゆう〱と疊《たゝみ》に押《お》しつけた。

「待《ま》ちねえと云《い》ふのに」

「うるせえ。」

國《くに》八は取《と》りすがる八を蹴飛《けとば》して、七の上《うへ》に馬乘りになつた。

「この野郎《やらう》。この馬鹿野郎《ばかやらう》。どうして手前《てめえ》らは、そうまで頑迷《めい》なんだ。」俺《おれ》の云《い》ふことがまだ判《わか》らねえのか。こんな馬鹿正直《ばかしやうぢき》な人間《にんげん》を、二十歳《はたち》やそこらで死《し》なせてたまるかい。こんな馬鹿者《ばかもの》が身代《みがは》りになつたりするから、あん畜生《ちくしやう》どもの犯罪《はんざい》が止《や》まねえんだ。まだ返事《へんじ》をしねえのか。」

鐵拳《てつけん》をつゞけざまに頭《あたま》に打《う》つゞけた。

「お父《とう》さん。」

見《み》かねた徳江《とくえ》が、腕《うで》にすがつた。

「うるせえ。何《なに》をしやがる。」

ぽうんと蹴《け》られて徳江《とくえ》は八にぶつつかつた。仰向《あふむ》けにひつくりかへつた徳江《とくえ》は、兩足《りやうあし》を八の膝《ひざ》に投《な》げたまゝ容易《ようい》におきられない。

「手前《てめえ》だつて、二ノ橋《はし》に捨《す》てられた子《こ》ぢやねえか。俺《おれ》は、山《なで》窩《し》の野郎《やらう》の薄情《はくじやう》にやあきれてゐるんだぞ。その野郎《やらう》に手前《てめえ》のことをよく話《はな》してやれ。」

國《くに》八は、徳江《とくえ》に云《い》ふのだ。八は、後頭《こうとうぶ》を打《ぶ》ちつけて呆然《ばうぜん》となつてゐる徳江《とくえ》の足《あし》に着物《きもの》をかけて、そツと抱《だ》きおとした。美《うつく》しい顔《かほ》、柔《やはらか》い肉體《にくたい》、何《なん》だか變《へん》な氣《き》がした。

徳江《とくえ》はふら〳〵としてゐる。

八はそれを支《さゝ》へて、

「それぢやアおぢさんどうすればいゝんだよ。」

「どうするもこうするもねえんだ。今《いま》まで云《い》つてた嘘《うそ》を大河《おほかう》内《ち》の旦那《だんな》に打《うち》あけて、わるかつたことを許《ゆる》して貰《もら》ふんだ。」

「そんなことを云《い》つたら、大河内《おほかうち》の旦那《だんな》が落膽《がつかり》するぢやねえか。」

「まだそんなことを云《い》ふのか。」

馬乘《うまのり》になつた腰《こし》から手《て》をぬくと、したゝかに打《う》たうとした。

そこへ、がらりと戸《と》をあけて這入《はい》つて來《き》たのは大河内《おほかうち》刑事《けいじ》だつた。

八は、徳江《とくえ》からぱつと飛《と》びのいた。

貴様《きさま》は妨害《ばうがい》する氣《き》か

國《くに》八も、孝《かう》七からおりた。

國《くに》八がおりると、孝《かう》七はわツと泣《な》き出《だ》した。泣《な》き乍《なが》ら、大《おほ》河内《かうち》刑事《けいじ》の側《そば》ににぢり寄《よ》つて、

「だ、旦那《だんな》、ゆ、ゆるしてくれ。俺《おれ》ア、團平親分《だんぺえおやぶん》の罪《つみ》を引《ひ》つ冠《かぶ》つてゐたんだ。團平親分《だんぺえやぶう》が、とゝに連《つ》れて來《こ》られたもんだから、仲間《なかま》の野郎《やらう》が、籤引《くじびき》をしたんだ。そしたら、おいら兄《きやう》弟《だい》が引《ひ》つ冠《かぶ》りにあたつたんだ。俺《おら》アもういやだ。もう死《し》ぬとがいやになつた。『釋放《どてら》』にしてくれ。」

大河内《おほかうち》刑事《けいじ》は、まツ蒼《さを》になつた。

「く、國《くに》八!」

喉《のど》のあたりに瘤《こぶ》を見《み》せて激昂《げきかう》した。

「き、きさまは、公務《こうむ》を妨害《ばうがい》するつもりか？」

「ちがひます〳〵。はつきり云《い》ふが、この兄弟《きやうだい》は無垢《むく》の善人《ぜんにん》だ。恐《おそろ》しいことだ。他人《たにん》の身代《みがは》りで危《あぶ》く命《いのち》を奪《と》られようとしてゐた人間《にんげん》なんだ。若《も》しこの世《よ》の中《なか》に、この國《くに》八がゐなかつた

ら、この兄弟《きやうだい》は無實《むじつ》の罪《つみ》を被《き》て、死《し》んでゆくところだつた。」

國八《くに》は、神《かみ》のやうな態度《たいど》で刑事《けいじ》の過失《くわしつ》を責《せ》めつけた。

「國八《くに》は取《と》るに足《た》らない諜者《てふじや》です。ですけど、立派《りつぱ》な日本《につぽん》の臣民《しんみん》だ。この兄弟《きやうだい》も、無籍《むせき》の民《たみ》ではあるが、それでも日本《につぽん》の臣民《しんみん》だ。罪《つみ》もない、立派《りつぱ》な臣民《しんみん》を、二人《ふたり》も殺《ころ》すことは、この國八《くに》が斷《だん》じて許《ゆる》しませんぞ。こんなことが、世間《せけん》に知《し》れたら、世《よ》の中《なか》は暗黑《あんこく》だと騷《さわ》ぎますぞ。世間《せけん》に耳目《じもく》のあることを知《し》りませんか。それに、近頃《ちかごろ》の巷《ちまた》の風評《うはさ》を聞《き》きませんか。近《ちか》く戰爭《せんさう》があるかも知《し》れないとさへ云《い》ふではありませんか。戰《せん》爭《さう》が始《はじ》まれば、こんな立派《りつぱ》な男《をとこ》はいくらでも役《やく》に立《た》つ。無實《むじつ》の罪《つみ》で殺《ころ》してごらんなさい。あなたは、國家《こくか》に對《たい》して何《なん》と詫《わび》を云《い》ふのです。」

「ま、待《ま》て。」

大河内《おほかうち》刑事《けいじ》は、舌鋒《ぜつぽう》を押《おさ》へて、

「國八《くに》、俺《おれ》は、今日《けふ》の來《く》る日《ひ》を待《ま》つてゐたんだよ。お前《まへ》に見《み》せてえものがある、一寸待《ちよつとま》つてゐろ。」

出《で》て行《い》つたかと思《おも》つた大河内刑事《おほかうちけいじ》は、すぐ、手錠《てぢやう》を嵌《は》めた精悍《せいかん》な面魂《つらだましひ》の男《をとこ》を小突《こづ》き乍《なが》ら這入《はい》つて來《き》た。

(おや?)先《ま》づあと退《すさ》つたのは國八《くに》だつた。

「て、手前《てめえ》は、萬年町《まんねんちやう》の團平《だんぺえ》ぢやねえか。」

瞬間《しゆんかん》、そこに、坐《すわ》り直《なほ》して、兩手《りやうて》の二本指《ほんゆび》を突《つ》いたのは、孝七《かう》孝八《かう》の兄弟《きやうだい》だつた。

「坐《すわ》れ。」

顎髯《あごひげ》をもぢや〱と生《はや》した團平《だんぺえ》は、

「七と八、感心《かんしん》な奴《やつ》だ。俺《おい》ア、明日《あす》になつたら、俺《おれ》が『口《たんか》』を開《あ》けようと思《おも》つてゐたんだ。俺《おれ》はな、お前《まへ》たち兄弟《きやうだい》に、二週間《しうかん》の拘留《こうりう》のついてることをよく知《し》つてゐた。それでな、大河内《おほかうち》の旦那《だんな》にや濟《す》まねえとつたが、なるたけ御馳走《ごちそう》を食《た》べさせて貰《もら》はうと思《おも》つて、お前《めえ》たちの引《ひ》ツ冠《かぶ》つてゐるのをいゝことに、知《し》らぬ〱と云《い》つて來《き》た。もう『安心』になつて、『釋放《とてら》』になつたがいゝ。それにな、あのとき甲州屋《かふしうや》に連《つ》れて行《い》つた、榮太郎《えいたらう》の野郎《やらう》も、千住《せんぢう》の『女郎屋《とんねも》』でふやけてゐやがつて、とつくにとゝに御厄介《ごやくかい》になつてゐるんだ。隣《となり》のお座敷《ざしき》で眠《ねむ》つてばかりゐやがらア。旦那《だんな》ア、小束の旦那《だんな》。」

團平《だんぺえ》は、國八《くに》に云《い》ふのだ。

「有《あ》りがてえツとつてござんす。實《じつ》はね、そこにゐなさる德《とく》江《え》さんだが、そのお方《かた》は、實《じつ》はあつしがよく知《し》つてます。おそろしいもんだ。七と八の野郎《やらう》が、一目見《み》ただけで會《あ》ひたくなつたのも無理《むり》はありませんや。でもね、これから先《さき》はお孃樣《さま》のことは云《い》ひません。しかし、七と八は、珍《めづ》らしい性《しやう》のいい奴《やつ》。藤四郎《とうしらう》にしておくんなさい。」

團平《だんぺえ》が云《い》ひ終《をは》ると、大河内刑事《おほかうちけいじ》が、

「國公《くにこう》、この前《まへ》お前《まへ》さんが、『それぢやほかの者《もの》を釋放《しやくはう》するんですか？』と云《い》つてくれたらう。あれだ、あの一言で、儂《わし》は全部《ぜんぶ》、こゝの留置場《りうちぢやう》から、警察《けいさつ》の留置場《りうちぢやう》に『場越《ばごし》』をさせたんだ。そして、この團平《だんぺえ》と榮太郎《えいたらう》と、ほかに二人《ふたり》怪《あや》しい奴《やつ》だけのこしておいたんだ。それも絶對祕密《ぜつたいひみつ》でとめておいたので、やつと眞犯人《しんはんにん》があがつたといふ譯《わけ》だ。これと云《い》ふのも、お前《まへ》のお蔭《かげ》だ。」

大河内刑事《おほかうちけいじ》は、とろりと睫毛《まつげ》に露《つゆ》の玉《たま》をころがした。

「いえ〳〵決《けつ》してさうではありません。言葉《ことば》もなく敬服《けいふく》いたしました。山窩のお株《かぶ》はすつかりとられてしまひました。でも嬉《うれ》しいです。」

「俺《おれ》も嬉《うれ》しい。では團平《だんぺえ》、お前《まへ》の鰻《うなぎ》も追加《つゐか》するから、親分子《おやぶんこ》分《ぶん》の別《わか》れをせえ。この野郎《やらう》もほんとにしつかりしてゐやがるぞ。」

大河内刑事《おほかうちけいじ》は苦笑《くせう》して、涙《なみだ》をソツと拭《ふ》いた。

孝《かう》七と孝《かう》八は、腕組《うでぐみ》をしたまゝ、目《め》をぱしぱしとさせるだけだつた。


——（をはり）——

◆詰將棋、麻雀、詰碁、聯珠の答◆

詰將棋解答 八二角、同銀、五一角、同龍、八五桂、同香、八四金、同玉、八二飛成、八三合、九五銀（十一手詰）

解說 九五角打を狙つて八二角と打つ。この時、同龍は、九五角、八四香、八五桂、八三玉、八四金、九二玉、九三香、八一玉、七三桂、同龍、九二香成で詰故、同銀と取る時輕手五一角で同龍とし、次に八五桂、同香の後八四金で手順に八二龍を得て解決するもので、五一角に續く八五桂、八四金こそ味ふべき好手筋であります。

麻雀解答 手牌 999 777 5543 筒

五筒を自摸し和了をしないで三筒か四筒の單吊で待ちその單吊を自摸で和了すれば對々和で三暗刻、四十四の兩飜で丁度七百十符になります。

詰碁解答 白先黒死

白先づ一とワリコムで黒二と打たしてから、三とツケるが手順です。そうすると一の白が働いて白は左右いづれにかワタつて逃げて黒死となります。かういふ形は、左右同形は中央に手あり。或は一手で兩方にキカス。この二つの法則に依つて考へれば早く筋を發見することが出來ます。本題は一と三の手を發見された方が正解者です。

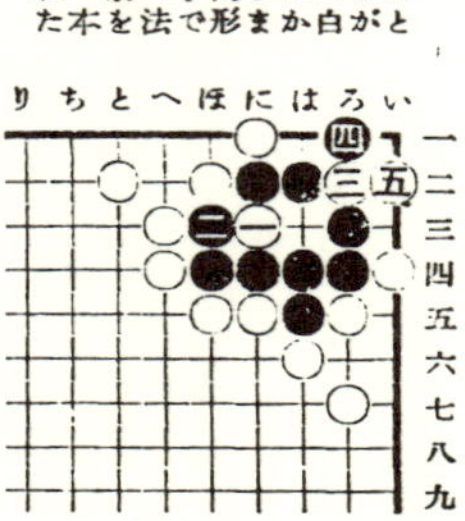

聯珠解答 正解 黒（五10）に打ち、次に（六10）か又は（八7）で勝です。

解說 黒（五9）に打つての勝と…（六4）と…（六5）と…黒（六8）と…黒（七5）…と黒（七6）と…（七8）と…（七10）と…（九5）と…（九6）と…（九8）と…（九10）と…（十4）と…（十5）と…（十8）と…（十一9）と…（十一10）に打つての勝とは、いづれも白に乘り手を生じ黒勝消滅いたします。

あとがき

言わずもがなのことだが、私たちはサンカ研究会に集うにあたって特定の動機を共有しているわけではない。当然、共有すべき理念などという重たいシロモノも持ちあわせていない。サンカ研究会の個々の参加者に会員という意識はたぶんあまりない。会則なる面倒臭いものもない。一応、研究会と自称しているのだが、会長はもとより会報も年報も総会もない。およそ研究会らしくない。サンカ研究会は入るも自由、出るも自由、〝掟《はたむら》〟一切なしの集まりである。

しかも、私たちは三角寛のサンカ小説の主人公たちと違って〝早駈《かけまく》〟は不得手である。サンカ研究会が発足して既に十五年以上の歳月が経過しているのだが、その間、サンカ研究や三角寛研究に一貫して邁進してきたのかと言えばそうとも言い難いのだ。にもかかわらず、こんなことではサンカ研究会のカンバンが泣くとは誰一人として思ってはいまい。そんな私たちではあるがサンカとも三角寛ともまだ付きあっているし、これからも付きあい続けることになるという確かな予感はある。

三角寛について言えば、私たちの彼への評価は、一致しているわけではない。ただ、これまで彼の仕事にこだわってきた私たちに唯一共通項があるとすれば、私たちが例外なく寄り道好きの集団だったということに尽きるだろう。恐らく寄り道なくしては三角寛というバケモノ（肯定的な意味である）とは付きあい切れなかったはずだ。三角寛という強烈な個性はそのくらい一筋縄ではいかないのである。三角のサンカ小説であれ、サンカ研究であれ正面から向きあうと、その騙り（＝語り）クチの罠に搦め捕られてしまう感覚を誰しも味わうのではなかろうか？　そんな罠の餌食にならないためにも私たちには寄り道が必要であったし、これからも寄り道の流儀をもって三角寛と付きあっていこうと思っている。雑誌『マージナル』も、『三角寛サンカ選集』の刊行も、ある意味でそうした寄り道の産物に他ならない。

そして、今回の本書もまた、私たちが『選集』への反響としての、読者カードに寄り道したことから生まれたと言えなくもない。しかし、さらに思いを巡らせば、その前に、三角の「サンカ小説」の前で足をとめ、わざわざカードを返送してくれた『選集』の読者たちの「人生における寄り道」があったことは間違いあるまい。そんな「寄り道」の連鎖から本書は誕生した。そして、この「寄り道」の連鎖を、過去へ、源流へとたどれば、たぶん若き上京者であり記者であった三角寛と、彼が「サンカ」と呼んだ人びととの出会いにまで遡ることができるのではあるまいか。

改めて、アンケートにご協力いただいた『三角寛サンカ選集』の読者の皆さまには深く感謝したい。また、三浦大四郎氏、宮本美音子氏、松竹芸能（株）の大谷幸一氏、文藝春秋の大沼貴之氏にご協力を頂き、お礼申し上げます。

なお本文中には今日の人権意識からすれば差別的な表現として不適切と思われる用語が見受けられると思いますが、編集方針と、時代的な背景と、それぞれの書き手が差別助長を意図して使用していないことを考えあわせて、そのままとしたことをお断り申し上げておきます。

二〇〇二年七月十五日

サンカ研究会　朝倉喬司／佐伯　修／今井照容

サンカ研究会

朝倉喬司（あさくら　きょうじ）
一九四三年生まれ。週刊誌記者を経てフリーライター。犯罪や芸能を通した歴史像を構築中。主な著書に『犯罪風土記　正・続』（季英書房）『バナちゃんの唄』（情報センター出版局）『遊歌遊侠』『走れ　国定忠治』『少年Aの犯罪プラスα』『電子・少女・犯罪』（以上、現代書館）『毒婦の誕生』（洋泉社）『明治・破獄協奏曲』（毎日新聞社）他。

佐伯　修（さえき　おさむ）
一九五五年東京生まれ。北里大学水産学部卒。現在ライター。著書に『上海自然科学研究所』（宝島社）サンカ関連の共著に『漂泊する眼差し』（新曜社）がある。目下、週刊『再現日本史』（講談社）に「偽史と奇書」を連載中。

今井照容（いまい　てるまさ）
一九五七年生まれ。中央大学法学部卒業。サンカ研究会発足時よりのメンバー。本業は雑誌広告専門誌記者。『三角寛サンカ選集』の編集に係わる。

いま、三角寛サンカ小説を読む
二〇〇二年八月十五日　第一版第一刷発行

編　者　サンカ研究会
発行者　菊地泰博
発行所　株式会社　現代書館
東京都千代田区飯田橋三―二―五
郵便番号　102-0072
電　話　03(3221)1321
FAX　03(3262)5906
振　替　00120-3-83725
組　版　アール企画印刷
印刷所　平河工業社（本文）
東光印刷所（カバー）
製本所　黒田製本所

制作協力・岩田純子
 ISBN4-7684-6826-8
定価はカバーに表示してあります。乱丁・落丁本はおとりかえいたします。
http://www.gendaishokan.co.jp/

三角寛サンカ選集　全七巻

第一巻
山窩物語
四六判上製336頁
定価2800円+税

フィールドノート　**山窩物語**　第一話　山窩入門／第二話　わが師は老刑事／第三話　山窩のしわざ／第四話　瀬降探訪記／第五話　山窩のとりこ／第六話　炙り出し秘話／第七話　武蔵親分の理解／第八話　録音機、瀬降に入る／第九話　山窩の社会構成／第十話　山窩の夫婦生活／第十一話　腕斬りお小夜　**山窩は現存している**　**山窩の「大親分」に就いて**　**山窩を訪ねての旅**

第二巻
裾野の山窩
四六判上製344頁
定価2800円+税

小説　唯一の長編。徳川三百年に仕えた隠密・サンカたち。維新後、富士の裾野で繰りひろげられた財宝をめぐる愛憎まじえたサンカ社会の物語。スリルとエロチシズム満点の活劇大ロマン。三角寛サンカ文学の真骨頂が発揮されている。

第三巻
丹波の大親分
四六判上製326頁
定価2800円+税

小説　丹波の大親分／復讐の山窩／大突破／火取蟲／おしゃかの女／元祖洋傘直し／蛇に憑かれた女

第四巻

犬娘お千代

小説　犬娘お千代／宇津谷峠／真実の親分／犬神お光／歩哨の与一／伊佐沼の小僧／親分ごっこ

四六判上製334頁
定価2800円十税

第五巻

揺れる山の灯

小説　揺れる山の灯／山窩娘おかよ／宿蟹飛天子／山窩の恋／燃ゆる親分火／掟の罪／坂のお雪／直実と妙蓮

四六判上製332頁
定価2800円十税

第六巻

サンカ社会の研究

研究論文　第一章　序論篇／第二章　生活篇／第三章　分布篇／第四章　社会構造篇／第五章　戦後におけるサンカ社会の変化とその動向／**解題・沖浦和光**（桃山学院大学名誉教授・比較文化論）

A5判上製390頁
定価5000円十税

第七巻

サンカの社会資料編

研究論文　三角寛撮影・サンカの生態記録写真集（95頁）／附・サンカの炙り出し秘密分布表（写真）／「サンカ社会の研究」概要／全国サンカ分布地図（折込み）／全国サンカ分布表／サンカ用語解説集／サンカ薬用・食用植物一覧

A5判上製304頁
定価4500円十税